TIM FRÜHLING

HESSENTAGTOD

Kriminalroman

AF204794

emons:

© Emons Verlag GmbH
Cäcilienstraße 48, 50667 Köln
info@emons-verlag.de
Alle Rechte vorbehalten
Umschlagmotiv: picture alliance/Swen Pförtner/dpa
Umschlaggestaltung: Nina Schäfer, nach einem Konzept
von Leonardo Magrelli und Nina Schäfer
Umsetzung: Tobias Doetsch
Gestaltung Innenteil: César Satz & Grafik GmbH, Köln
Lektorat: Susann Säuberlich, Neubiberg
Druck und Bindung: sourc-e GmbH, Köln
Printed in Europe 2025
Erstausgabe 2020
ISBN 978-3-7408-0782-5
Originalausgabe
3.Auflage

Unser Newsletter informiert Sie
regelmäßig über Neues von emons:
Kostenlos bestellen unter
www.emons-verlag.de

Dieser Roman wurde vermittelt durch
die Agentur Brauer, München.

HESSENTAGTOD

Tim Frühling hat 1994 direkt nach dem Abitur als Moderator beim Lokalradio angefangen. Mittlerweile arbeitet er seit über zwanzig Jahren beim Hessischen Rundfunk, seit 2017 für die Radiowelle hr1, außerdem als Wetterpräsentator im hr-Fernsehen und der ARD.

*Ruhm ist ein Gift, das der Mensch
nur in kleinen Dosen verträgt.*

Honoré de Balzac

Handelnde Personen

Kriminaloberkommissar Daniel Rohde, wirkt leicht verändert
Kriminalkommissarin Brigitte Schilling, ist an Rohdes Veränderung nicht ganz unschuldig
Jacqueline Gölz, Gerhard Behrendt, Michi und *Matze*, Kollegen in der Polizeidirektion Bad Hersfeld
Roland Burns, Dienststellenleiter, schätzt manche Dinge falsch ein

Benita Manthey (31), Kronberger Burgenkönigin, ehrgeizig und boshaft
Özlem Yeşilçay (27), Ockstädter Kirschenkönigin, hübsch und loyal
Yvonne Herold (26), Ahle-Wurscht-Königin, kumpelhaft und gemütlich
Samira Spindler (30), Hanauer Grimm-Prinzessin, einfach und urhessisch
Ursel Bohl (26), Fritzlarer Sauerkrautkönigin, farblos und ruhig
Johanna Kühne (23), Mittelhessische Apfelweinkönigin, klug und entspannt

Glenn Greenwood, Fitnesscoach mit amerikanischen Wurzeln

Jytte, Franka, Gesche und *Liane*, Marburger Feministinnen

Stephan Goldhagen, Bürgermeister der Stadt Bad Hersfeld
Viktor Portzig, Eventbeauftragter der Hessischen Staatskanzlei

Und der hessische Ministerpräsident

Schon vor dem großen Finale war abzusehen, dass der Hessentag in Bad Hersfeld ein voller Erfolg werden würde. Die prognostizierte Besucherzahl von siebenhunderttausend war bereits vor dem letzten Tag übertroffen, trotz mancher Eskapaden des Wetters waren die Besucher scharenweise in die Kur- und Festspielstadt gekommen. Konzerte mit ZZ Top, Silbermond, Roland Kaiser und der Kelly Family hatten Bewohner wie Gäste gleichermaßen begeistert und der osthessischen Kreisstadt die Lebendigkeit beschert, die sie im Slogan vorab vollmundig versprochen hatte.

Der traditionelle Höhepunkt der zehntägigen Feierlichkeiten war auch in diesem Jahr der große Umzug am letzten Tag des Landesfests. Mehr als dreitausend Teilnehmer hatten sich angemeldet, um den Besuchern Trachten, Brauchtum, Musik und Tradition zu präsentieren. Die Route des Festzugs über den Stadtring war zwar nicht gerade mit touristischen Highlights gespickt, ließ sich mit den Motivwagen aber leichter befahren als die engen Gassen in der Altstadt.

Die größte Zuschauertribüne hatten die Veranstalter an der Dippelstraße vor dem Schilde-Gelände aufbauen lassen. Dort stand in der ersten Reihe der Ministerpräsident, der vier Stunden lang mit gleichbleibender Begeisterung jede Fußgruppe, jeden Wagen und alle Teilnehmer begrüßte und bei jedem noch so absurden Geschenk aufrichtige Freude vortäuschte. Hinter der blickdichten Tribünenbegrenzung hatte der Landesvater schon einen beachtlichen Berg an Tassen, Püppchen, Schnäpschen, Würsten und Marmeladen angehäuft, meist wurden die Gaben bei der Weihnachtsfeier oder beim Schrottwichteln verlost, je nachdem.

Hinter dem unaufhörlich winkenden Ministerpräsidenten hatte sich Viktor Portzig platziert, Eventbeauftragter in der Hessischen Staatskanzlei. Seine Behörde war zusammen mit der jeweiligen Ausrichterstadt für das Landesfest verantwortlich, und wenn alles so gut gelaufen war wie hier in Bad Hersfeld, konnte man sich dem obersten Dienstherrn schon mal aus nächster Nähe präsentieren. Außerdem kam gleich der große Moment für Portzigs neuesten Einfall. Darauf musste er den Landeschef unbedingt hinweisen, auch wenn dieser gerade einer Gruppe seilspringender Mädchen applaudierte.

Portzig legte seine Hand auf die Schulter des Ministerpräsidenten und raunte ihm schräg von hinten ins Ohr: »Gleich kommt die Königinnensänfte. Das ist ganz neu dieses Mal, eine der sechs Bewerberinnen wird Hessen ein Jahr lang repräsentieren. Lauter hübsche Frauen. War meine Idee.«

Der Ministerpräsident sagte nur »Aha« und musste sich einem Stadtimker widmen, der ihm ein Glas Honig vom Dach der Gesamtschule Obersberg überreichte.

Hinter der Fußgruppe mit etwa fünfundzwanzig verkleideten Bienen rollte eine himmelblaue Wolke heran, auf der sechs Frauen in ihren Kostümen über die Straße zu schweben schienen. Das Teil musste entweder aus Pappmaché oder Styropor gefertigt worden sein, jedenfalls sah es edel und recht teuer aus.

Für einen winzigen Augenblick furchte sich eine Sorgenfalte in die Stirn des Ministerpräsidenten. Er schien sich Gedanken zu machen, ob das Gefährt auf Kosten der Staatskanzlei gebaut worden war, denn so was brachte immer Ärger mit dem Bund der Steuerzahler. Aber an den und sein Dauergemäkel an dem kostspieligen Landesfest wollte er jetzt gerade gar nicht denken, sondern sich vielmehr auf die auffallend gut aussehenden Damen auf der Wolke konzentrieren, als sich Portzig ein weiteres Mal erklärend hinterrücks heranwanzte.

»Das sind regionale Hoheiten aus allen Teilen Hessens. So was wie Weinkönigin und Spargelkönigin und so. Die Bürger können noch bis heute Abend abstimmen, welche von ihnen am Schluss die Landeskönigin werden soll. Da sehen Sie auf dem Rand der Wolke die Internetseite: ›www.hessenkoenigin. de‹. Haben wir extra gekauft, die Seite. Gut, oder?«

Der Ministerpräsident nickte und sagte: »Super gemacht«, damit das Gelaber hinter ihm endlich aufhörte. Abgesehen davon wusste er über den Wettbewerb bereits Bescheid, zu Beginn des Hessentags hatte es sogar schon einen gemeinsamen Fototermin mit den Bewerberinnen gegeben. Aber das hatte Portzig offenbar nicht mitbekommen.

Die Wolke hielt jetzt an, der Landesvater ging ein paar Schritte auf den Wagen zu. Wenn die Gewinnerin Hessen repräsentieren sollte, würde es ja sicherlich das ein oder andere Treffen geben – und da konnte man ja noch mal genauer schauen, wer da so zur Auswahl stand.

Fünf strahlende Damen eilten auf die Seite des Spitzenpolitikers, eine reichte ihm einen Bembel, eine andere warf eine kleine Märchenfigur hinunter, von einer dritten gab es ein Tütchen mit eingeschweißtem Sauerkraut. Die sechste Hoheit stand zwar auch zur Tribünenseite auf dem Wagen, krallte sich aber an der Brüstung fest und bewegte sich kaum. Sie war extrem blass, ihre Augen schienen ziellos umherzuirren, und sie schwitzte stark. Offenbar hatten die fünf Konkurrentinnen in der Aufregung gar nicht bemerkt, wie schlecht es ihrer Kollegin ging, nur der Ministerpräsident sah von unten, dass mit dieser Frau etwas definitiv nicht in Ordnung war.

Er drehte sich vom Wagen weg und suchte Portzig auf der Tribüne. Verdammt, wo war er? Vorhin, als ihn keiner brauchte, scharwenzelte er ständig um seinen Chef herum, jetzt war er nicht zu entdecken. Diese Frau da oben brauchte doch offensichtlich Hilfe.

Gab es denn wenigstens Sanitäter in der Nähe? Auf so einem Umzug mussten doch jede Menge Rettungskräfte sein.

Der Ministerpräsident kehrte der Königinnensänfte immer noch den Rücken zu und wollte sich gerade bücken, um die Geschenke abzustellen, als der Fahrer die Wolke etwas zu ruckartig anfuhr. In diesem Augenblick konnte sich die angeschlagene Königin nicht mehr halten, sie rutschte über die Brüstung und landete einen knappen Meter neben dem Politiker auf der Straße.

Sofort entstand auf der Tribüne ein riesiges Durcheinander, manche schrien, andere wollten der Frau zu Hilfe eilen, wurden von der Security aber nicht auf die Straße zum Ministerpräsidenten gelassen. Ein paar zückten ihre Handys und fingen sofort an, die Szene zu filmen.

Von der gegenüberliegenden Seite bahnten sich dann schließlich doch zwei Rettungssanitäter den Weg durch den stockenden Festumzug, warfen ihre Notfallrucksäcke ab und knieten sich neben die bewusstlose Frau und den besorgten Landesvater. Die Männer in den orangefarbenen Jacken fühlten hier und dort hin, tätschelten das Gesicht der Patientin und hoben ihre Augenlider an. Dann tauschten sie einen kurzen Blick und baten den Ministerpräsidenten, sich wieder auf die Tribüne zu begeben.

»Was ist denn mit der Frau?«, wollte er wissen, bevor er sich einfach so wegschicken lassen musste.

»Es ist alles in Ordnung mit ihr, machen sie sich keine Sorgen. Ich vermute, sie hat zu wenig getrunken. Oder ein Hitzschlag.«

Der Himmel hing voller Wolken, das Thermometer zeigte achtzehn Grad, und die Sanitäter forderten eine Krankentrage an. Sie hätten auch gleich einen Sarg bestellen können, aber ganz so eindeutig wollten sie den Abtransport der Toten vor Hunderten von Zuschauern dann doch lieber nicht gestalten.

Prolog

»Welsche Kerbschegreeß hast 'n du?«, grunzte die Stimme am Telefon lüstern.

»75D«, hauchte Charlène zurück.

»Wow, perfeggt! Dann leesch jetzt emal deine Händ druff und fang ganz langsam aa mit kreisförmische Bewegunge!«

»Na klar, mache ich für dich, mein Süßer. Hmmm, das fühlt sich gut an. Hmmm ...« Charlène stöhnte mal leiser, mal lauter, das Ekel am anderen Ende der Leitung tat das Gleiche und brauchte eine ganze Weile.

Konnte ihr nur recht sein. Denn die Dienstleistung der Frau am Telefon, die weder Charlène hieß noch Körbchengröße 75D hatte und ihre Brust schon gar nicht kreisförmig massierte, wurde nach Minuten abgerechnet. Deswegen waren ihr die Kandidaten am liebsten, die zur Vervollkommnung der ursprünglichen Anrufabsicht ein wenig mehr Zeit benötigten.

In die Telefonsex-Szene war sie vor anderthalb Jahren eingestiegen. An zwei Abenden pro Woche war sie über eine sündhaft teure 0190er-Nummer zu erreichen und verdiente sich damit ein mehr als gutes Taschengeld. Davor hatte sie schon ein paar entsprechende Filmchen synchronisiert, bei denen allerdings gesprochene Dialoge, die den Begriff »synchronisieren« rechtfertigen würden, keine große Rolle spielten. Überwiegend wurde gehechelt, gekeucht und geächzt, sie wusste das Timbre ihrer leicht rauchigen Stimme effektvoll einzusetzen.

Der Produzent hatte ihr irgendwann vorgeschlagen, ähnliche Geräusche am Telefon zu machen. Zunächst fand sie den Gedanken widerlich, musste dann aber feststellen, dass die Vorteile überwogen. Die Bezahlung war besser, sie musste nicht ins Studio fahren – und durfte das Gespräch beenden, falls ein Kunde ausfallend oder pervers wurde. Abgesehen davon war es möglich, in der Arbeitszeit die eine oder andere Tätigkeit zu verrichten, manchmal lackierte sie sich während eines Telefonats die Nägel, gelegentlich kämpfte sie mit leichtem Hanteltraining gegen die nachlassende Straffheit der Oberarme an, einmal hatte sie sogar sehr leise die komplette Geschirrspülmaschine ausgeräumt.

Die anfängliche Abscheu gegen ihre Tätigkeit hatte sich bald gegeben. Sie führte sich vor Augen, dass sie ihre Kunden weder sehen noch berühren musste, und redete sich ein, fast so etwas wie einen sozialen Dienst zu leisten. Wer seine Erregtheit bei ihr am Telefon ablud, so sah sie das, lief schon nicht ins Bordell, wo die Frauen unter wer weiß welchen Bedingungen arbeiten mussten. Aus dem anfänglichen Ekel vor den Anrufern wurde oft Mitleid für die armen Seelen, die keinen anderen Weg fanden, als sich von einer stark kostenpflichtigen Dienstleisterin routiniert zum Höhepunkt bringen zu lassen.

Auch die Geheimniskrämerei, weswegen sie an zwei Abenden pro Woche keine Zeit für ihre Freunde hatte, stellte sie bald ein. Zumindest ihre zwei besten Freundinnen waren über ihren Nebenjob informiert und kicherten mit ihr darüber, dass »Charlène« dienstags und freitags wieder stöhnen musste. Gut, dass auf die beiden Verlass war, denn in ihrer anderen Welt durfte absolut niemand erfahren, auf welche Weise sie den schnellen Euro verdiente.

**

Dichte Wolken verschatteten den Mond und sorgten für eine stockdunkle Nacht. Völlige Ruhe lag über dem landwirtschaftlichen Anwesen mit den großen Stallanlagen, das sich fernab der nächsten Ortschaft befand. Nur hier und da durchbrach das Geräusch eines Huhns oder der kehlige Ruf eines Truthahns die Stille.

Auf den betonierten Hof des Mastbetriebs fiel der Lichtschein eines beleuchteten Zimmers im ersten Stock. Dort saß Berthold Lindemann an seinem Schreibtisch über den Rechnungen, wie immer am liebsten nachts, wenn ihn keiner der Angestellten bei der Buchführung störte.

Hin und wieder schüttelte der feiste Bauer seinen Kopf und verzog den Mund zu einem abschätzigen Grinsen. Es war einfach unglaublich, wie viele Trottel sich in der Politik herumtrieben, die dem Druck der Lobby-Verbände immer wieder nachgaben. Besonders gut gefiel Lindemann bis heute, dass es gerade eine grüne Ministerin war, die die EU-Ökoverordnung einführte, auf der sein so erfolgreiches wie kriminelles Geschäftsmodell basierte. Denn erst seit Inkrafttreten dieser Vorschrift war es erlaubt, auf ein und demselben Hof gleichzeitig biologisch und konventionell zu wirtschaften. Natürlich in getrennten Ställen und selbstverständlich kontrolliert.

Lindemann hatte seinerzeit für die zusätzliche ökologische Aufzucht drei fußballplatzgroße Mastställe errichten lassen, in denen Tausende Hühner und Truthähne zur Schlachtreife heranwuchsen. Von außen waren die Gebäude mit fröhlichen Küken und Sonnenblumen bemalt, verkauft wurde das Fleisch in Biogeschäften unter dem schönen Produktnamen »Glückliches Gegacker«.

Bei den Bedingungen im Stall ließ sich zu Lindemanns Bedauern leider nicht tricksen, obwohl er hier richtig viel Geld hätte sparen können. Aber die Kriterien waren in den Auflagen für die ökologische Landwirtschaft ziemlich eindeutig, Verstöße würden den Kontrolleuren schnell auffallen. Ungefährlicher war es, beim Futter die Vorschriften ein wenig großzügiger auszulegen. Als Betrieb, der auf beiden Grundlagen wirtschaftete, war es völlig normal, dass er bei Raiffeisen auch konventionelles Futter orderte.

Damit die großen Mengen an nicht biologischer Tiernahrung nicht auffielen, gingen die Bestellungen an Genossenschaftsverbände aus verschiedenen Bundesländern. Dabei kam Lindemann sein Standort im Dreiländereck zugute, niemand in Heiligenstadt oder Göttingen wurde skeptisch, wenn sich ein Hof von dort aus Futtermittel ins nahe Hessen liefern ließ.

Der heikelste Teil des Betrugs war die Disponierung der Tiernahrung direkt im Betrieb. Denn hier sprangen jede Menge Angestellte herum, die vom Mischungsverhältnis des Futters für den Biobereich besser nichts erfuhren. Die richtige Mixtur aus dreißig Prozent Ökofutter und siebzig Prozent konventionellem Mastgut herzustellen oblag Volker, einem loyalen Neffen Lindemanns mit einer leichten geistigen Einschränkung, den der Geflügelzüchter für seine Tätigkeit erstaunlich gut bezahlte. Volker war außer seinem Chef der Einzige auf dem Hof, der das Mischungsverhältnis kannte und bei der Zuteilung der Nahrung aus den riesigen Silos peinlich genau beachtete. Bei einem Betrieb in der Größe von Lindemanns Hofgut brachte die Methode, vermeintliches Biogeflügel überwiegend mit konventionellem Futter satt zu machen, schnell ein paar Tausender zusätzlich im Monat.

Natürlich gab es hin und wieder Kontrollen bei Höfen, die unter dem Ökosiegel produzierten. Aber auch hier kam Lindemann zugute, dass er einer der ganz großen Player seiner Branche war. Denn im Gegensatz zu kleinen Familienbetrieben kündigten sich die Kontrolleure bei Anlagen industriellen Ausmaßes vorher an. Etwa einmal im Jahr wurden die Tester vorstellig, und in diesen Fällen waren Volkers Handgriffe fast schon routiniert. Innerhalb einer knappen Stunde konnte er die Rohrleitungen von den Silos zu den Ställen so zurückbauen, dass im Biobereich vorübergehend tatsächlich das richtige Futter landete – und dass der Konstruktion niemand ihre illegale Funktionsweise an den anderen dreihundertvierundsechzig Tagen des Jahres ansah.

Abgesehen davon war der Prüfer ein guter Freund von Lindemanns Schwager und Mitglied in derselben Partei wie der Geflügelzüchter. Es bestand also keinerlei Veranlassung zur Sorge, dass der gewinnbringende Trick auf dem einsamen Hof irgendwann einmal auffliegen würde.

**

Ruth Kühne hasste diese einsamen Abende. Dabei war sie grundsätzlich gern allein. Sie wusste sich zu beschäftigen. Sie stickte zum Beispiel viel. Überall im Haus waren kleine Wandbehänge verteilt, auf denen sie im Kreuzstich Jahreszeiten und christliche Feste pries, Eulen und Rehe hatte sie auf Kissen gezaubert und immer wieder Sinnsprüche, die die Gemütlichkeit des eigenen Heims feierten. Oft war sie auch im Garten zugange, pflegte die Beete, schnitt Rosen, setzte Kompott aus den eigenen Früchten an und zauberte herrliche Marmeladen mit großen Fruchtstücken. Im Augenblick legte sie eine Patience.

Was sie in diesen Momenten des Alleinseins so verärgerte, war nicht die Abwesenheit ihres Mannes, sondern der Grund dafür. Und dass er sie offenbar für dumm genug hielt, sein außereheliches Vergnügen nicht zu bemerken.

Dass Ruth an einigen Abenden auf ihren Mann würde verzichten müssen, war ihr nach seiner Wahl zum Bürgermeister schon klar. Aber dass er sein Amt missbrauchen würde, um sich während angeblich ehrenamtlicher Termine mit dieser Schlampe zu treffen, traf sie ins Herz.

Ironischerweise war sie genau drei Tage nach ihrer Silberhochzeit zum ersten Mal skeptisch geworden. Die Kühnes hatten die Eheleute Fassbinder zu Gast gehabt, mit denen sie schon seit vielen Jahren eng befreundet waren. Herbert Fassbinder saß im Gemeinderat und unterstützte mit seiner Fraktion Bürgermeister Joachim Kühne. Deswegen war Ruths Frage, ob sich der Bauausschuss vorgestern Abend auf die Grundschulrenovierung geeinigt habe, völlig normal.

Herbert hatte kurz gestutzt und geantwortet: »Der Bauausschuss vorgestern Abend? Der ist doch ausgefallen, weil die Vorsitzende krank geworden war. Die Entscheidung fällt erst in der nächsten Sitzung.«

Es breitete sich ein kurzer Moment der Stille am Esstisch aus. Alle schauten Joachim an. Der hob abwehrend die Hände.

»Jaja, ja, das stimmt, was Herbert sagt. Aber ich habe trotzdem mit dem Bauamtsleiter zusammengesessen, wir sind dann alle Pläne noch mal durchgegangen.«

»Bis um halb zwölf?« Ruth versuchte, ihr plötzliches Misstrauen durch ein gekünsteltes, nachgeschobenes Lachen zu überdecken.

»Ja, wie gesagt, *alle* Pläne«, antwortete ihr Mann eine Spur zu unwirsch.

Er hatte schnell das Thema gewechselt, die Unterhaltung hatte wieder an Fahrt aufgenommen, und der Bürgermeister war davon ausgegangen, dass seiner Frau diese Antwort schon genügen würde. Stattdessen hatte der Dialog im Kopf von Ruth Kühne eine kleine Flamme des Argwohns entfacht, die in den Tagen darauf einfach nicht gelöscht werden konnte. So seltsam hatte Joachim noch nie reagiert. Und wie er danach das Gespräch an sich gerissen hatte, kam ihr bei jedem neuen Überdenken der kurzen Szene verdächtiger vor.

Eigentlich war Ruth keine eifersüchtige Person. Mehr als fünfundzwanzig Jahre lang hatte sie aber auch nie den Eindruck gehabt, dass Joachim ihr dafür einen Anlass gegeben hätte. Klar, als sie frisch zusammen gewesen waren, hatte sie schon genau hingeschaut, ob die anderen Frauen ihrem Freund schöne Augen machten. Manche taten das, aber damals freute sie sich sogar darüber. Sprach doch nur für ihre Auswahl, wenn andere Mädels den jungen Mann gut fanden, der auf dem Weg zum Fachanwalt für Verwaltungsrecht war.

Aber irgendwie hatte sie der Abend mit den Fassbinders nicht losgelassen, und sie schmiedete einen Plan: Beim nächsten Termin, der nicht eindeutig im Sitzungsplan stand, wollte sie ihm hinterherfahren. Ruth redete sich ein, dass sie wahrscheinlich gar nichts entdecken würde und dass die geplante Spionageaktion ja nur ein Beweis dafür sei, dass sie in ihren Mann auch nach mehr als einem Vierteljahrhundert immer noch verliebt sei.

Gut zwei Wochen nach Ruths erstem Verdacht hatte Joachim angekündigt, dass er am kommenden Abend nach Gießen müsse, um einen Investor für das neue Gewerbegebiet zu treffen. Dieser Termin klang für die Bürgermeistergattin geeignet, um die Treue ihres Mannes auf die Probe zu stellen. Kaum hatte er sich verabschiedet und seinen Dienst-Mercedes aus der Garage gelenkt, sprang sie in ihr Auto und fuhr ihm mit dem nötigen Abstand hinterher.

Eine erste kleine Erleichterung stellte sich ein, als Ruth sah, wie der Wagen ihres Mannes auf der Hauptstraße von Winnen tatsächlich Richtung Gießen abbog, aber schon an der nächsten Kreuzung in Nordeck war sie irritiert. Wenn Joachim wirklich in die Stadt gewollt hätte, wäre er doch jetzt rechts nach Allendorf gefahren. Stattdessen blieb der dunkle Wagen auf der Straße nach Rabenau, und Ruths Magen fing an, sich zu verkrampfen.

Unten im Lumdatal angekommen, fuhr ihre letzte Hoffnung dahin, dass Joachim nur einen kleinen, unerklärlichen Umweg gefahren sein könnte. Er blinkte nach links und setzte seine Fahrt Richtung Autobahnauffahrt Grünberg fort. Ein anderer Wagen schob sich zwischen die Autos der Eheleute, Ruth war das ganz recht, denn mittlerweile sprach vieles dafür, dass ihr Mann diese Beschattung besser nicht mitbekommen sollte.

Aus irgendeinem Grund war sie froh gewesen, dass Joachim ein paar Kilometer weiter nicht auf die A 5 gefahren, sondern auf der Landstraße Richtung Grünberg geblieben war. Es konnte ja sein, dass der Investor den Termin dorthin verlegt hatte. Oder dass sie sich schlicht vertan hatte und Gießen mit Grünberg verwechselte.

Während die Landschaft an ihr vorbeizog, fand sie zwar immer wieder Argumente, die einfach nur für einen Irrtum oder ein Missverständnis sprachen, aber dass sich ihr Magen mit jedem Kilometer, den sie sich mehr von Gießen entfernten, immer mehr zusammenzog, konnte Ruth auch nicht verleugnen.

In Grünberg bog Joachim vor dem großen Rewe rechts ab, kurz darauf ging es links in die Altstadt. In der Rabegasse fand er eine Parklücke, stieg aus und lief auf den Marktplatz zu.

Ruth stellte ihren Fiesta einfach in eine Hauseinfahrt, sie durfte ihren Mann jetzt nicht aus den Augen verlieren. Direkt hinter dem Rathaus betrat er ein gediegenes griechisches Restaurant. Ruth schlich hinter einen Springbrunnen und sah durch die großen Scheiben des Lokals, wie ihr Mann auf eine attraktive, deutlich zu junge und deutlich zu blonde Frau zusteuerte. Er strahlte, umarmte die Frau und gab ihr einen Kuss auf den Mund.

Ruth war sich sicher, dass Joachim Investoren anders zu begrüßen pflegte, löste sich von dem Brunnen und ließ sich ein paar Meter weiter auf einen Stuhl der bereits geschlossenen Außengastronomie eines kleinen Bioladens fallen.

Dort war sie regungslos sitzen geblieben und hatte versucht, irgendwie mit dem Gedanken klarzukommen, dass sie jetzt also auch zu den Frauen gehörte, deren Ehe durch die verdammte Midlife-Crisis eines hormongetriebenen Stelzbocks in die Brüche gehen könnte.

Aber statt mit irgendjemandem darüber zu sprechen, mit ihren Freundinnen oder ihrer Tochter, fraß Ruth die Wut in sich hinein, stickte niedliche Eulen und Rehe und sann auf Rache.

Tag 1

Eine kleine Gruppe von etwa zehn Frauen hatte sich vor der Stadthalle im Bad Hersfelder Kurpark eingefunden, um lautstark kundzutun, was sie von der Veranstaltung im Inneren des Gebäudes hielten. Zwei Demonstrantinnen hielten ein Banner in die Höhe mit der Aufschrift: »Für einen Chauvinismus-freien Hessentag«. »Unser Gemotze gegen euer Geglotze«, hieß es auf einem anderen, ein junges Mädchen reckte ein Pappschild in die Luft, auf dem mit dickem Filzstift geschrieben stand: »Ich bin so wütend, ich habe sogar ein Plakat dabei!«

»Ach Gott, ach Gott«, sagte Portzig abfällig, der mit Bürgermeister Goldhagen den Protest aus einem der großen Fenster im Foyer der Halle beobachtete. »Haben die ihre Ankündigung also wirklich wahr gemacht.«

»Na ja, von diesen paar Hanseln da unten lassen wir uns die schöne Idee aber nicht kaputtmachen«, entgegnete das Stadtoberhaupt. »Nur weil es gerade Mode ist, gegen alles und jeden zu demonstrieren. Und die Mädels haben sich schließlich alle freiwillig beworben.«

Mit den »Mädels« meinte Goldhagen sechs Frauen, die sich für einen Wettbewerb meldeten, den der Bürgermeister mit dem Eventbeauftragten der Staatskanzlei, Viktor Portzig, für den Hessentag in Bad Hersfeld ausgeheckt hatte.

»Kommen Sie, wir müssen rein, sonst verpassen wir den Anfang.« Goldhagen patschte im Losgehen Portzig kumpelhaft auf die Schulter, wohl auch, um noch mal nonverbal klarzumachen, dass beide hier gerade das Richtige taten.

Die Bühnenränder der Stadthalle waren üppig mit Blumen geschmückt worden, auf den noch geschlossenen Vorhang projizierte ein Beamer eine goldene Krone. Goldhagen schritt die Treppe im Zuschauerraum hinab, schüttelte hier und da eine Hand und stellte den Gast aus Wiesbaden vor. In der ersten Reihe nahmen die Männer schließlich auf reservierten Stühlen Platz.

Kurz darauf fuhr der Vorhang beiseite, und zum Sound einer feierlichen Fanfare stürmte ein junger Mann dynamisch auf die Bühne. Der Moderator im grünen Polohemd gehörte zum größten Privatsender des Landes, der die Wahl zur Hessenkönigin im Radioprogramm und online als Medienpartner begleitete. »Wow! Hi, Bad Hersfeld!«, schrie der smarte Jungpräsentator übermotiviert in die Halle und machte eine kleine Pause, in der er offenbar direkt den ersten Applaus erwartete. Da sich im Publikum nichts regte, sprach er schnell weiter. »Ja, also, ein herzliches Willkommen von mir, ich bin der Jonas vom Hitradio, aber hey, um mich geht's heute ja gar nicht!« Hier hatte Jonas offenbar die erste Soll-Lach-Stelle in seiner Moderation verortet; weil aber wiederum alles ruhig blieb, setzte er flott fort. »Hier hinten«, er zeigte auf die Rückwand der Bühne, »hier stehen sechs Frauen. Eine schöner als die andere, aber ehrlich, Leute, eine auch nervöser als die andere. Und eigentlich sind sie ja alle schon Königin oder Prinzessin. Sie repräsentieren die unterschiedlichsten Regionen des schönsten Bundeslands der Welt – aber sie haben noch ein größeres Ziel: Sie alle wollen Königin von Hessen werden!«

Jetzt endlich gab es einen Applaus von den etwa hundertfünfzig Besuchern in der Stadthalle, und Jonas grinste zufrieden. Dann ging es mit seiner Erklärung weiter.

»Alle sechs Kandidatinnen sind die ganzen zehn Tage lang auf dem Hessentag unterwegs. Sie nehmen an Veranstaltungen teil, kommen mit den Bürgern ins Gespräch und sind Königinnen zum Anfassen.« Er machte eine kleine Pause und zwinkerte schelmisch. »Aber nehmen Sie das nicht zu wörtlich, meine Herren!« Vereinzelte Lacher. »Der Höhepunkt aber wird der Umzug am übernächsten Sonntag sein. Dann schweben unsere sechs Damen auf der Königinnensänfte durch die Straßen von Bad Hersfeld. Und am Ende des Festzugs wird verkündet, wer zur Hessenkönigin gewählt wird. Diese neue Hoheit steht übrigens nicht in Konkurrenz zum Hessentagspaar. Das sind dieses Jahr Katharina und Dennis, die wir auch herzlich willkommen heißen …«

Der Moderator hielt einen Moment inne, die Angesprochenen standen in der ersten Reihe kurz auf und winkten ins Publikum.

»Das Hessentagspaar macht ja immer Werbung für die nächste Ausrichterstadt. Die neue Hessenkönigin wiederum ist in ganz Deutschland unterwegs, um Touristen und Investoren in unser schönes Bundesland zu locken.«

Jonas, der bisher frei gesprochen hatte, zog nun ein paar kleine Karteikarten aus seiner Sakkotasche. Bei dieser wichtigen Passage wollte er keine Fehler machen.

»Direkt nach unserer Präsentation wird das Voting-Tool auf der Homepage vom Hessentag und vom Hitradio freigeschaltet. Sie können dann zehn Tage lang abstimmen, welche der sechs Schönheiten unser Land bei allen wichtigen Messen, Empfängen und Events vertreten wird. Natürlich muss sich jeder Nutzer registrieren, bevor er online abstimmen kann, dadurch verhindern wir Missbrauch bei der Stimmabgabe. Die Sektkellerei Schenkell aus Wiesbaden übernimmt als Hauptsponsor von HessenTourist das Jahresgehalt in Höhe von hundertfünfundzwanzigtausend Euro. Außerdem gibt es für die Siegerin einen nigelnagelneuen Mini Cabrio, den sie nach dem Ende ihrer Amtszeit behalten darf. Sie sehen: Es geht nicht nur um die Ehre und um einen tollen Job, sondern auch um viel, viel Geld!«

Es folgten ein längerer Applaus und ein kurzer Moment der Unruhe, weil plötzlich ein gutes Dutzend Hostessen durch die Eingänge in den Saal strömte, sie balancierten auf Silbertabletts in Pyramidenform aufgebaute Sektkelche der erwähnten Marke und verteilten sie an die Besucher.

Goldhagen schlug Sitznachbar Portzig anerkennend auf den Oberschenkel: »Das gefällt mir alles richtig gut!«

»Und jeeeetzt geht er los, der Kampf um den Thron!«, kreischte Jonas von der Bühne herunter. »Ich habe die ehrenvolle Aufgabe, ihnen nun die sechs regionalen Kandidatinnen für das Amt der Hessenkönigin vorzustellen. Jede wird mit einem kleinen Zweizeiler den Wahlkampf eröffnen – und dann liegt es in Ihrer Hand, liebes Publikum, wer unser Land die nächsten zwölf Monate vertritt. Hiiiiier kommt die erste Bewerberin, begrüßen Sie mit mir die Mittelhessische Apfelweinkönigin Johanna I. aus Heuchelheim!«

Eine schwarzhaarige Mittzwanzigerin in einem dunkelgrünen Schlauchkleid betrat strahlend die Bühne, in den Händen hielt sie Bembel und Geripptes, mit dem Glas prostete sie den Besuchern in der Stadthalle zu. Vor einem Mikrofonständer blieb sie stehen und rief in den Saal: »Ich steh fürs Nationalgetränk und wart auf euer Stimm-Geschenk!«

Die Zuschauer klatschten artig, man merkte dem Applaus an, dass sich die Gäste in puncto Enthusiasmus noch Luft nach oben lassen wollten.

Johanna nahm auf einem halbkreisförmigen Sofa Platz, während Jonas schon die Nächste ankündigte.

»Aus Kronberg im Taunus kommt zu uns jetzt Burgenkönigin Benita I.«

Die zweite Kandidatin war auf den ersten Blick etwas älter, trug ein rotes Samtkleid und hatte sich ein funkelndes Diadem in die blonden Haare gesteckt, denen man ansah, dass sie vor dem Auftritt viele Stunden lang bearbeitet worden waren. Sie hatte keine Utensilien dabei, verteilte stattdessen beim Gang ans Mikrofon Kusshände. Benita machte einen sehr selbstsicheren Eindruck und bewarb sich mit dem Satz: »Ich liebe unser Hessenland, drum legt das Amt in meine Hand.«

An dritter Stelle folgte Yvonne, eine leicht dralle Brünette aus Eschwege, die mit ihrem Königinnenamt Werbung für die Ahle Wurscht machte. Sie hatte ein Tablett mit großzügig abgeschnittenen Dauerwurststückchen dabei. Die hineingepikten Zahnstocher sprachen dafür, dass sie den kleinen Snack später unter den Gästen verteilen wollte. Ihr Bewerbungssprüchlein lautete: »Mit Würze und mit Fleischeslust vertreibe ich euch jeden Frust«, der kesse Satz kam beim Publikum bisher am besten an.

»Oh, là, là, jetzt wird es süß. Begrüßen Sie mit mir die Ockstädter Kirschenkönigin Özlem!«

In einer Art Trachtenkleid, das mit dem entsprechenden Obst bestickt war, enterte eine bildschöne Südländerin die Bühne. Sie entblößte beim Lächeln gefühlte zweiundsiebzig kirschblüten-weiße Zähne und groovte mit bauchtanzartigen Bewegungen zum Mikrofon. Besonders der männliche Teil des Publikums sorgte für den bislang längsten Applaus, den Özlem strahlend mit einer Verbeugung entgegennahm. Als schließlich Ruhe ein-kehrte, feuerte sie ihren Zweizeiler ab: »Fürs höchste Amt die beste Frau – halb Orient, halb Wetterau!«

Der Saal stand kopf, in der ersten Reihe stupste Portzig Bür-germeister Goldhagen an und zischelte: »Läuft super, ne?«

Bewerberin Nummer fünf war die Hanauer Grimm-Prin-zessin namens Samira. Sie trug eine Art Patchwork-Umhang, auf die einzelnen Stoffteile waren Motive aus den bekannten Märchen genäht. Die roten Overknees, möglicherweise eine Re-miniszenz an den gestiefelten Kater, bissen sich mit der violetten Kurzhaarfrisur, verdeckten aber immerhin die Tätowierung, Motiv »Rosenstrauch«, die sich von Samiras Fußspann über die Wade bis zum Oberschenkel rankte. Sie machte grundsätzlich einen etwas einfachen Eindruck, der sich noch verstärkte, als sie ihren Satz ins Mikrofon hesselte: »Wählt misch für das nächste Jahr, dann wird mein Märschentraum endlisch wahr.«

Das versemmelte Versmaß fiel Wolli Angerstein nicht auf, weil er gar nicht wusste, worauf er sich konzentrieren sollte. Einerseits versuchte der Lokalreporter der »Osthessischen Landeszeitung« von seinem Platz in der ersten Reihe aus, die Märchen auf dem unruhigen Quilt zu erkennen, andererseits störte ihn dabei das Gefunkel, das ein kleines Brillant-Piercing über Samiras Oberlippe im Scheinwerferlicht verursachte.

Von allen bisherigen Kandidatinnen fand Wolli Samira am billigsten, seine Mutter hätte an dieser Stelle wahrscheinlich das vornehmere Wort »gewöhnlich« verwendet. Benita kam ihm ziemlich blasiert vor, Yvonne mochte er allein schon für ihre nordhessische Herkunft, Johanna wirkte halbwegs boden-ständig und Özlem war einfach zu schön für ein objektives Urteil.

Natürlich stand es Wolli nicht zu, in seinem Artikel Partei für eins der Mädchen zu ergreifen, aber eine private Meinung gönnte er sich auch als Journalist.

Er schaute gerade kurz auf seine Unterlagen, wer die letzte Teilnehmerin beim heutigen Schaulaufen war, als Jonas von der Bühne trötete:

»Uuuund jetzt, *last, but not least*, unsere Kandidatin Nummer sechs! Sie kommt aus Fritzlar! Sie ist die amtierende Sauerkrautkönigin! Hier ist Ursel I.!«

Eine junge Frau mit blassem Gesicht betrat die Bühne und fühlte sich dabei spürbar unwohl. Ihr Kleid bestand aus hellgrünen Schuppen, die bei näherem Hinsehen Kohlblätter aus festem Stoff waren. Ihre dünnen blonden Haare erinnerten in ungünstiger Weise an das von ihr repräsentierte Gemüse.

Ursel winkte unsicher und lief in kleinen Schritten hastig zum Mikrofonständer. Dort sammelte sie sich kurz, reckte die linke Hand zur Faust geballt in die Höhe und sagte: »*I say it loud, I say it proud, vote for German Sauerkraut!*«

Die Lacher im Saal entlockten auch der schüchternen Ursel ein vorsichtiges Lächeln, sie verbeugte sich erleichtert und lief schon etwas selbstsicherer zum Sofa, wo Jonas mit den anderen Hoheiten auf die letzte Kandidatin wartete. In einer lockeren Interviewrunde durften sich die Bewerberinnen dann noch etwas genauer vorstellen.

Wolli machte sich fleißig Notizen für seinen Artikel und sah sich durch den Talk in seiner ersten Einschätzung der Damen bestätigt: Von überheblich bis unsicher war alles dabei. Er war gespannt, wer das Rennen machen würde – und ob er einen einigermaßen neutralen Artikel über das Sextett hinbekäme.

※※※

»Na, Leut, die Nummä da drin habbe mer gerockt, oder?«

Samira, offenbar zufrieden mit dem Verlauf der Vorstellungsrunde, zündete sich eine sehr lange und dünne Zigarette an.

Die Frauen warteten am Hintereingang der Stadthalle auf den

Shuttlebus, der sie zurück ins Hotel nach Friedewald bringen sollte. Da auf die Feststellung der Hanauer Märchen-Prinzessin niemand konkret antworten wollte, wählte sie für ihren nächsten Versuch, die Konversation in Gang zu bringen, eine direkte Adressatin.

»Hier, Ursel, dein Satz war ja escht de Knallä. Dschömen Sauerkraut, mega. Wie biste denn da druff gekomme?«

Ursel machte das Kompliment etwas verlegen, sie wischte sich eine Strähne aus der Stirn. »Na ja, irgendwie reimen sich nur blöde deutsche Wörter auf Sauerkraut. Braut oder traut. Und da kam mein Mann auf die Idee, es einfach auf Englisch zu machen ...«

Yvonne hatte einen Schokoriegel in der Hand und rief: »Ich bin die Braut vom Sauerkraut, wählt mich, wenn ihr euch das traut!«

Alle in der Runde lachten, auch Ursel. Grinsend sagte sie: »Ja, die besten Ideen kommen einem immer hinterher.«

»Ich habe aber auch ewig über diesen blöden Satz nachgedacht«, warf Özlem ein. »Ich meine, das Interview danach, alles kein Problem, aber ein Zweizeiler? Auch voll altmodisch irgendwie.«

»Ehrlich gesagt, mein Reim kam von einer Freundin, mit der ich dafür mindestens zwei Flaschen Rotwein geleert habe«, gab Yvonne zu.

»Beim nächsten Mal bitte Apfelwein!«, verlangte Johanna scherzhaft.

»Boah, wenn isch mir eusch zwei anschau, fällt mir ja jetzt erst uff«, Samira deutete mit dem Kinn auf Johanna und Ursel. »Äppler und Sauerkraut, da krisch isch ja direkt Blähunge!«

Johanna hakte sich bei ihrer Kollegin aus Fritzlar unter und antwortete kess: »Pass auf, Samira, wir treten als Duo an, die First Ladys der Flatulenz, dann hast du keine Chance!«

Und Ursel fügte an: »Ich bin die Braut vom Sauerkraut, die dich bei blöden Sprüchen haut.«

Alle außer Benita gackerten. Die Frotzelei war offenbar unter dem Niveau der Burgenkönigin. Sie wartete ab, bis sich alle wieder beruhigt hatten, und sagte dann: »Also, ich habe den Zweizeiler ja mit meinem Coach geschrieben.«

Nach diesem Satz herrschte für einen Moment Ruhe. Yvonne hatte zwar noch ein Stück von ihrem Riegel im Mund, fand aber als Erste die Worte wieder.

»Du hast einen Coach?«

»Ja, glaubst du, ich gehe völlig unvorbereitet in so einen Wettbewerb? Da ist ganz viel eine Frage der Außenwirkung. Outfit, Mimik, Gestik, Auftreten, Glenn hat mich da echt fit gemacht.«

»Glenn?«

»Ein Amerikaner. Eigentlich Personal Trainer, mehr so für Fitness, aber der macht auch komplettes Life-Coaching, Hairstyling und Make-up. Ihr werdet ihn später eh noch kennenlernen. Der wäre auch was für dich, Ursel.«

»Wieso denn gerade für mich?«

»Na ja, jetzt guck dir doch mal deinen Auftritt an. Nichts für ungut, aber der hatte doch keine Attitude. Und zu deinen blonden Haaren solltest du kein Hellgrün tragen.« Benita warf einen abfälligen Blick auf das Kleid der Sauerkrautkönigin.

»Aber Spitzkohl ist nun mal hellgrün«, sagte Ursel gedehnt, man hörte eine leichte Aggression heraus.

»Du, das war ja nur ein gut gemeinter Rat. Vielleicht hat Glenn ja noch ein paar Tipps für dich.«

»Ich glaube nicht, dass ich von irgendeinem Glenn irgendwelche Tipps brauche, liebe Benita.«

Özlem ging dazwischen. »Hey, Leute, jetzt mal keinen Streit. Wir machen uns hier ein paar schöne Tage und sind nicht in Heidi Klums Castingshow, okay?«

Benita hob abwehrend die Hände. »Ja, schon gut, sorry, ich wollte keinem zu nahe treten. Hat halt jeder eine andere Herangehensweise.«

»Das meine ich aber auch.«

Mit dieser patzigen Replik endete das Wortgefecht, denn in diesem Augenblick bog der erwartete Kleinbus um die Ecke. Um die aufgeheizte Stimmung zu deeskalieren, sagte Yvonne laut: »So, Mädels, und jetzt machen wir uns nach diesem Schaulaufen einen entspannten Nachmittag.«

∗∗∗

Daniel Rohde stand auf der Frankfurter Straße im Stau und fluchte. Das konnte in den nächsten zehn Tagen ja heiter werden, wenn schon am ersten alle Wege in die Stadt komplett verstopft waren.

Der Kommissar hatte zwar eine Zufahrtsgenehmigung zur Polizeidirektion, die brachte ihm aber herzlich wenig, weil Dutzende Autos mit auswärtigen Kennzeichen über die Konrad-Zuse-Straße auf den Parkplatz hinterm Bahnhof drängten. Am Nachmittag sollte im Jahnpark das Konzert der Black Eyed Peas steigen, bis zu fünfzehntausend Besucher wurden erwartet. Einfach zu viel für eine kleine Kreisstadt wie Bad Hersfeld. Viele Anwohner hatten schon im Vorfeld des Hessentags das Chaos prophezeit, hier auf der Fuldabrücke war es gerade definitiv ausgebrochen.

»Mein Gott, Leute, jetzt fahrt halt!«

Daniel konnte kaum mit ansehen, wie zögerlich die Autos über die grüne Ampel schlichen. Kein Wunder, denn die Hälfte aller Fahrer schien am Steuer zu telefonieren und war mit der Einfahrt in die fremde Stadt sichtlich überfordert. Am liebsten hätte der Kommissar alle festgenommen. Aber erstens hatte er frei, zweitens war er bei der Mordkommission, und drittens reichte der Straftatbestand für eine Festnahme nicht aus.

Eigentlich hatte Daniel in seiner letzten freien Zeit für die nächsten zehn Tage gar nicht in die Stadt kommen wollen, aber Brigitte hatte ihn zu einem Bummel über den vermeintlich noch leeren Hessentag überredet. Alle Mitarbeiter aus der Polizeidirektion Hersfeld-Rotenburg hatten für die gesamte Zeit des Festes Urlaubssperre, um mit rund dreihundert herangekarrten Kollegen aus dem Rest des Bundeslandes für einen friedlichen Hessentag zu sorgen. Für Gerhard und Jacqueline hatte die erste Schicht schon am Mittag begonnen, Brigitte und Daniel mussten ab dem morgigen Vormittag in die ungewohnte Rolle eines Streifenpolizisten schlüpfen. Heute hatten sie zunächst vor, sich alle gemeinsam am Polizeibistro auf dem Marktplatz zu treffen. Dort nämlich hatten gerade zwei Kollegen von der Bereitschaftspolizei in Frankfurt Dienst, die die Beamten aus Bad Hersfeld von einer Fortbildung kannten.

Michi und Matze, die die Hersfelder Mordkommission komplettierten, hatten sich frühzeitig Karten für das heutige Hip-Hop-Konzert besorgt und schon vor einem Vierteljahr angekündigt, dass sie am Eröffnungstag ab dreizehn Uhr nicht mehr zur Verfügung stünden. Was allerdings keinen großen Unterschied zu einem normalen Freitag machte, denn ab der Mittagspause waren die Kumpel vorwiegend damit beschäftigt, die Wochenendgestaltung der Hersfelder Tuning-Szene zu planen. Die beiden Sportwagenfahrer galten innerhalb der Abteilung ohnehin nicht als die tragenden Säulen der effektiven Ermittlungsarbeit, freitagnachmittags erlahmte ihr berufliches Engagement dann aber meist gänzlich.

»Na, ihr Streifenhörnchen? Habt ihr die Lage unter Kontrolle?«, begrüßte Daniel Jacqueline und Gerhard, nachdem er endlich einen Parkplatz auf dem Gelände der Direktion gefunden hatte und mit Brigitte in die Stadt gelaufen war.

»Du, das ist ganz ungewohnt, wenn man mal wieder eine Uniform anhat«, entgegnete die Kollegin. »Die Leute bleiben plötzlich an einer roten Ampel stehen und fahren ihr Auto aus dem Halteverbot weg, sobald man auftaucht.«

»Steht dir auch wirklich gut«, lobte Brigitte.

Gerhard mischte sich ein: »Jacqui hätte sogar in unseren alten Hemden ein gutes Bild abgegeben, in denen sonst jeder so aussah wie eine schimmlige Leberwurst.« Er meinte damit die Oberhemden in einem hellen Ocker, die in Hessen 2007 zur Freude vieler Beamter durch blaue Modelle ersetzt worden waren.

Die Beamten hatten sich von der Direktion zum Polizeibistro auf dem Marktplatz durchgekämpft, an normalen Tagen ein Fußweg von gerade mal einer Viertelstunde. Heute hatten

Daniel und Brigitte fast dreißig Minuten gebraucht, um den Treffpunkt zu erreichen. Der Hessentag war erst vor wenigen Stunden vom Bürgermeister und vom Ministerpräsidenten eröffnet worden, und schon war die Hersfelder Innenstadt gerammelt voll. »Faszinierend lebendig« war der Slogan des Landesfestes – auf den ersten Blick nicht gelogen.

»Ist ja wirklich krass, wie viele Menschen jetzt schon hier sind«, stellte Jacqueline fest, die im Gegensatz zu Daniel, Brigitte und Gerhard keine Einheimische war. Die Liebe hatte sie vor einigen Jahren von Hamburg nach Osthessen gezogen, nach ein paar Anfangsschwierigkeiten fühlte sich die Norddeutsche zwischen Fachwerk, Hügeln und Wald mittlerweile richtig wohl. Aktuell arbeitete sie nur zu fünfzig Prozent, weil sie sich abwechselnd mit ihrem Mann und einer Tagesmutter um ihren acht Monate alten Sohn kümmerte.

»Und das geht jetzt zehn Tage so weiter«, ergänzte Brigitte. »Na gut, wenn das Lullusfest oder die Festspiele sind, ist ja auch gut was los in meiner kleinen Heimatstadt, aber ich glaube, der Hessentag toppt wirklich alles.«

»Zehn Tage sind aber auch echt ganz schön lang für so ein Fest. Ich mein, das kostet ja auch alles jede Menge Geld.«

»Das stimmt«, bestätigte Gerhard Jacquelines Aussage. »Und genau das moniert der Bund der Steuerzahler ja auch immer. Aber das Fest ist nun mal zu einer Tradition geworden. Es gibt Leute, die jedes Mal hinfahren, egal, wie weit es ist. Meine Premiere war 1987 in Melsungen, weiß ich noch ganz genau. Gott, waren wir damals als Jugendliche aufgeregt. Endlich mal Party hier bei uns im Fuldatal. Und in Hessisch Lichtenau hat es in einer Tour geregnet. Wann war das denn noch mal?«

»Das muss in den Zweitausendern irgendwann gewesen sein. Nach Hünfeld. Die hatten so ein tolles Feuerwerk zum Abschluss, da war ich mit meiner damaligen Freundin. Ja, das muss sogar ganz genau 2000 gewesen sein.«

»Von der damaligen Freundin wissen wir ja noch gar nichts«, foppte Brigitte ihren Kollegen Daniel, der abwinkte. Schien nicht so die ganz große Liebe gewesen zu sein. »Ich war auf jeden Fall 2008 in Homberg. Da waren Die Ärzte auf der Bühne, und das war ein Meeeega-Konzert. Das vergesse ich nie.«

»Warte mal, in Homberg ist doch auch Jan Delay aufgetreten. Da war ich auch gewesen. Mensch, da hätten wir uns ja schon treffen können, bevor wir Kollegen geworden sind.«

Jacqueline schien klar zu werden, dass es bei den Hessen keinen Sinn hatte, die Finanzierung dieser Veranstaltung in Frage zu stellen. Der Hessentag brachte die Leute zusammen, teilweise in Städten, die sie sonst nie gesehen hätten. Und dass man dieses Fest irgendwann mal besucht haben musste, schien in der genetischen Prädisposition der Ureinwohner dieses Landes zu liegen.

Von Westen verdunkelte sich der Himmel, Daniel schaute skeptisch in die herannahenden Wolken. »Kommt, wir gehen mal rein, es könnte gleich nass werden. Außerdem wollten wir doch schauen, ob Tobi und Manuel da sind.«

Er meinte die Frankfurter Kollegen, die zur Verstärkung nach Bad Hersfeld beordert wurden und die Daniel und Brigitte auf einem Lehrgang vor ein paar Monaten kennengelernt hatten. In diesem Augenblick klingelte Daniels Handy.

Er sagte: »Ja?«, und: »Aha. Oh. Das ist ja blöd. Sind genügend Kollegen vor Ort, um die Lage zu regeln?« Nach einer kurzen Pause beendete er das Gespräch mit den Worten: »Alles klar, dann wissen wir Bescheid.«

»Ist was passiert?«, wollte Brigitte wissen.

»Kann man so sagen. Ich wette um ein Bier, dass Michi und Matze hier gleich aufkreuzen und schlechte Laune haben. Die Veranstalter haben das Konzert im Jahnpark abgebrochen. Es soll wohl ein heftiges Gewitter aufziehen. Aber es sind genügend Sicherheitskräfte an der Arena, um die Besucher vom Gelände zu bekommen. Burns sagte, er brauche uns dafür nicht.«

»Oh, dann wird's bestimmt gleich voll in der Stadt. Ich schlage vor, wir suchen uns ein überdachtes Plätzchen und ich organisiere uns was zu trinken. Tobi und Manuel können wir ja gleich noch suchen.«

Brigitte steuerte auf den nächsten Getränkestand zu, während die anderen im Zelt der hessischen Polizei einen Stehtisch ergatterten. Die Kommissarin brachte Jacqueline und Gerhard, die ja offiziell im Dienst waren, zwei Gläser Cola und für Daniel und sich ein Bier. Sie erhob ihr Getränk. »Auf einen friedlichen Hessentag ohne Mord und Totschlag.«

Die Gläser klirrten beim Anstoßen, der Nachhall mischte sich in das erste Donnergrollen, das bedrohlich das nahende Unwetter ankündigte.

**

Für den Rest des Eröffnungstages gönnte das Protokoll den sechs Hoheiten eine kleine Auszeit. Der nächste Termin war erst morgen um elf Uhr ein gemeinsamer Auftritt am Stand vom Trachtenland Hessen. Bis dahin hatten die Königinnen und Prinzessinnen Zeit, sich von ihrer nachmittäglichen Erstpräsentation zu erholen.

Benita hatte Johanna schon im Bus gefragt, ob sie mit ihr die Zeit bis zum Abendessen im Wellnessbereich des Hotels verbringen würde. Johanna hatte sowieso vor, sich das groß beworbene »Kristall-Spa« anzuschauen, hätte das zwar lieber allein gemacht, aber da sie Benita dort ohnehin begegnet wäre, sagte sie zu.

Özlem und Samira wollten sich im Fitnessraum treffen, Ursel plante ein Nickerchen, und die Ahle-Wurscht-Königin Yvonne war von der Dorfmetzgerei auf der Hauptstraße von Friedewald zu einer Verkostung samt gemeinsamem Foto eingeladen worden.

Johanna hatte in einer ruhigen Ecke zwei Liegen gefunden, eine hielt sie für Benita frei, auf der anderen hatte sie es sich mit mehreren flauschigen Handtüchern bequem gemacht. Fast wäre die Apfelweinkönigin schon weggedämmert, als sie von ihrer Kollegin aus Kronberg im Bademantel mit der hoteleigenen Wellnesstasche in der Hand entdeckt wurde.

»Ach, Süße, hier bist du«, sagte Benita, breitete die Handtücher auf ihrer Liege aus und ließ sich unter einem leichten Stöhnen nieder.

Süße. Johanna hasste so etwas. Grundsätzlich war ihr die Burgenkönigin überhaupt nicht sympathisch, aber eine innere Stimme sagte ihr, dass es besser wäre, einen auf gute Freundin zu machen.

Eigentlich hatte sich Johanna Ruhe gewünscht, aber Benita plapperte sofort los: »Sieht ja echt ganz gut aus, der Wellnessbereich. Ich dachte ja schon, in was für eine Absteige werden die uns stecken, als ich ›Friedewald‹ auf den Unterlagen gelesen habe. Aber auf den ersten Blick ist das hier ja einigermaßen okay.«

Einigermaßen okay. Wieder so eine Formulierung, die Johanna aufregte. Das Hotel hatte fünf Sterne und bot jeden erdenklichen Luxus. Aber für die feine Dame aus dem Taunus war es gerade mal *einigermaßen okay*.

In diesem Augenblick bekam die Apfelweinkönigin, die im wahren Leben Psychologie studierte, plötzlich Lust auf eine Provokation. Wenn sie Benita schon nicht leiden konnte, dann richtig.

»Ich finde das alles etwas zu schrill eingerichtet hier. Allein im Foyer diese vielen unterschiedlichen Farben.« Johanna kam Benita näher und sagte leise: »Kann ja sein, dass Samira so was gefällt, die sieht ja selbst aus wie ein Papagei.«

Sofort war Benita in ihrem Element. Sie richtete sich in ihrer Liege auf und zischelte: »Was bin ich froh, dass dir das auch auffällt. Dieser lila Wischmopp auf ihrem Kopf und dieses widerliche Piercing. Bestimmt hat die auch so einen kleinen Brillanten auf einen Zahn geklebt.«

»Woah, ich weiß, was du meinst, megabillig!« Gott, war es einfach, diese dumme Gans auf der Nachbarliege zu provozieren. Die nahm ja gar kein Blatt vor den Mund. Und schon ging es weiter.

»Aber Özlem ja auch«, sagte Benita. »Die hat die Zähne hundertpro gebleacht. Die sieht beim Lachen aus wie ein Pferd, ist dir das mal aufgefallen? Und jetzt mal ganz ehrlich …«, Benita sprach deutlich leiser weiter, »was soll denn das, eine Türkin zur Kirschenkönigin zu machen? Also, weißte, ich habe echt nichts gegen Ausländer, aber was hat die denn mit deutschen Kirschen zu tun?«

»Kürschün«, antwortete Johanna und kam sich auf der Stelle mies vor. Aber nachdem Benita ihrer Konkurrentin wegen des Migrationshintergrundes quasi das Recht absprach, ein deutsches Steinobst zu repräsentieren, entschied sie sich, diese intrigante Schlange weiter auszuhorchen und zu gegebener Zeit ins Messer laufen zu lassen. Dazu gehörte leider auch, sie durch geheuchelte Zustimmung zunächst mal zu weiteren Hetzereien über die anderen Mädels zu verführen. Also: »Ist doch klar, wie so was läuft. Sobald sich bei so einer Wahl auch nur *eine* mit ausländischen Eltern bewirbt, *muss* sie gewinnen. Sonst heißt es gleich wieder, guck, die bösen Deutschen wollen das arme türkische Mädchen nicht integrieren.«

Benita schüttelte angewidert den Kopf. »Das ist echt Gutmenschentum ad absurdum. Ich bin mal gespannt, wie das die Wahl zur Hessenkönigin beeinflusst. Wahrscheinlich hat die ihren ganzen Clan angespitzt, die Abstimmungsseite im Internet zu manipulieren. Aber du, das sage ich dir, wenn ich irgendwelche Unregelmäßigkeiten feststelle, werde ich da knallhart gegen vorgehen.«

»Du nimmst das richtig ernst mit dieser Wahl, oder?«

»Ja, du etwa nicht? Wenn ich mich einem Wettbewerb stelle, will ich den auch gewinnen.«

»Verstehe, lieber tot als Zweite«, sagte Johanna und schob ein falsches Lachen nach. »Aber Vorsicht, hier liegt eine Konkurrentin neben dir.«

»Du wärst die Einzige, die ich als Siegerin noch akzeptieren würde.« Benita tätschelte den umbademantelten Arm der Konkurrentin auf der Liege neben ihr. »Du hast als Einzige von den Weibern Stil und Klasse. Aber mach dir mal keine Gedanken um uns, ich habe schon vorgesorgt.«

Diesen Satz erklärte Benita nicht weiter, stand auf und packte die Handtücher zusammen. »So, meine Liebe, ich muss jetzt mal los. Ich mache noch eine Runde Power-Walking mit Glenn, und heute Abend bin ich auf dem Konzert von Chris Dee. Ich wünsch dir einen schönen Abend.«

Und ich wünsch dir die Pest an den Hals, dachte Johanna und nahm sich vor, im Umgang mit dieser Person sehr, sehr vorsichtig zu sein.

***

Chris Dee hieß eigentlich Krzysztof Dobroczewsky und war Schlagersänger aus Sontra. Der sechsundzwanzigjährige Nachwuchsstar mit polnischen Eltern hatte es mit seinen Songs zu einigen Erfolgen gebracht, sein Hit »Weißes Shirt auf brauner Haut« lief regelmäßig auf hr4. Irgendwann waren die Amigos auf den gut aussehenden Kerl aufmerksam geworden, der es mit etwas frecheren deutschen Texten verstand, auch die jüngere Zielgruppe fürs Schlagergenre zu begeistern. Sie boten ihm an, mit auf Tour zu gehen, seither war Krzysztof zu einer festen Größe in der Szene aufgestiegen.

Der Hessische Rundfunk hatte Chris Dee für den Eröffnungsabend in den hr-Treff eingeladen. Mehr als tausend überwiegend weibliche Fans warteten in der Schilde-Halle darauf, dass der Lokalmatador endlich auf die Bühne kam. Viele Konzertbesucher hatten bunte Federn mitgebracht, denn es gab die Tradition, diese beim Lied »Ich bin doch nicht dein Papagei« in die Luft zu werfen. Chris lief bei diesem Song immer durchs Publikum und forderte die Zuhörer textlich auf, nicht einfach alles nachzuplappern und abzusegnen, sondern sich auch mal querzustellen. Ganz viele Fans hatten ihm schon geschrieben, dass gerade dieser Song ihnen besonders viel Kraft in schweren Momenten gegeben habe.

Benita hatte keine Federn dabei, stattdessen aber eine Einladung in den VIP-Bereich am Seitenrand der Bühne. Sie war auch nicht gekommen, um Liedern zuzuhören, die ihrer Meinung nach nur mit dem Kalkül geschrieben wurden, traurigen Tippsen Trost zu spenden. Viel wichtiger war für sie das Ende des

Konzerts, denn dann würde sie so schnell wie möglich mit Chris in seinem Hotelzimmer verschwinden und sich eine schöne Nacht machen.

Die beiden hatten sich vor ein paar Wochen bei einem Charity-Event in Wiesbaden kennengelernt. Der Sänger hatte der Burgenkönigin damals seine Privatnummer zugesteckt und sie unter einem verheißungsvollen Augenzwinkern aufgefordert, sich bei ihm zu melden. Seitdem hatten sie sich etliche WhatsApp-Nachrichten zugeschickt, die im Verlauf immer anzüglicher geworden waren.

Chris wusste, dass Benita nach seinem Auftritt auf ihn warten würde, und hatte ihr versprochen, so schnell wie möglich zu ihr zu kommen.

Mit einem Sektglas in der Hand suchte Benita im bestuhlten Bereich für die Ehrengäste nach einem guten Platz, als sie in der ersten Reihe auf einmal Yvonne erspähte. Offenbar war sie nach ihrem Shooting in der Dorfmetzgerei direkt nach Hersfeld zurückgekehrt. Yvonne hatte Benita im selben Moment auch entdeckt und dirigierte sie zu einem freien Sitz neben sich.

Widerwillig quetschte sich Benita durch die engen Reihen, eigentlich hatte sie gar keine Lust, das Konzert neben einer ihrer Konkurrentinnen zu verfolgen. Aber immerhin bot der Platz eine fabelhafte Sicht auf den Mann, mit dem sie die Nacht verbringen würde.

»Ja, hallo, bist du auch Fan von Chris? Das hätte ich ja gar nicht gedacht«, begrüßte Yvonne die Burgenkönigin aufgekratzt.

»Ach, Fan nicht direkt, aber ich will ja nicht immer alle VIP-Tickets verfallen lassen, die ich bekomme. Und ich hatte auch gerade nichts Besseres vor.«

»Ich kenne den Chris schon ganz lange«, fing Yvonne direkt an zu prahlen. »Er kommt ja auch aus dem Werra-Meißner-Kreis. Mein Bruder hat früher mit ihm in einer Band gespielt, als er noch ganz andere Musik gemacht hat. Mehr so rockige Sachen, krass, ne? Aber gut ausgesehen hat er schon immer.«

Und deswegen wird er sich für ein Schweinchen Dick wie

dich auch nicht interessieren, dachte Benita und sagte: »Das ist ja toll. Hast du ihn denn schon begrüßt vor dem Konzert?« Danach wird er ja leider keine Zeit für dich haben.

»Nee, du, da steht er zu sehr unter Strom. Er weiß auch gar nicht, dass ich da bin. Ich will ihn nachher überraschen, ich denk mal, wir werden dann noch was trinken gehen.«

Werdet ihr nicht! »Ach, das ist ja super, da wird er sich bestimmt freuen«, sagte Benita mit falscher Freundlichkeit, und es entstand eine Gesprächspause. Eigentlich hätte der Auftritt schon vor sechs Minuten beginnen sollen.

Plötzlich beugte sich Yvonne zu Benita herüber und flüsterte ihr zu: »Chris und ich sind zusammen. Aber das darf keiner wissen. Für die Presse macht es sich besser, wenn ein Schlagersänger Single ist.«

In diesem Augenblick setzte das Playback ein, Krzysztof stürmte auf die Bühne, und die Menge brach in frenetischen Jubel aus. Nur Benita blieb stockesteif auf ihrem Platz sitzen.

Tag 2

Im Marburger »FrauenCafé Towanda« herrschte an diesem Samstagvormittag dicke Luft. Jytte, Liane, Gesche und Franka saßen auf kleinen Stühlen rund um einen hölzernen Bistrotisch und diskutierten über einen Zeitungsartikel, der aus dem Internet ausgedruckt worden war. Der Bericht aus der »Osthessischen Landeszeitung« thematisierte die gestrige Vorstellung der sechs Anwärterinnen auf das Amt der Hessenkönigin und entsprach dem Geschmack der anwesenden Damen überhaupt nicht.

»Das war mir so klar, so klar war mir das!«, ereiferte sich Jytte. »Unsere Demo wird mit keiner Silbe erwähnt. Alles hat dieser Macho-Arsch geschrieben: welche Ehrengäste da waren, wie die Bewerberinnen aussehen, woher sie kommen und wie alt sie sind. Alles. Aber von unserer Aktion kein Wort!«

Franka nahm den Ausdruck und fuchtelte damit in der Luft herum. »Das ist für mich ganz klar eine tendenziöse Berichterstattung von diesem Provinzblatt. Eine Gegendemo nicht zu erwähnen ist ganz schlechter Journalismus.« Franka hatte für eine Bürgerinitiative schon mehrere Pressemitteilungen verfasst und kannte sich demzufolge aus.

»Vielleicht hat uns der Reporter ja auch gar nicht gesehen?«, warf die schüchterne Liane ein.

Jytte fuhr ihr über den Mund: »Ach, Schnickschnack, diese ganzen Schwanzträger standen doch oben an den Fenstern und haben wahrscheinlich reaktionäre Kommentare abgegeben. Die haben uns sehr wohl gesehen. Für mich ist das klar: Diesen Wettbewerb haben sich Männer ausgedacht, ein anderer Mann schreibt drüber, und dann ist da kein Platz für Kritik – die eine Krähe hackt der anderen kein Auge aus.«

»Mich kotzt das so an!« Franka ließ sich von Jyttes Zorn anstecken. »Alle berichten über die MeToo-Debatte, machen betroffene Gesichter und versprechen irgendwas, aber ändern tut sich in dieser Gesellschaft gar nichts.«

»Und wenn du einen Leserbrief schreibst?«, schlug Gesche vor.

»Das bringt doch auch nichts. Wahrscheinlich würde dieses blöde Blatt den nicht mal abdrucken, um diesen ...«, Franka suchte auf dem Ausdruck nach dem Namen des Autors, »diesen Wolfgang Angerstein nicht bloßzustellen. Nee, Mädels, ich glaube, wir müssen da andere Saiten aufziehen.«

Jytte war sofort dabei. »Da stimme ich Franka ganz klar zu. Der Hessentag dauert noch neun Tage, wir haben also noch Zeit, um uns eine Aktion auszudenken. Aber die muss dann so aussehen, dass die Presse nicht drum rumkommt, darüber zu berichten.« Sie machte eine kleine Pause. »Wisst ihr, es geht mir gar nicht um diese blöde Wahl da an sich. Ich will ein Zeichen setzen. *Pars pro toto.* Gegen patriarchalische Strukturen, gegen die misogyne Gesellschaft, gegen den Machismo. Wir müssen marginalisierte Frauen wieder sichtbar machen!«

»Und wenn dieses blöde Hersfelder Käseblatt nicht über uns schreibt, müssen wir eben ein Statement setzen, das in die überregionale Presse kommt. Ich finde eh, dass wir uns bislang viel zu sehr zurückgehalten haben. Ein paar Weiber mit Plakaten, da zuckt doch keiner zusammen. Ich finde, es muss jetzt mal richtig krachen.«

»Du, sorry, Franka, aber das klingt für mich jetzt ein bisschen zu sehr nach Gewalt.« Liane schien unzufrieden.

Jytte hingegen sprang Franka bei. »Siehste, Liane, und genau das ist unser Problem. Wir sollen das immer alles akzeptieren. Unterdrückung. Häusliche Gewalt. Staatliche Gewalt. Denk mal an Saudi-Arabien. Oder Nigeria. Du warst doch mit auf dem Vortrag über Beschneidung. Wir müssen jetzt handeln und das kaputtmachen, was uns kaputtmacht.« Beim letzten Satz klopfte Jytte zu jedem Wort mit dem Zeigefinger auf den Tisch, um ihre Entschlossenheit zu untermauern.

Franka sah Liane an, dass sie noch nicht überzeugt war, und versuchte es in einem sanfteren Ton. »Natürlich machen wir nur eine Aktion, die wir im Kollektiv beschlossen haben, jede von uns muss dahinterstehen. Es soll ja auch niemand dabei zu

Schaden kommen. Aber es muss schon ein deutlicher Warn-schuss sein.«

»Und wen soll der treffen? Diesen Reporter oder irgendeinen anderen Macker, der mit diesem blödsinnigen Wettbewerb zu tun hat?«

Spontan konnte auf Gesches Frage niemand eine Antwort geben. Es entstand eine Pause, in der jede der Frauen über eine Maßnahme nachdachte, die krass genug für überregionale Auf-merksamkeit war, aber niemandem einen körperlichen Schaden zufügte.

Nach einer knappen Minute schob Jytte ihren Chai Latte von sich weg, beugte sich nach vorn und bedeutete ihren Mit-streiterinnen, die Köpfe näher zusammenzustecken.

Sie flüsterte: »Ich habe eine großartige Idee. Wir werden die Wahl auf ihrem Höhepunkt torpedieren. Und zwar so, dass keiner auf uns kommt, aber jeder darüber berichten wird. Der Plan ist genial …«

✳✳✳

Yvonne war an diesem Morgen zuletzt beim gemeinsamen Frühstück erschienen, zu dem sich die sechs Anwärterinnen auf die Hessenkrone verabredet hatten. Dafür blieb sie mit Samira am längsten sitzen, während die anderen sich schon auf ihren Zimmern für den Auftritt beim Trachtenland Hessen aufmaschelten.

Als die beiden allein waren, rückte die Hanauer Grimm-Prinzessin ein bisschen näher an Yvonne heran und legte die Hand auf ihren Arm.

»Hier, Yvonnsche, saache mal, is was net in Ordnung bei dir? Du machst so e abwesende Eindruck heut Morsche.«

Yvonne war verblüfft über die Feinfühligkeit von Samira, die auf den ersten Eindruck gar nicht so empathisch wirkte. Außerdem hatte die Wurstkönigin gehofft, dass sie ihre unruhige Nacht so gut überspielt hatte, dass ihre Konkurrentinnen nichts davon mitbekamen. Das plötzliche Mitgefühl tat ihr aber gut, und irgendetwas in ihr sagte Yvonne, dass sie sich Samira anvertrauen konnte.

Nach einem tiefen Seufzer erklärte sie: »Ach, das ist eine ganz blöde Geschichte. Ich war doch gestern Abend auf dem Konzert von Chris Dee. Ich soll es ja eigentlich gar nicht erzählen, aber wir sind zusammen, der Chris und ich. Also, das dachte ich jedenfalls. Denn wir waren nach dem Konzert verabredet. Aber jetzt guck mal …« Yvonne zog ihr Handy aus der Hosentasche und öffnete ihre Nachrichten. Sie zeigte Samira die Message: »Sorry, klappt heute nicht mehr, melde mich, XOXO Chris«.

Traurig drückte sie den Text weg und legte das Mobiltelefon vor sich auf den Tisch.

Samira konnte das Ausmaß von Yvonnes Enttäuschung nicht so ganz verstehen, versuchte sie aber trotzdem aufzumuntern. »Ach, Mädsche, des kann doch mal passieren, der war halt müd nach seim Auftritt, des würd isch jetzt net überinterpretieren.«

Yvonne sah Samira an und hatte wässrige Augen. »Ja, das dachte ich ja auch und habe dann versucht, mich zu beruhigen. Aber irgendwie war ich so aufgewühlt deswegen, dass ich nicht einschlafen konnte. Ich bin dann noch mal eine Runde um den Block gelaufen – und da habe ich zwei Straßen weiter sein Auto gesehen. Verstehst du, das Auto von Chris! Dabei hat sein Management ihm ein Hotel unten in Bad Hersfeld gebucht. Ich mein, was macht der denn hier?«

Yvonne schniefte, Samira legte den Arm um sie. »Bist du ganz sicher, dass das dem Chris sein Auto war? Mir Fraue verstehe doch von so was nix.«

Der kleine Witz drang nicht zu Yvonne vor, der jetzt eine Träne über die Wange kullerte. »Natürlich bin ich sicher, ich kenne doch die Marke und das Kennzeichen. Ich glaube, ich habe heute Morgen sogar sein Aftershave hier auf dem Gang gerochen – der muss im Hotel gewesen sein.« Bislang hatte Yvonne auf die Tasse vor sich gestarrt, jetzt wandte sie sich Samira zu. »Ich glaube, Chris hintergeht mich. Ich sehe ja, wie die Weiber auf den Konzerten alle auf ihn abfahren. Chancen hat er genug. Und es gab schon ein paarmal so komische Situationen, wo ich dachte, dass er mich anlügt. Aber so konkret, dass ich sein Auto finde …« Yvonne fing jetzt richtig an zu weinen. »Was soll so ein toller Typ denn auch mit 'ner pummeligen Wurstkönigin wie mir? Aber ich dachte halt, da ist mehr zwischen uns.«

Samira nahm die schluchzende Yvonne in den Arm und streichelte ihr über die Schulter. Einfühlsam sagte sie: »Komm, mein Mädsche, des is der Typ net wert. Wahrscheinlich gibt's e ganz einfache Erklärung für des mit dem Auto. Mir gehe jetzt zu denne blöde Trachteomas uff de Hessentag, du rufst deinen Chris danach an, und alles wird sisch uffkläre.«

Yvonne war gerührt von Samiras Trost. Sie nickte tapfer, tupfte sich mit der Serviette die Augen trocken, zog die Nase hoch und sagte halb ernst, halb scherzhaft: »Aber wenn da doch irgendeine andere Frau hintersteckt, dann lebt sie gefährlich, das kann ich dir sagen!«

***

Der Auftritt beim Trachtenland Hessen hätte eigentlich eine harmonische Angelegenheit werden können, wäre Lokalreporter Wolli Angerstein nicht im Zelt der Brauchtumspfleger am Rande des Marktplatzes aufgetaucht. Dabei war es gar nicht seine Anwesenheit an sich, sondern vielmehr sein Anliegen, das Unruhe unter den hessischen Hoheiten stiftete.

Nachdem die sechs Damen brav Fotos mit Männern und Frauen in traditionellen Gewändern gemacht und Interviewfragen über sich hatten ergehen lassen, gesellte sich der Journalist am Rand der Bühne zu den Königinnen und Prinzessinnen.

»Hallo, guten Tag, die Damen, wenn ich mich kurz vorstellen darf, Wolfgang Angerstein von der ›Osthessischen Landeszeitung‹. Ich war gestern auch bei der Vorstellung in der Stadthalle dabei, vielleicht haben Sie meinen Artikel ja heute sogar schon gesehen?«

Johanna strahlte den Mittfünfziger an. Wolli genoss. »Ja, tatsächlich, Ihre Zeitung lag heute Morgen beim Frühstück im Hotel aus. Vielen Dank für die nette Berichterstattung.«

Auch die anderen Frauen hatten den Bericht gelesen und sich über die Aufmerksamkeit in der lokalen Presse gefreut.

»Tolle Fotos«, sagte Özlem und schenkte Wolli eine besonders schöne Ausgabe ihres makellosen Lächelns.

»Danke, das gebe ich gern an meine Kollegin weiter, die die Aufnahmen gemacht hat.« Wolli zückte einige Visitenkarten, die er unter den Damen verteilte. »Bestimmt werden wir uns während des Hessentags noch das ein oder andere Mal über den Weg laufen ...«

Er blieb bei Özlem stehen. Es wäre ihm ganz recht gewesen, wenn die anderen nicht mitbekommen hätten, was er mit der Kirschenkönigin besprechen wollte, aber da die Damen keine Anstalten machten, sich vom Bühnenrand zu entfernen, konnte er nicht vermeiden, dass sie mithörten.

»Äh, ja, Frau Yeşilçay, was ich fragen wollte, und zwar hätte ich gern ein kleines Porträt über Sie gemacht. So mit dem Schwerpunkt, wie Sie es mit Migrationshintergrund geschafft haben, zur Repräsentantin der Wetterauer Kirschen gewählt zu werden, also selbstverständlich nur, wenn Sie Zeit und Lust haben.«

Wolli ärgerte sich selbst über die leicht verstockte Art seiner Anfrage, aber irgendwie fiel es ihm wie vielen anderen schwer, die nicht deutschen Wurzeln seines Gegenübers unbefangen anzusprechen. Vielleicht sah Özlem aber auch einfach nur zu gut aus, als dass man in ihrer Gegenwart locker bleiben könnte. Sie allerdings entkrampfte die Situation durch ein begeistertes Nicken.

»Na klar, das können wir gern machen, gar keine Frage. Ich will mir natürlich deswegen keinen Vorteil gegenüber den anderen Mädels verschaffen, aber über so eine Geschichte würde ich mich schon sehr freuen.«

Während Wolli mit Özlem einen Termin vereinbarte, zog Benita Johanna zu sich, die eigentlich gerade im Gespräch mit Yvonne gewesen war. Sie deutete mit dem Kinn zum Reporter und der Kirschenkönigin.

»Hast du das mitbekommen eben?«

Johanna schüttelte den Kopf.

Benita flüsterte: »Dieser Schreiberling da will mit Özlem eine exklusive Geschichte machen. Und dreimal darfst du raten, worum es geht: Wie wird man denn als Ausländerin zur Kirschenkönigin gewählt? Das ist genau das, worüber wir gestern gesprochen haben.«

Benitas Missgunst widerte Johanna an. Aber sie hatte sich ja vorgenommen, die Burgenkönigin zunächst in Sicherheit zu wiegen und die miese Nummer mitzuspielen. Also sagte sie entrüstet: »Das ist echt das Letzte! Und eigentlich Wettbewerbsverzerrung, wenn man es mal ganz genau nimmt.«

Benita nickte zustimmend und schaute für einige Momente nachdenklich zu Boden. Danach legte sie ihren Zeigefinger ans Kinn, blickte ihre vermeintliche Verbündete mit halb zugekniffenem linkem Auge an und verkündete zischelnd: »Aber ich weiß, wie ich das türkische Pferdegesicht ärgern kann. Ich muss nur rausfinden, wann dieses blöde Interview genau abgedruckt werden soll.«

✳✳✳

Im Anschluss an den Termin bei den Trachtenträgern stand für die Bewerberinnen ein Treffen mit den ganz hohen Tieren Hessens an. Der Ministerpräsident war mit seinem Innenminister aus Wiesbaden nach Bad Hersfeld gekommen, beide lauschten gerade den Klängen des Landespolizeiorchesters, als die Damen von ihrem Terminkoordinator in die Nähe der Spitzenpolitiker bugsiert wurden. Sobald die Musik verklungen war, erhob sich der Landesvater, schritt auf die Bühne und sagte ein paar nette Sachen über die Kapelle und die Polizei. Nachdem er seinen Applaus bekommen hatte, bedeutete ihm der persönliche Referent, dass links von der kleinen Bühne die Majestäten auf ihn warteten.

Strahlend kam der Ministerpräsident auf die sechs Frauen zu und betrachtete anerkennend ihre Roben. Dabei breitete er die Arme aus, verbeugte sich leicht und röhrte mit seiner kratzigen Stimme: »Meine Damen, ich danke Ihnen, dass Sie gekommen sind. Und dass Sie sich darum beworben haben, unser Land als Hessenkönigin zu repräsentieren. Ich wünsche Ihnen viel Glück und einen fairen Wahlkampf.«

»Damit kennt er sich ja aus!«, ulkte der Innenminister aus zweiter Reihe, sein Chef drohte ihm scherzhaft mit dem Zeigefinger.

Der Pressefotograf der Staatskanzlei grätschte kurz dazwischen und bat den Ministerpräsidenten, zunächst mit jeder Königin und Prinzessin einzeln zu posieren und im Anschluss ein Gruppenfoto zu machen.

»Mit Vergnügen«, reibeiste der oberste Landesherr. »Mit welcher Schönheit darf ich beginnen?«

Da sich keine der Damen traute, den Anfang zu machen, winkte er Ursel herbei. »Kommen Sie, wir zwei brechen das Eis. Das ist ja ein tolles Kleid«, lobte er die Kohlblattrobe, gab der Fritzlarerin die Hand, plauderte kurz mit ihr und grinste in die Kameras.

Danach folgten Samira, die dem Politiker ein bebildertes Büchlein mit Grimm'schen Märchen schenkte, und Yvonne, die irgendwo aus ihrem Kleid eine Wurst hervorzaubere, über die sich der Beschenkte aufrichtig zu freuen schien.

Kirschenkönigin Özlem überreichte ein schmales Fläschchen Eau de Vie, Benita einen Wimpel. Sie nutzte den Moment und eröffnete sofort das Gespräch: »Wir sind uns im Winter begegnet beim Ball des Sports, Sie erinnern sich vielleicht? Mein Vater unterstützt die Stiftung Ihrer Frau. Dr. Manthey, leitender Oberarzt der Main-Taunus-Kliniken in Bad Soden.«

Natürlich konnte sich der Ministerpräsident weder an Benita noch an ihren Vater erinnern, aber er krächzte höflich: »Jaja, Manthey vom Krankenhaus Bad Soden. Sagt mir was. Und der hat so eine hübsche Tochter. Burgenkönigin. Ist ja wirklich eine tolle Burg in Kronberg.« Was man halt so sagt.

Benita machte nach der offiziellen Aufnahme noch ein schnelles Selfie für ihr Instagram-Profil und wurde vom Referenten des Ministerpräsidenten dann mit freundlichem Druck weggeschoben.

Zuletzt war Johanna dran, die einen kleinen Bembel übergab, viel mehr Interesse hatte der Politiker aber an ihrer Schärpe. Er strahlte. »Aha, Johanna, die Erste aus Heuchelheim. Kenne ich gut, da habe ich früher häufiger Basketball gespielt. Sind Sie echte Mittelhessin?«

Johanna war ganz verlegen. Schüchtern antwortete sie: »Ja, Mittelhessin schon, aber eigentlich aus Allendorf. Aber ich studiere in Gießen, deswegen bin ich umgezogen.«

»Ja, wunderbar, ich habe ja auch in Gießen studiert. Aber Sie sehen mir nicht nach Rechtswissenschaften aus. Bestimmt was Spannenderes.«

»Wie man's nimmt. Psychologie.«

Der Ministerpräsident lachte. »Oh, da gibt es später genug für Sie zu tun. Zur Not hole ich Sie zu uns in die Fraktion als Mediatorin.« Sagte es und grinste seinen Innenminister schief an.

Dieser antwortete: »Wenn du dich benimmst, gibt's bei uns auch keinen Streit!«

Die beiden älteren Herren verfielen in herzliches Gelächter, Johanna stand etwas unbeholfen zwischen ihnen und grinste artig mit. Als die Politiker sich fertig amüsiert hatten, legte der Ministerpräsident der Apfelweinkönigin kurz den Arm auf die Schulter und sagte leise zu ihr: »Dann drücke ich Ihnen besonders die Daumen. Wir Mittelhessen müssen ja zusammenhalten.«

Johanna freute sich über die freundlichen Worte, die ehrlich klangen, und gesellte sich mit ihrem neuen Unterstützer zu den anderen, um das angeforderte Gruppenfoto zu machen.

Nachdem die Termine beendet waren, brachte ein Shuttleservice die hessischen Hoheiten zurück ins Hotel nach Friedewald. Sie waren allerdings nur zu viert, Ursel und Yvonne blieben noch auf dem Hessentag, weil sie mit Freunden verabredet waren.

Kurz vor der Ankunft im Hotel fragte Benita: »Hat jemand Lust, mit joggen zu gehen? Glenn hat ein ganz neues Work-out für Runner entwickelt, ich lasse euch gern daran teilhaben.«

Keine der Frauen wollte auf das Angebot eingehen, was vielleicht weniger an den Übungen des Fitness-Coachs, sondern mehr an der Anwesenheit der anstrengenden Benita lag.

»Ja gut«, quittierte sie die Absage, »müsst ihr wissen. Mir ist es halt wichtig, fit zu sein, bei allem, was noch auf uns zukommt.«

Samira verdrehte die Augen, Özlem sah das und grinste.

Johanna sagte entschuldigend: »Ich würde ja echt gern mitkommen, aber ich muss noch was fürs Studium tun. Ich kann das nicht völlig schleifen lassen, in der Zeit, die wir hier sind.

»Ist ja kein Problem«, sagte Benita, und es klang, als sei es doch eins.

Auf dem Zimmer angekommen, ging Samira ins Bad und duschte ausgiebig. Sie genoss das täglich geputzte Badezimmer, die flauschigen Handtücher und die kleinen Fläschchen mit Duschgel und Bodylotion. Mit ihren Eltern hatte sie noch nie in einem Hotel übernachtet, sie kam aus einfachen Verhältnissen. Der Vater arbeitete in der Produktion bei einem Reifenhersteller, ihre Mutter war Schulsekretärin. An ihr Amt als Grimm-Prinzessin war die Hanauerin über ihr Ehrenamt als Vorleserin gekommen. Samiras Lehrerin im Deutsch-LK hatte sie ermutigt, ihre leicht rauchige Stimme als Geschichtenerzählerin zu nutzen, mittlerweile hatte sie großen Spaß daran, lauschenden Kindern die Märchen der Brüder Grimm so näherzubringen.

Als Samira im Bademantel mit noch feuchten Haaren aus dem Bad kam, entdeckte sie auf dem Fußboden einen Brief. Er lag direkt an der Zimmertür, jemand musste ihn darunter durchgeschoben haben.

Sie bückte sich, hob den Umschlag auf und schaute ihn kurz an. Kein Absender, kein Adressat, was konnte das sein?

Sie riss das Kuvert auf und entfaltete ein bedrucktes DIN-A4-Blatt. Die Anrede fehlte, aber der Inhalt machte Samira klar, dass der Brief eindeutig für sie bestimmt war.

Pass auf, du Schlampe! Ich weiß, womit du nebenbei dein Geld verdienst. Du geilst an einer widerlichen Sex-Hotline Männer auf und lässt dich dafür gut bezahlen. Was wäre das für ein Skandal, wenn die Presse über diesen Job nach deiner Wahl zur Hessenkönigin berichten würde? Ich gebe dir bis zum kommenden Samstag Zeit, deine Be- werbung zurückzuziehen. Denk dir irgendeinen Grund aus, kreativ genug bist du als Märchentante ja. Und zu keinem ein Wort. Keine Polizei! Ich habe Beweise. Ich meine es ernst! Achim

Der Sonntag stand für die Majestätinnen im Zeichen zweier Fernsehauftritte. Für die Aufzeichnung des ersten war ein Team des hessischen Regionalfensters von RTL aus Frankfurt angereist, um mit den sechs Frauen ein kleines Quiz über ihr Bundesland aufzuzeichnen. Die Aufnahme verlief insgesamt komplikationslos, Yvonne konnte mit der ziemlich exakten Einwohnerzahl glänzen, Ursel wusste die genaue Höhe der Wasserkuppe, und Samira konnte die Wappen von Kassel, Marburg und Bad Hersfeld den Städten fehlerfrei zuordnen.

Etwas unschöner wurde es, als sich die Damen am Nachmittag in den Zelten des Hessischen Rundfunks am Schilde-Gelände einfanden. Hier war geplant, die Anwärterinnen auf das Amt der Hessenkönigin live in der Hessenschau zu interviewen. Die Sendung startete zwar erst um halb acht, einbestellt waren die Studiogäste aber schon um siebzehn Uhr, weil sie alle nacheinander geschminkt werden sollten. Da der hr nur zwei Maskenbildnerinnen vor Ort hatte und die Königinnen den ein oder anderen Wunsch äußerten, ergab sich für einige eine längere Wartezeit. Während Özlem und Yvonne gerade schön gemacht wurden, echauffierte sich Benita über die Verzögerung.

»Ehrlich gesagt, finde ich das ganz schön unverschämt, uns hier um fünf antanzen und dann ewig warten zu lassen. Und auch nicht gerade professionell, hier nur zwei Leute in der Maske zu haben.«

Gemäß ihrer Strategie stimmte Johanna der meckernden Benita zu, während Samira sich in ihrem Sessel räkelte und meinte: »Och, isch find's net so schlimm. Die habbe Weingummi und en gude Kaffee hier, isch könnt's mir grad schlimmer vorstelle.«

Benita verdrehte die Augen. »Na, du bist ja leicht zufriedenzustellen.« Nach einem kurzen allgemeinen Schweigen legte sie nach: »Ich finde eh, die nehmen sich hier ganz schön wichtig. Besucherausweis für das Gelände, Maske, Stellprobe und Regiebesprechung. Und das alles für so einen komischen Regionalsender, den eh keiner guckt.«

Dummerweise lief genau während dieses Satzes der Aufnahmeleiter an den wartenden Frauen vorbei, der dummerweise genau heute schlecht gelaunt war und ohnehin keine Lust auf so viele Studiogäste hatte. Deswegen war es ihm ein Vergnügen, die nörgelnde Krönchenträgerin spontan vor versammelter Mannschaft in den Senkel zu stellen.

»Also, falls es Sie interessiert, der komische Regionalsender hatte mit der Hessenschau gestern eine Quote von zweiunddreißig Komma sechs Prozent. Sie wären also gut beraten, Ihre Worte nachher vorsichtiger zu wählen, sehr geehrte Frau Königin. Wir sehen uns um achtzehn Uhr dreißig zur Stellprobe.« Sagte es und rauschte ab.

Ursel und Samira grinsten sich an, Benita äffte den Aufnahmeleiter nach: »*Zweiunddreißig Komma sechs Prozent, Frau König in.* Gott, ist das ein spaßloser Haufen.«

In diesem Augenblick kamen Özlem und Yvonne HD-tauglich zugekleistert aus der Maske und bemerkten sofort, dass dicke Luft herrschte.

»Oh«, sagte die Wurstkönigin ironisch. »Hier scheint die Stimmung ja ganz prächtig zu sein.«

Samira klaubte gerade ein paar Weingummifrösche mit weißen Schaumzuckerbäuchen aus der Plastikdose. »Also, bei Ursel und mir schon, aber die Frau Burgenkönigin findet den Ufftritt im dritte Programm wohl a bissi unter ihrer Würde.«

»Ach, leckt mich doch«, sagte Benita, schnappte ihre Handtasche und stapfte in die Maske.

* * *

Nach dem Erhalt des Erpresserschreibens hatte Samira noch am gestrigen Abend mit ihrer besten Freundin Ayleen telefoniert. Diese war über die Nebentätigkeit der Grimm-Prinzessin im Bilde und genauso geschockt wie Samira. Beide waren sich schnell einig, dass es sich beim Unterzeichner »Achim« nicht unbedingt um einen Mann handeln musste. Vielmehr kamen für sie die Konkurrentinnen im Kampf um die Hessenkrone in Betracht, allen voran Benita, die bislang den boshaftesten Eindruck gemacht hatte. Allerdings konnten sich die Freundinnen nicht erklären, wie die missgünstige Mitbewerberin Wind von Samiras Zweitjob in der Befriedigungsbranche bekommen haben könnte.

Nach einem Prosecco und einer kleinen Flasche Weißwein aus der Minibar in Samiras Zimmer löste sich die Anspannung, und die beiden Frauen kamen am Telefon kichernd überein, dass, wer immer das Schreiben aufgesetzt hatte, wohl auch in der Branche tätig und damit mindestens genauso erpressbar war – und dass eine anständig versteuerte Telefonsex-Tätigkeit so verwerflich nun auch wieder nicht sei. Am liebsten hätte Samira nach dem Telefonat das Schreiben direkt weggeschmissen, sie entschied sich aber dafür, es im Zimmersafe aufzubewahren, vielleicht befanden sich noch die Fingerabdrücke des Urhebers darauf, die bei einer Eskalation der Ereignisse noch eine Rolle spielen könnten.

Befreit von den bösen Gedanken des vergangenen Abends, freute sich Samira jetzt auf den Auftritt in der Hessenschau. Vor der Stellprobe wurden die sechs Hoheiten verkabelt, wobei der Toningenieur versicherte, dass er immer nur das Mikrofon der gerade angesprochenen Interviewpartnerin aufziehen würde. Dann wurde die Ausleuchtung geprobt, wobei sich schnell herausstellte, dass das improvisierte Studio auf dem Hessentag mit dem schmalen Moderationstisch bei so vielen Gästen arg an seine Grenzen stieß. Der Aufnahmeleiter schaute sich die Situation an und schüttelte den Kopf.

»Nee, Leute, das können wir so nicht machen. Das sind ja jetzt schon zu viele Personen hinter dem Pult, und die Carola muss da ja auch noch hin.« Er meinte die Hessenschau-Moderatorin Carola Bangermann, für die tatsächlich kein Zentimeter Platz mehr hinter dem Tisch war.

»Ich will da höchstens drei Gäste haben, das wird eh mit sechs viel zu lang, wenn da jeder eine Frage beantworten soll.«

Die Regieassistentin eilte herbei und gab zu bedenken, dass

es aber unfair sei, bei einem Wettbewerb nur die Hälfte der Kandidatinnen vorzustellen.

Johanna ergriff das Wort für die Gruppe. »Das würden wir auch so sehen.« Sie erntete zustimmendes Nicken von den anderen Majestätinnen.

Dem Aufnahmeleiter war eine gelungene Sendung allerdings wichtiger als der Wettbewerb, weshalb er entschied: »Nee, also tut mir leid, die Damen, aber drei müssen weg.« Er schaute kurz auf seine Liste. »Ich schlage vor, dass Yvonne, Johanna und Özlem bleiben.«

»Und wieso gerade die?«, schnappte Benita.

»Weil die drei eine gute Mischung darstellen, eine aus Nordhessen, eine aus der Mitte und eine aus dem Süden. Wurst, Apfelwein und Kirschen, außerdem wollte Carola Frau Yeşilçay als Königin mit Migrationshintergrund unbedingt dabeihaben.«

Samira merkte, dass Benita neben ihr kurz vor der Explosion stand, allerdings kam Yvonne der Burgenkönigin zuvor: »Sorry, also, das finde ich nicht fair. Ursel ist zum Beispiel auch aus Nordhessen, das ist jetzt vollkommen willkürlich ausgewählt, da müssen wir eine andere Lösung finden.«

Özlem hatte schon eine: »Alle oder keine!«, sagte sie und holte sich mit einem rückversichernden Blick schnell die Zustimmung der Konkurrentinnen ein.

Alle nickten, und Samira unterstrich die Entscheidung noch mal: »Jawoll, alle oder keine!«

Der Aufnahmeleiter knallte entnervt seine Liste auf das zu kurze Moderationspult und eilte an seiner Assistentin vorbei in Richtung Ü-Wagen. »Ich rufe jetzt die Redaktion in Frankfurt an, die sollen das entscheiden!«

Der Regieassistentin war der Auftritt ihres Kollegen peinlich. »Bitte, Sie müssen Verständnis haben, wir mussten jetzt schon zwei Livesendungen vom Hessentag wegen Unwetterwarnungen abbrechen, da liegen die Nerven ein bisschen blank«, erklärte sie schulterzuckend. »Und es sieht wirklich nicht so gut aus, wenn so viele Leute hinter diesem kleinen Tisch stehen. Aber wir finden bestimmt eine Lösung.«

»Es gibt schon eine!«, rief Carola Bangermann, die strahlend das Studio enterte. »Ich habe die Diskussion mitbekommen und Oliver vorgeschlagen, dass wir einfach zwei Interview-Takes mit jeweils drei Kandidatinnen machen. Dafür lassen wir den Beitrag über die Stadt-Imker weg, der ist eh zeitlos und kann die ganze Woche noch gesendet werden. Möööönsch, ihr seht ja toll aus!« Sie wandte sich mütterlich direkt an die herausgeputzten Hoheiten. »Wäre doch zu schade, euch nicht alle zu zeigen, gell, Oliver?«

Der unterlegene Aufnahmeleiter kramte in seinen Unterlagen herum. »Ja, zu schade«, grummelte er.

Der erste Teil des Interviews mit Yvonne, Samira und Johanna lief in der Livesendung dann auch sehr gut, der zweite verunglückte bedauerlicherweise ein wenig. Denn Özlem und Ursel gerieten über Kirschen und Sauerkraut so sehr ins Plaudern, dass für Fragen an Benita leider keine Zeit mehr blieb. Da gleichzeitig der Toningenieur beim Herunterziehen der Mikrofone einen unaufmerksamen Moment hatte, war der einzig vernehmbare Satz der Kronberger Burgenkönigin: »Na toll, die Weiber haben mir meinen Auftritt verlabert«, der sich unschön in die Sponsornennung eines Müsliherstellers vor der Wettervorhersage mischte.

Und dass sich die Sendung an diesem Tag mit dreiunddreißig Komma eins Prozent als besonders quotenstark erwies, besänftigte Benita keineswegs.

Tag 4

Zu Beginn der neuen Woche war es heiß geworden. Und wieder waren für den Nachmittag Schauer und Gewitter vorhergesagt, die den Ablauf des Hessentags durcheinanderwirbeln konnten. Oben in Friedewald, auf etwa vierhundert Metern Höhe, war es angenehmer als unten in Bad Hersfeld, aber Yvonne hatte trotzdem keine große Lust auf Bewegung. Manchmal fragte sie sich, ob sie die Hitze besser ertragen könnte, wenn sie zehn oder zwanzig Kilo weniger wiegen würde. Andererseits war sie keine der Frauen, die darunter litten, etwas fülliger zu sein. Sie hatte sich daran gewöhnt, in jedem Abschnitt ihres Lebens etwas größer und schwerer gewesen zu sein als die Mädchen um sie herum – und als Repräsentantin für eine Wurstspezialität fand sie ihre Figur eigentlich genau richtig.

Yvonne hatte von klein auf zu den Kindern gehört, mit denen man gern befreundet sein wollte. Sie hatte permanent gute Laune, war witzig, kreativ und entwickelte schon vor der Pubertät einen kaum zu widerstehenden Charme. Na gut, Thilo, ihre erste große Liebe in der Mittelstufe, fing irgendwann an, sich mehr für Männer als für Frauen zu interessieren, aber immerhin hatte sie in ihm bis heute einen Freund, der unumstößlich an ihrer Seite stand. Nach einer sehr kurzen Ehe mit einem cholerischen Landmaschinenverkäufer hatten Yvonnes Beziehungen bislang nie allzu lange gehalten, was aber auch nicht dramatisch war, weil der nächste Verehrer meist schon ums Eck kam. Zuletzt Chris Dee. Die beiden kannten sich schon, als er noch Krzysztof und kein Schlagerstar gewesen war, sondern mit Yvonnes Bruder in irgendwelchen Scheunen schrammeligen Rock gespielt hatte. Dass er sich für sie interessieren könnte, wäre ihr im Traum nicht eingefallen, denn er war schon immer der größte Frauenschwarm gewesen, ob früher in der Band oder jetzt mit seinen deutschen Heile-Welt-Texten.

Abgesehen davon hatten sich die beiden ein wenig aus den Augen verloren. Es war ein sonniger Frühlingsnachmittag auf dem Ostermarkt in Wanfried gewesen, als sich ihre Wege wieder gekreuzt hatten. Chris war für einen Auftritt gebucht, Yvonne verteilte im Publikum Wurststücke, als er sie von der Bühne aus entdeckte.

Nach dem Auftritt tranken die beiden im Backstagebereich ein, zwei Bierchen und kamen ins Reden. Oder um genau zu sein, kam Chris ins Reden und schüttete Yvonne sein Herz aus. Dass er sich zwar über seinen Erfolg in der Schlagerbranche freue, ansonsten aber alles ziemlich verlogen sei. Die Lieder, die er nicht selbst komponierte, die Texte, die er nicht selbst schrieb, und die Fans, die hässliche Kuscheltiere auf die Bühne warfen. Mehr oder weniger eindeutig endete seine Elegie mit dem Wunsch, eine bodenständige Frau, und zwar konkret Yvonne, an seiner Seite zu wissen.

Yvonne war trotz des schmeichelhaften Angebots nicht Hals über Kopf in Liebe entflammt, aber um Krzysztof ein bisschen zu trösten, ging sie mit ihm an diesem Abend ins Bett. Sie musste zugeben, dass sich sein durchtrainierter Körper gut anfühlte und dass er so einiges draufhatte, also verliebte sie sich zumindest in den Sex mit dem Schlagerstar. Am nächsten Morgen erklärte Chris, dass es ihm ernst sei mit Yvonne, dass er sehr stark in sie verliebt sei, diese Beziehung aus Rücksicht auf seine Fans aber gern geheim halten würde. Yvonne fand das einerseits zwar albern, andererseits aber auch irgendwie aufregend und ließ sich auf den Deal ein. Seitdem trafen sie sich etwa einmal pro Woche, Chris lud sein Lamento über das Schlager-Business bei Yvonne ab und verwöhnte sie anschließend nach allen Regeln der Kunst.

Obwohl die Wurstkönigin diesen Zustand noch keine Beziehung im engeren Sinne nennen würde, war sie davon ausgegangen, dass Chris momentan keine Frauen neben ihr hatte. Umso mehr beschäftigte sie ihre Entdeckung aus der Nacht zum Samstag. Es war ohne Zweifel Chris' Auto gewesen, das da vor dem Hotel gestanden hatte. Und er hatte sie ohne Zweifel angelogen, als er am nächsten Tag auf ihre Nachfrage hin erzählte, wie gut er in Bad Hersfeld geschlafen habe.

Yvonne lag im Außenbereich der Wellnessoase auf einer Liege in der Sonne und grübelte. Außer den fünf anderen Königinnen waren ihr im Hotel keine allein reisenden Frauen aufgefallen. Natürlich wäre Benita am naheliegendsten, sie war auf dem Konzert gewesen und hätte danach irgendwie an Chris herangekommen sein können. Was hatte sie gesagt? *»Ich will nicht immer alle VIP-Tickets verfallen lassen.«* Wieso hatte sie überhaupt eins gehabt? Die anderen Mädels ja offenbar nicht, jedenfalls waren sie an dem Abend nicht da gewesen.

Yvonne beschloss, Benita besonders im Auge zu behalten und sich ansonsten darauf zu konzentrieren, dass sie in Chris ja eigentlich nicht verliebt war.

Da am heutigen Montag und am Dienstag keine Termine im Kampf um die Hessenkrone anstanden, waren Ursel und Johanna nach Hause gefahren, Samira wollte sich die Grimm-Welt in Kassel anschauen, und Özlem hatte sich mit einer Freundin in Fulda verabredet. Yvonne hatte vor, einfach nur zu relaxen, während Benita mit ihrem Lifestyle-Coach Glenn durch die Wälder jagte, um auch noch das letzte Fettpölsterchen zu eliminieren.

Nach einem kurzen Nickerchen stand Yvonne der Sinn nach ein wenig Literatur. Sie ärgerte sich, dass sie ihr Buch nicht von vornherein mit in den Wellnessbereich genommen hatte, hievte sich aus ihrer Liege heraus und machte sich auf den Weg in ihr Zimmer. Dort freute sie sich, dass die Putzfrau schon da gewesen war, und entdeckte einen Zettel auf dem Boden. Sie hielt ihn zunächst für eine Nachricht der Hoteldirektion, musste dann aber folgenden Text lesen:

Was passieren nur für schreckliche Dinge auf dem Hof deines Vaters? Da werden kleine Bio-Kälbchen und Bio-Lämmchen mit konventionellem Futter zur Massentierhaltung gemästet. Was wäre das für eine Schande, wenn die Presse diesen Skandal an die Öffentlichkeit bringen

würde? Aber ich kann schweigen, wenn du deine Kandida-
tur bis Samstag zurückziehst. Dann kann dein verlogener
Vater sein schmutziges Geschäft fortsetzen. Keine Polizei!
Ich habe Beweise. Ich meine es ernst! Achim

Tag 5

Osthessische Landeszeitung, 11. Juni

Grüner Tee und rote Kirschen – eine Königin mit Migra-
tionshintergrund
Von Wolfgang Angerstein

Die beste Werbung für die berühmten Ockstädter Kirschen
aus der Wetterau ist das strahlende Lachen von Özlem
Yeşilçay. Die 27-Jährige mit nicht deutschen Wurzeln ist im
vergangenen Oktober zur ersten Markenbotschafterin für
das süße Steinobst gewählt worden. Am Rande des Hes-
sentags erzählt Yeşilçay, dass die Kirschen in ihrer Familie
schon immer eine große Rolle gespielt haben. »Schon meine
Großeltern hatten in der Nähe von Bodrum viele Bäume,
die mein Vater schweren Herzens zurücklassen musste, als
er 1977 nach Deutschland kam.« Osman, der Vater, war
das, was man seinerzeit einen typischen »Gastarbeiter«
nannte: ein junger Mann ohne Deutschkenntnisse, aber
mit viel Fleiß und dem festen Willen, sich in der neuen
Heimat ein gutes Leben aufzubauen. Er fand eine Stelle
in einem metallverarbeitenden Betrieb in Bad Nauheim,
traf sich abends zum Kartenspielen mit seinen Lands-
leuten. Das Geld stimmte, aber Osman war einsam und
träumte von den Kirschbäumen an der türkischen Ägäis.
Eines Tages erzählte ihm ein Kollege, dass Erntehelfer in
Ockstadt gesucht wurden. Er stellte sich vor, wurde ge-
nommen und traf beim Pflücken die Liebe seines Lebens:
Nilüfer, ebenfalls aus einer türkischen Familie, ebenfalls
Kirschenkennerin. Die beiden bekamen drei Kinder, an die
sie die Liebe zum Obstanbau weitergaben. Und so hatte
Özlem bei ihrer Bewerbung jede Menge guter Argumente
und stach mit ihrem natürlichen Charme sogar die Kon-

kurrentinnen aus alteingesessenen Ockstädter Familien aus. Seit ihrer Wahl hat Özlem Yeşilçay mehr als zwanzig Auftritte im Dienst der Kirschen absolviert und ist nun eine der Bewerberinnen zur Majestät für ihr Bundesland, die am letzten Tag des Hessentags gekürt wird (die »OLZ« berichtete). Einen kleinen Makel hat die junge Frau aus der Wetterau allerdings: Ihr Nachname heißt ins Deutsche übersetzt »grüner Tee«. Und ob der geschmacklich zu den roten Kirschen passt? Egal! »Gegensätze ziehen sich an«, sagt Özlem und zeigt ein weiteres Mal ihr bezauberndes Lächeln.

»Eine Frechheit!« Wütend pfefferte Benita die Zeitung auf den Frühstückstisch. Yvonne und Samira hatten den Artikel schon ein paar Minuten früher gelesen und bereits vermutet, dass er der Konkurrentin aus dem Taunus nicht schmecken würde. Sie waren heute Morgen nur zu dritt, weil Özlem bei ihrer Freundin in Fulda übernachtet hatte, Ursel und Johanna waren noch in der Heimat.

»Also, da muss isch jetzt auch saache, besonders fair is des net«, monierte selbst die sonst so konziliante Samira. »Mir geht's ja gar net um der Özlem ihre türkischen Wurzeln, aber eine von uns so rausstelle und die annere gar net erwähne, find ich schon 'n bissi ungerecht.«

»Ja, wenn schon so ein Porträt erscheint, müsste man eigentlich eine ganze Serie draus machen«, pflichtete Yvonne bei. »Wobei ich so blöde Formulierungen wie ›natürlicher Charme‹ oder ›bezauberndes Lächeln‹ über mich gar nicht lesen wollen würde.«

»So 'ne rischdische Altherrenschreibe is des!«

»Ja, aber da sind wir ja wieder bei der Befürchtung, die ich von vornherein hatte«, schaltete sich Benita wieder ein. »Dieser Artikel wäre ja niemals erschienen, wenn Özlem nicht aus einer türkischen Familie stammen würde. Und sorry, so blöd das klingt, wir fünf deutschen Bewerberinnen werden durch so was benachteiligt.«

Yvonne ärgerte sich zwar auch über die Werbung für Özlem, allerdings gefielen ihr auch ein paar Formulierungen in Benitas Aussage nicht. Und bevor das hier in eine ungute Richtung abdriftete, versuchte sie, die Diskussion abzuschließen. »Na kommt, ist egal, so eine hohe Auflage hat dieses Blättchen eh nicht. Und die Leute stimmen ja online über die Hessenkönigin ab. Die Menschen, die so 'ne Zeitung lesen, haben wahrscheinlich nicht mal Internet zu Hause. Da sind die sozialen Netzwerke doch viel wichtiger.«

Wahrscheinlich war diese Vermutung sogar richtig, aber Samira wollte in der kleinen Frühstücksrunde dann noch mal beim Thema bleiben und ignorierte Yvonnes Aussage. »Jetzt muss isch aber doch mal fragen, Benita, weil du schon ein paarmal so Sache rausgehaun hast, gibt's da irschenden Problem mit Ausländern bei dir?«

Benita faltete ihre Serviette und schien kurz zu überlegen, was sie antworten sollte. Schließlich sagte sie: »Ja, beruflich gibt es da ein Problem, und das hat sogar einen ganz konkreten Namen. Es heißt Bojana Marinić.« Die Burgenkönigin machte eine kurze Pause. »Ich arbeite doch bei der Hessischen Volkskasse, bekanntlich eine Anstalt des öffentlichen Rechts in kommunaler Trägerschaft. Demzufolge bis obenhinaus politisch korrekt. Letztes Jahr ging es um die Neubesetzung einer Bezirksdirektion. Und wie es dann immer so schön heißt, werden bei gleicher Qualifikation weibliche Bewerberinnen bevorzugt. So weit, so offiziell. Aber wenn sich jetzt auch noch eine Frau mit Migrationshintergrund bewirbt, dann ist inoffiziell mal gleich klar, wer den Job bekommt. Denn dann kann sich die Volkskasse ja stolz rühmen, total weltoffen und integrierend zu sein. Also Bojana Marinić statt Benita Manthey, ihr versteht?«

»Ja, okay, des is blöd«, sagte Samira.

Yvonne schwieg, weil sie nicht beurteilen konnte, ob Frau Marinić und Frau Manthey tatsächlich die gleiche Qualifikation mitbrachten. So, wie sie Benita bisher kennengelernt hatte, würde sie sie jedenfalls auch nicht zu einer Führungskraft machen.

Diese fühlte sich offenbar noch zu einer Richtigstellung genötigt und schob deswegen nach: »Also, rein privat ist mir das völlig egal, wo jemand herkommt. Meine beste Freundin im Reitstall früher hatte sogar persische Eltern. Aber im Job oder hier bei unserer Wahl reagiere ich eben ein bisschen allergisch nach der Sache mit Bojana. Aber ich bin deswegen nicht rechts oder so.«

***

Auch im Marburger »FrauenCafé Towanda« stieß Wollis Artikel auf starke Resonanz, allerdings ebenfalls auf keine positive. Franka hatte sich zur Aufgabe gemacht, die Berichterstattung über die Wahl zur Hessenkönigin weiter im Auge zu behalten, weil sie immer noch zornig war, dass die »OLZ« die Gegendemonstration bei der Eröffnungsveranstaltung nicht erwähnt hatte. Und nun hatte dieser Lokalreporter wieder nachgelegt und einen aus Sicht der Frauen total unmöglichen Artikel geschrieben.

»Es ist so weit, der Antifeminist hat wieder zugeschlagen. Diesmal geht es um die Kirschenkönigin Özlem. Und alles, was dieser Angerstein schreibt, reduziert die Frau auf ihr Lächeln und ihren Migrationshintergrund. Kein Wort zur Unterdrückung des weiblichen Geschlechts im Islam, über die Integrationsschwierigkeiten der Frauen in der zweiten oder dritten Generation, keine Silbe über die muslimische Fratriarchie.«

Mit dem letzten Wort meinte Franka die starke Rolle der Brüder in muslimischen Familienverbünden, sie versuchte, den Begriff im Deutschen zu etablieren, und hatte darüber unlängst ein Impulsreferat an einem interkulturellen Abend im »Towanda« gehalten.

Jytte, die von den Frauen des feministischen Stammtischs am schnellsten auf die Palme zu bringen war, sprang ihrer Mitstreiterin bei: »Du hast soooo recht! So ein Artikel würde echt die Chance bieten, das Bild der Frauen in der Gesellschaft der arabischen Welt geradezurücken. Aber nein, immer schön an der Oberfläche bleiben.«

Dass die Türkei eigentlich gar nicht zur arabischen Welt zählte, ignorierte Jytte. Wenn sie erst mal auf der Palme war, nahm sie es mit den Fakten manchmal nicht ganz so genau.

Gesche sagte mit einem resignierenden Schulterzucken: »Man ist nicht als Frau geboren, man wird es.«

Dieses Zitat von Simone de Beauvoir brachte die Diskussion zwar nicht weiter, kam beim Stammtisch aber grundsätzlich immer gut an.

Die zurückhaltende Liane knüpfte abermals an die Idee vom vergangenen Samstag an. »Also, noch mal wegen der geplanten Aktion: Ich war ja beim letzten Mal noch nicht so ganz sicher, ob wir da wirklich so ein krasses Statement setzen sollen, um diesen Wettbewerb auf dem Hessentag zu torpedieren. Aber ich habe seitdem einige Artikel über Misswahlen und Schönheitsköniginnen gelesen. Und ich muss sagen, das hat mich echt traurig gemacht. Weil es ja immer heißt, dass auch Wissen und Bildung und soziales Engagement bei diesen Wahlen eine Rolle spielen würden. Aber ich habe dann ein Video gefunden von der Wahl zur ›Miss Busen‹ in Berlin. Und da wollten die von sozialem Engagement gar nichts wissen!«

Jytte war froh, dass die naive Liane jetzt auf dem richtigen Dampfer war, und wollte den Sack am liebsten direkt zumachen. »Du, ich finde das supermutig von dir, dass du dir so was anschaust. Wir müssen die Demütigungen ja auch kennen, gegen die wir vorgehen wollen. Und was bedeutet das jetzt für deine Haltung der Aktion gegenüber?«

»Dass ich auf jeden Fall dabei bin«, piepste Liane, die immer noch stark unter den erschütternden Bildern von Miss Busen litt.

»Sehr gut«, sagte Jytte und streichelte Liane über die Hand. Sie senkte die Stimme und erklärte ihren Mitstreiterinnen: »Ich habe mich schon mal schlaugemacht. Das Wichtigste ist ein gutes Timing. Wir müssen diesen Wettbewerb wirklich auf seinem Höhepunkt treffen. Und so, dass alle Zuschauer es mitbekommen. Die Maxime muss sein, dass auch überregionale Medien gezwungen sind, darüber zu berichten. Nur so können wir den Frauen wirklich helfen. Der Konnie aus der WG über mir ist doch Computerhacker. Der hat mir im Netz ein Forum gezeigt, in dem sich Menschen austauschen, die so etwas schon mal gemacht haben. Ich kann euch sagen, das sind zum Teil echt kranke Typen. Aber wir setzen die Maßnahme ja gezielt und für die gute Sache ein. Und wenn wir keine Fehler machen, passiert niemandem was, und es wird nie jemand darauf kommen, dass wir dahinterstecken …«

✳✳✳

Am späten Nachmittag trudelten die Hoheiten, die die freien Tage woanders verbracht hatten, wieder im Hotel in Friedewald ein. Der Besitzer hatte die Gäste zu einem kleinen Dinner in die Waldhessenstube eingeladen, an dem er selbst allerdings nicht teilnahm, weil sich die Zentrale der Hotelkette in Willingen befand. Aber er gönnte seinem Direktor vor Ort ein hübsches Essen im Kreise der aparten Damen auf Kosten des obersten Chefs. Während die Antipasti aufgetragen wurden, brachte der Manager den Small Talk in Gang.

»Ich stelle mir das ja sehr aufregend vor, was Sie da gerade erleben. Diese vielen Termine und die Abstimmung. Können Sie eigentlich irgendwo einsehen, wer da gerade vorn liegt?«

»Das nicht«, antwortete Johanna, »aber wir sind morgen in die Mittagssendung beim Hitradio eingeladen, und da wird das Halbzeitergebnis präsentiert.«

»Ich glaube ja, dass Özlem führt«, steuerte Benita bei, ohne explizit nach ihrer Einschätzung gefragt worden zu sein.

»Ach nee, bestimmt nicht«, wehrte die Kirschenkönigin ab. »Du hast doch viel mehr Follower. Und auch viel mehr Likes bei Facebook.«

»Ja, die Benita geht des rischdisch profimässisch an, des hat bestimmt alles der Glenn organisiert, gell, Benita?« Samiras Tonfall hatte sarkastische Züge.

»Ach, der Herr, der in der Sechsundzwanzig wohnt?«, kombinierte der Hoteldirektor.

»Ja, genau. Das ist mein Lifestyle-Coach, über den sich die anderen Damen gern ein bisschen lustig machen. Der kümmert sich um meine Auftritte und betreut die sozialen Netzwerke.«

»Das ist ja auch völlig okay, es geht halt jeder diesen Wettbewerb anders an«, schmiss sich Johanna an Benita heran.

»Aber dafür war über Sie ja dieser tolle Artikel gestern in der ›OLZ‹«, sagte der Direktor, schaute Özlem an und ahnte nichts von dem Öl, das er mit diesem Satz in die Flammen goss.

Gott sei Dank kam genau in diesem Moment der Kellner vorbei und fragte, ob das Grillgemüse denn geschmeckt habe. Er schenkte Wein nach und unterbrach unwillkürlich die Konversation.

Dem Gastgeber lag daran, das Gespräch wieder anzukurbeln. »Mich würde ja mal interessieren, wie man eigentlich Sauerkrautkönigin wird«, fragte er Ursel, die noch gar nichts gesagt hatte.

Sie war ob der direkten Ansprache ein wenig verlegen, hatte sich in ihrem Amt für solche Fragen aber eine Antwort parat gelegt. »Na ja, das Sauerkraut gilt ja nicht gerade als Trendgemüse. Aber es ist regional, kalorienarm und voll mit Vitamin C. Eigentlich ein richtiges heimisches Superfood. Und weil auf der Packung immer der Firmensitz in Esslingen angegeben ist, wissen viele gar nicht, dass es aus Fritzlar kommt. Deswegen ist man im Werk auf die Idee gekommen, mit einer Königin das Image aufzupolieren. Mein Vater arbeitet dort ja im Labor. Das ist ganz spannend, weil der Hersteller 1932 das weltweit erste pasteurisierte Sauerkraut auf den Markt gebracht hat.«

Ganz so genau hatte es der Direktor mit seiner Frage gar nicht wissen wollen. Aber jetzt war Ursel kaum zu bremsen. »Und wir versuchen ja auch gerade, wieder in den jüngeren Markt vorzustoßen mit unserer BBQ-Linie. Also Sauerkraut, das sich zu Grillfleisch besonders gut kombinieren lässt, in den Geschmacksrichtungen ›würzig, rauchig, pikant‹ und ›Sweet Golden Curry-Mango‹.«

»Na, das werde ich mal meinem Küchenchef empfehlen«,

sagte der Direktor schnell, weil er das Gefühl hatte, jetzt dann doch genug über das Kohlgemüse erfahren zu haben.

Irgendwie war Ursel undurchsichtig: einerseits sehr schweigsam, andererseits äußerst präsent und fast schon dienstbeflissen, wenn es darum ging, kraft ihres Amtes Werbung fürs Produkt zu machen.

Samira fiel der geniale Satz »*vote for German Sauerkraut*« wieder ein, der bei der Vorstellung die meisten Lacher kassiert hatte. Aber wenn es um Ursel als Privatperson ging, wirkte sie äußerst verschlossen.

Was man von Benita spätestens zum Hauptgang nicht mehr behaupten konnte. Sie hatte innerhalb kürzester Zeit zwei gut eingeschenkte Gläser Riesling feinherb weggehauen und fühlte sich in der Gegenwart des Hoteldirektors sichtlich wohl.

Zur Saltimbocca bildeten sich kleinere Gesprächsgrüppchen, Özlem erzählte Samira von ihrem Tag in Fulda, Yvonne und Johanna orakelten, wer beim Voting zur Halbzeit vorn liegen könnte, und Ursel aß konzentriert ihre Kalbsschnitzelchen. Der Manager machte Benitas kleinen Flirt mit und bot ihr an, ihn künftig Ralph zu nennen. Ralph hatte zwei gescheiterte Ehen hinter sich, war fast zwanzig Jahre älter als Benita und stufte es als professionelle Höflichkeit ein, die kleinen Avancen eines Gastes nicht zurückzuweisen.

Zum Tiramisu wurden später Grappa und Espresso gereicht, Stimmung und Geräuschpegel stiegen, und selbst Ursel taute auf. Es stellte sich heraus, dass sie als Mitarbeiterin der Volkskasse Schwalm-Eder eine entfernte Kollegin von Benita war, die beiden glichen ihren Kollegenkreis daraufhin nach gemeinsamen Bekannten ab.

Johanna erzählte, dass außer ihr überwiegend Verrückte Psychologie studierten, Samira merkte an, dass alle sechs versammelten Frauen »aber auch net ganz rischdisch im Kopp« sein könnten, um sich »mit em falsche Krönsche als Prinzessje uff de Hessedaach« zu stellen. Auf den Lacher schmiss Ralph direkt noch eine Runde Grappa.

Özlem, die als Muslima nur sehr selten und nur in geselligen

Runden Alkohol trank, war als Erste müde und verabschiedete sich. Yvonne nutzte die Chance und schloss sich an, kurz danach machten sich auch Samira, Ursel und Johanna auf den Weg ins Zimmer. Benita blieb mit Ralph sitzen und ließ sich das Glas noch mal auffüllen. Der Hoteldirektor fand es einerseits unhöflich, den Gast allein zu lassen, andererseits gefiel es ihm mit der Burgenkönigin auch ganz gut.

Um in der plötzlichen Zweisamkeit keine Gesprächspause aufkommen zu lassen, sagte er: »Ihr seid echt ein netter Haufen. Finde ich toll, dass ihr es alle nicht so verkrampft angeht.«

Die zweite Aussage stimmte nicht so ganz, weil auch Ralph merkte, dass Benita den ausgeprägtesten Siegeswillen hatte, aber der konversationserfahrene Gastronom wollte sein Gegenüber ins Plaudern bringen.

Was prompt klappte. »Ja, ich versuche auch, ganz locker zu bleiben. Wobei ich sagen muss, wenn ich mich einem Wettbewerb stelle, dann will ich auch vorn landen. Wäre jetzt nicht so mein Ding, wenn am Montag in der Zeitung stünde: ›Die Kronberger Burgenkönigin wurde von sechs Bewerberinnen Sechste‹.«

»Das ist ja klar. Aber selbst wenn es so ist – es geht doch hauptsächlich darum, hier eine gute Zeit zu haben, oder?«

»Ja, die habe ich ja auch«, tat Benita das Argument ab. »Aber für mich ist es einfach die Chance, zu zeigen, was in mir steckt. Ich hatte es den anderen Mädels schon erzählt: Ich bin bei einer beruflichen Beförderung vor Kurzem ziemlich gemobbt worden, jetzt wäre mal wieder Zeit für einen Erfolg.«

»Den wirst du bestimmt haben«, sagte Ralph in der Hoffnung, ein alkoholgeschwängertes, allzu privates Lamento umgehen zu können.

Aber es war schon zu spät. Benita hatte einen Zuhörer im Hoteldirektor gefunden, der gemäß seiner Position in der Liga spielte, in der sich die Burgenkönigin zu Hause fühlte. Also sprach aus ihrer Sicht in diesem Moment nichts dagegen, ihm ein paar Interna der Mantheys zu erzählen.

»Du musst wissen, Erfolge haben in meiner Familie eine

lange Tradition. Mein Urgroßvater hat nach dem Ersten Welt-
krieg in Wiesbaden ein Sanatorium gegründet, in dem Offiziere
nach den Schlachten behandelt wurden. Mein Großvater hat
das Haus übernommen und eine Privatklinik für Lungenheil-
kunde daraus gemacht. Nachdem sich die Luft in den Städten
verbessert hatte, wurde die Klinik in den siebziger Jahren an
einen Krankenhauskonzern verkauft. Mein Vater ist natürlich
auch Arzt, leitender Oberarzt, um genau zu sein.«

Ralph wusste nicht, was er zu Benitas Ahnenprahlerei beitragen sollte, und nickte einfach nur. Außerdem konnte er sich
nicht erklären, worauf sie eigentlich hinauswollte.

Nach einem tiefen Schluck sprach Benita weiter. »Ja, weißt
du, und da ist es natürlich schon eine Niederlage, wenn das
einzige Kind eine Tochter ist und die dann nicht Ärztin wird.
Aber die kleine Benita war wohl in ihrer Jugend zu beschäftigt
oder einfach zu dumm, um den Numerus clausus für ein Me-
dizinstudium zu schaffen. Also blieb nur eine Banklehre. Na
klar, ist ja was Soliiides«, sie sprach das Wort mit bitterer Ironie
aus. »Aber mein Vater lässt mich jeden Tag seine Enttäuschung
spüren, dass ich nicht in seine Fußstapfen getreten bin. Weißt du,
das sind nur so ganz kleine Sticheleien. Dass er eine Krankheit
beim lateinischen Namen nennt und mir nicht übersetzt. Oder
sein Arztschild auf dem Armaturenbrett gerade rückt, wenn er
mich mal mit seinem Auto mitnimmt. Alles Provokationen, um
zu zeigen, dass ich ihm eigentlich nicht genüge.«

Ralph legte seine Hand auf Benitas Arm. Er hatte nicht damit
gerechnet, dass diese vermeintlich starke Frau ihm ihre Probleme offenbaren würde. Aber es schien ihr gutzutun, darüber
zu reden, deswegen unterbrach er sie nicht.

»Gut, dachte ich, dann zeige ich dir wenigstens, dass ich
meinen Job in der Bank erfolgreich mache. Das lief auch zunächst alles ganz gut, Lehre abgeschlossen, eine kurze Zeit am
Schalter, dann recht schnell stellvertretende Filialleiterin. Zu-
satzqualifikationen, Lehrgänge, Leiterin einer anderen Zweig-
stelle. Eigentlich eine Karriere wie aus dem Bilderbuch. Aber
jetzt stagniert's. Oben wird die Luft dünner, muss ich dir ja nicht

sagen. Und mit der Entscheidung für die andere Kandidatin auf die Bezirksdirektion bin ich jetzt erst mal verbrannt.«

»Und umso wichtiger ist es dir, bei der Wahl zur Hessenkönigin zu gewinnen?«

»Genauso sieht's mal aus. Hundertfünfundzwanzigtausend Euro und ein Mini. Da würde ich dann mein Diadem auf dem Armaturenbrett justieren, wenn mein Vater einsteigen würde. So würde ich's machen. Da würde er schauen, der Herr Dr. Manthey, was seine Tochter dann doch geschafft hat, ohne Studium. Und ohne seine Hilfe und sein Vertrauen.«

Benita löste sich aus der Berührung des Hoteldirektors, nahm den letzten Schluck aus ihrem Glas, straffte sich und legte kurz ihre Hand auf seinen Oberschenkel. Den kleinen Schwips von eben merkte man ihr plötzlich nicht mehr an. »Ralph, ich danke dir fürs Zuhören. Ich muss jetzt auch ins Bett, morgen ist ein wichtiger Tag.«

»Da hast du recht. Schlaf gut, du schaffst das«, sagte der Direktor, während Benita aufstand. Sie warf ihm zum Abschied ein Lächeln zu. Er blieb noch kurz sitzen, faltete seine Serviette und pustete schließlich die Kerzen am Tisch aus.

Im Prinzip taten ihm alle sechs Bewerberinnen leid. Benita wegen ihrer Geschichte. Und die anderen fünf, weil sie diese Frau zur Rivalin hatten.

Tag 6

»Gleich geht's in der Infothek am Mittag um die Stadt-Imker in Kassel – und daaannn wird es richtig spannend: Wir schalten zu unserem Hitradio-Reporter Jonas auf dem Hessentag. Denn der hat den Zwischenstand zur Wahl der Hessenkönigin. Und bisher kennen die Bewerberinnen die Zahlen noch nicht. Sie können auf unserer Homepage natürlich weiterhin abstimmen, ich spiele solange zwei Hits von Bryan Adams und Lady Gaga für sie!«

Die sechs Hoheiten standen mit Jonas in einem Halbkreis um einen Bistrotisch vor dem Übertragungswagen und hatten gemeinsam der Ankündigung aus dem Studio gelauscht. Um die Frauen und den Reporter hatte sich eine Menschentraube versammelt, offenbar wollten viele Hessentagsbesucher mitbekommen, wer bei der Wahl aktuell in Führung lag. Vielleicht wollten sie aber auch nur einen Blick auf die Kleider der Damen erhaschen, die zu diesem wichtigen Termin in vollem Ornat erschienen waren.

»Also, ihr habt es ja gerade gehört. Wir spielen jetzt erst mal zwei Hits, dann kommt der Beitrag aus Kassel, und nach zwei weiteren Songs sind wir dann dran. Das muss alles flott gehen, wir haben nur eins dreißig, ich verkünde direkt das Ergebnis und werde dann die ein oder andere kurz ansprechen. Bitte nur kurze Statements, ich werde auch nicht jeden interviewen können. So weit klar?« Jonas schwitzte ein bisschen.

Johanna sah vor ihrem geistigen Auge einen Chef mit Stoppuhr, der sofort loszeterte, wenn versehentlich etwas zu lang gesprochen wurde. Da vier Hits plus ein Beitrag ja noch etwas Zeit boten, verteilte Yvonne Wursträdchen im Publikum, Ursel hatte Schlüsselbänder von der Sauerkrautfabrik mitgebracht, und Benita wurde zu ihrem größten Glück um eine Autogrammkarte gebeten, die sie selbstverständlich dabeihatte.

Jonas räusperte sich unentwegt und checkte wieder und wieder, ob die Internetverbindung zu seinem Tablet stabil war. Als der Beitrag über die urbanen Bienen beendet war, trommelte er alle Damen herbei, damit gleich alle in Mikro-Reichweite für den Reporter standen.

»Okay, es geht los«, sagte er, als Hit Nummer vier der Mittagssendung leiser wurde.

»Hier ist die Infothek am Mittag in Ihrem Hitradio. Und bei uns wird es jetzt richtig spannend. Auf dem Hessentag in Bad Hersfeld stehen sechs Königinnen und Prinzessinnen. Sie kommen aus unterschiedlichen Regionen und haben nur ein Ziel: Sie wollen Hessenkönigin werden. Ein Jahr lang unser Land bei allen offiziellen Anlässen repräsentieren und ein Jahresgehalt von hundertfünfundzwanzigtausend Euro einstreichen. Hitradio-Reporter Jonas, du musst dir ja vorkommen wie der Hahn im Korb …«

»Oh ja, Ute, sechs Hoheiten in ihren festlichen Amtstrachten stehen um mich herum und sind genauso neugierig wie das Publikum und ich. Wer liegt zur Halbzeit des Votings vorn? Bis zum Hessentagsumzug am Sonntag können Sie noch abstimmen, liebe Zuhörer, aber jetzt gebe ich erst mal bekannt, wie die Platzierungen bisher aussehen. Und hier kommen die Zahlen: Auf Platz sechs liegt momentan die Fritzlarer Sauerkrautkönigin Ursel. Platz fünf geht an Johanna, die Mittelhessische Apfelweinkönigin. Ein guter vierter Platz für die Grimm-Prinzessin aus Hanau, Samira. In den Top drei auf dem dritten Rang die Ahle-Wurscht-Königin Yvonne … uuuund ganz vorn liegen … auf Platz zwei die Kronberger Burgenkönigin Benita und derzeit führend die Ockstädter Kirschenkönigin Özlem!« Jonas schob Benita beiseite, um der bislang Erstplatzierten das Mikrofon unter die Nase zu halten. »Özlem, Wahnsinn, Glückwunsch, hättest du mit diesem Ergebnis gerechnet?«

»Wow, nee, absolut nicht! Vielen, vielen Dank an alle, die bisher für mich gestimmt haben. Bitte klickt fleißig weiter für die Ockstädter Kirschen, ihr wisst ja, sie sind klein und rund, aber fein und gesund.«

Statement kurz, Jonas glücklich. Er wechselte zu Ursel. »Sauerkrautkönigin Ursel, bislang ist die rote Laterne bei dir. Aber es liegen noch ein paar Tage vor uns, schaltest du jetzt auf Angriff?«

»Na ja, ich hatte mir natürlich ein besseres Ergebnis erhofft, aber dann geht die Aufholjagd jetzt eben los. Also, liebe Fritzlarer, lieber Schwalm-Eder-Kreis, ab ins Internet und abstimmen. Mir wird das Sauerkraut helfen, ich mach mir eine Dose auf und roll das Feld von hinten auf.«

Jonas lachte etwas zu laut über Ursels Scherz, sah die zeitliche Schallgrenze auf sich zukommen und machte den Sack zu. »Tja, Ute, du hörst, hier hat noch keiner aufgegeben, der Kampf geht weiter bis zum Sonntagnachmittag, dann wird hier in der Hersfelder Stadthalle im Anschluss an den Umzug verkündet, wer die Königin unseres Landes wird. Also, für mich bist du das ja, Ute, und damit zurück ins Studio.«

»Alter Charmeur, danke an unseren Hessentagsreporter Jonas, alle Bewerberinnen mit Foto und Steckbrief finden Sie auf unserer Homepage, viel Spaß beim Abstimmen.« Jingle dran und ab in den nächsten Hit.

✻✻✻

Im Shuttlebus auf der Rückfahrt ins Hotel herrschte Ruhe. Jede der Frauen schien über die Ergebnisse nachzudenken, die sie gerade erfahren hatten.

Johanna war mit ihrem fünften Platz nicht zufrieden. Er störte sie aber auch nicht so sehr. Eigentlich hatte sie gar keine Lust auf den Wettbewerb gehabt, sie mochte kompetitive Veranstaltungen nicht leiden. Bundesjugendspiele, Turniere und Tabellenplatzierungen waren ihr schon immer egal gewesen; was sie machte, wollte sie aus Spaß tun – und nicht, um am Schluss auf irgendeinem Podest zu stehen. Sie hatte seit ihrer frühesten Jugend miterlebt, wie ihr Vater als Bürgermeister ständig irgendwelche Mehrheiten organisierte, Wahlkämpfe führte und sich über die Niederlagen der Gegner gefreut hatte. Und hatte sich dringend vorgenommen, dass ihr Leben später anders aussehen sollte.

Dass sie nun mit Bembel, Äpplerglas und fünf Konkurrentinnen in diesem Bus saß, hatte sie Lars zu verdanken. Er war ein Freund aus ihrer frühesten Jugend und trat vor ein paar Jahren den Chefposten in der familiengeführten Apfelweinkellerei an. Lars hatte sich vorgenommen, dem hessischen Nationalgetränk ein ganz neues Image zu verpassen. Die Jugend sollte den Most wieder »cool« finden, deswegen mixte er den Äppler mit Energydrinks oder Matetee, verlieh ihm eine leichte Chilinote oder fügte Guarana hinzu. Er füllte ihn in Dosen ab, die je nach Zielgruppe mit Alpakas, Blitzen oder Totenköpfen bedruckt wurden. Seine Eltern fanden das natürlich alles ganz schlimm, mussten nach ersten Anlaufschwierigkeiten aber eingestehen, dass die Idee wohl so schlecht doch nicht war. Der Umsatz ging in die Höhe, immer mehr Supermärkte wollten sich die Apple-Pops in die Regale stellen.

Um noch mehr Publicity für seine Produkte zu bekommen, hatte Lars dann irgendwann die Idee, eine Mittelhessische Apfelweinkönigin zu erschaffen. Die hatte es bisher nicht gegeben, der findige Jungunternehmer sah in seiner alten Freundin Johanna aber die ideale Besetzung. Sie war durch die Kontakte ihres Vaters in der Region keine Unbekannte und wäre das ideale Aushängeschild für seine verrückten Mixturen. Anfänglich hatte er vorgehabt, sie für die maximale Aufmerksamkeit in eine Art Rockerkutte zu stecken, aber da wollte Johanna auf keinen Fall mitmachen. In einer festlichen Robe konnte sie sich das schon eher vorstellen, aber auch nur, weil sie Lars' Tatendrang bewunderte und ihn bei der Emanzipation von seinen Eltern unterstützen wollte. Da musste die junge Generation ja schließlich zusammenhalten.

Und dann war Lars irgendwann mit der Anmeldung zur Wahl der Hessenkönigin um die Ecke gekommen. Weil Johanna darauf rein gar keine Lust gehabt hatte, bot er seiner Freundin an, ihr dafür finanziell unter die Arme zu greifen. Das Geld konnte Johanna gut gebrauchen, denn sie hatte sich vorgenommen, das Studium ohne die Hilfe ihrer Eltern zu finanzieren. Und so entschied sie sich, den Job einfach als Geldquelle zu sehen. Andere gingen kellnern oder saßen an der Supermarktkasse, sie sagte nette Dinge über den Apfelwein und hatte darüber hinaus die Chance, einen ganzen Batzen Geld und einen schicken Kleinwagen zu gewinnen. Und ein bisschen Spaß machte es ihr sogar auch.

Besondere Freude hatte die angehende Psychologin am Beobachten ihrer Konkurrentinnen. Am unverkrampftesten erschien ihr Samira, die mit ihrem hessischen Schlappmaul gute Laune verbreitete und die Aufmerksamkeit und den Luxus einfach nur zu genießen schien. Özlem fand sie fast schon beängstigend perfekt, bei ihr suchte Johanna noch die dunkle Seite. Vielleicht gab es aber auch einfach gar keine.

Yvonne wirkte mit sich im Reinen, sie war so der Beste-Kumpel-Typ, der es dann aber oft schwer hatte, aus den besten Kumpeln mal eine funktionierende Beziehung zu machen.

Benita war neidzerfressen und boshaft, Johanna vermutete allerdings, dass ihr Verhalten mit Problemen in der Kindheit zusammenhängen könnte. Obwohl sie der Burgenkönigin ständig recht gab und so versuchte, einen Draht zu ihr aufzubauen, ließ Benita bisher keinen Blick hinter ihre Fassade zu.

Und Ursel … ja, Ursel? Das war die Rätselhafteste unter den Frauen. Sie schien einfach nur zu funktionieren. Sie hatte zwar immer eine gute Antwort parat, wenn sie angesprochen wurde, aber Johanna hatte sie in den letzten Tagen noch nie lachen sehen. Manchmal wirkte sie so, als sei sie in einen Tunnel geraten, den es mit Konzentration zu durchfahren galt – wenden und abbiegen unmöglich. Dass gerade sie bisher auf dem letzten Platz lag, tat Johanna leid. Wobei wahrscheinlich auch ein Spitzenrang nichts an Ursels Verschlossenheit geändert hätte. Johanna fragte sich, wie wohl ihre Verabschiedung von Ursel am letzten Tag aussehen mochte. Sie würde ihr die Hand geben. Ja, mehr nicht. Ursel war kein Typ, den man umarmte.

Auf ihrem Zimmer angekommen, ließ sie sich auf ihr Bett

fallen. Sie musste dringend ein paar Nachrichten schreiben, unter anderem an Lars, der noch mal kräftig die Werbetrommel rühren sollte. Mit ihrem vorletzten Platz war sie bisher ja noch nicht das optimale Aushängeschild für die coolste Kellerei Hessens.

Während Johanna tippte, hört sie an der Zimmertür ein seltsames Rascheln. Sie unterbrach ihren Text und ging in den Flur. Offenbar hatte jemand unter ihrer Tür einen Zettel hindurchgeschoben, den sie aufhob und direkt las:

Was passieren da nur für schreckliche Dinge in deiner Familie? Der brave Bürgermeister geht fremd. Mit einer Jüngeren, na klar! Die Alte weiß es, aber sie hält den Mund. Was wäre das für ein Skandal, wenn alle davon aus der Presse erfahren würden? Aber keine Sorge, ich kann schweigen, wenn du deine Kandidatur bis Samstag zurückziehst. Dann kann dein Vater die kleine Schlampe weiter treffen. Keine Polizei! Ich habe Beweise. Ich meine es ernst! Achim

***

In der Polizeidirektion Hersfeld-Rotenburg sorgte der Hessentag für ein gewisses Durcheinander. Weil ständig Kollegen zum Einsatz auf dem Fest abgezogen wurden, konnte die Struktur der Kommissariate kaum aufrechterhalten werden. Daniel Rohde, eigentlich in der Mordkommission, musste sich in den letzten Tagen um eine verschwundene Katze kümmern, eine am Bahnhof gestrandete Litauerin und eine Kollegin vom Ordnungsamt, der ein uneinsichtiger Strafzettelempfänger auf den Fuß getreten hatte.

Deswegen war er schon fast gespannt, was nun wieder auf ihn warten würde, als sein Telefon mit einer Friedewalder Vorwahl im Display klingelte.

»Polizei Hersfeld-Rotenburg, Rohde, guten Tag?«

»Ja, guten Tag, Johanna Kühne. Ich weiß jetzt gar nicht,

ob ich richtig bin, der Herr an der Zentrale hat mich zu Ihnen verbunden. Es geht um, na ja, wie soll ich es sagen, um eine Art Erpressung ...«

Daniel legte seinen Notizblock bereit. Im Großen und Ganzen gab es zwei Arten von Anrufern, die bei ihm landeten. Die einen waren die Zornigen, die meist direkt loskeiften und alle um sie herum beschuldigten, die anderen waren die Verunsicherten, die sich oft nicht einmal sicher waren, ob sie die Polizei mit ihrem Anliegen überhaupt behelligen sollten. Frau Kühne gehörte auf jeden Fall zu Letzteren.

»Da sind Sie definitiv richtig bei uns. Wie sieht diese Erpressung denn genau aus?«

»Also, auf dem Hessentag läuft gerade so ein Wettbewerb. Sechs Kandidatinnen bewerben sich um das Amt der Hessenkönigin. Ich bin eine von ihnen.«

»Ah ja, davon habe ich in der Zeitung gelesen.« Daniel konnte sich an den Artikel erinnern, den sein Kumpel Wolli über die Auftaktveranstaltung geschrieben hatte. Leider hatte er das Foto nicht mehr genau vor Augen, aber er ging davon aus, dass er mit einer hübschen Frau telefonierte.

»Ja, und jetzt habe ich einen Brief bekommen, unter der Tür von meinem Hotelzimmer durchgeschoben. Geschrieben von einem ›Achim‹.«

Johanna las dem Kommissar vor, was auf dem Zettel stand.

Daniel machte sich Notizen und fragte: »Stimmt es denn, dass Ihr Vater fremdgeht?«

»Ja, das ist leider richtig«, antwortete Johanna leise. »Meine Mutter hatte irgendwann einen Verdacht und ist ihm gefolgt. Er hat sich tatsächlich mit einer jungen blonden Frau getroffen. Sie hat mir davon erzählt. Der Klassiker, oder?«

»Ja, so was kommt leider nicht nur in Vorabendserien vor. Wo ist Ihr Vater denn Bürgermeister?«

»In Allendorf/Lumda. Bei Gießen. Die Stadt ist klein genug, um sich mit so einer Aktion den Ruf zu ruinieren.«

Daniel vermutete, dass ein untreuer Bürgermeister auch in der Großstadt Probleme mit seiner Wiederwahl bekommen könnte, aber das war nicht der Punkt. »Haben Sie einen Verdacht, von wem der Brief stammen könnte?«

»Schwer zu sagen. Ich kenne keinen Achim. Aber am meisten profitieren von meinem Rückzug würden natürlich die anderen Bewerberinnen. Eigentlich ist bisher alles ganz fair und freundschaftlich zugegangen, aber ...« Johanna zögerte.

»Aber Sie haben eine Vermutung«, ergänzte Daniel.

»Sagen wir mal so. Es gibt eine Konkurrentin, die sehr verbissen wirkt. Die ist mit einem eigenen Coach angereist und so. Ich will da niemanden verleumden, aber wenn der Brief von einem der Mädels kam, wäre sie für mich verdächtig. Oder der komische Typ, der mit ihr trainiert.«

»Niemand erfährt, was Sie mir sagen, Frau Kühne. Wir sind auf solche Verdachtsmomente angewiesen.«

»Also, es ist Benita Manthey, die Kronberger Burgenkönigin. Ich habe sie als ziemlich boshafte Person kennengelernt. Oder ihr Coach, von dem ich nur den Vornamen kenne. Glenn. Ich glaube, er ist Amerikaner. Kann ja sein, dass er ihr was Gutes tun und mit diesen Erpressungen das Bewerberfeld verkleinern will. Immerhin wurde ja auch mit einem männlichen Vornamen unterschrieben.«

»Das muss natürlich nichts heißen«, gab Daniel zu bedenken.

Johanna ging darauf nicht ein, hatte aber einen Einfall: »Vielleicht sind ja Fingerabdrücke auf dem Brief.«

Grundsätzlich keine schlechte Idee, fand Daniel, aber da gab es ein Problem. Oder sogar zwei. »Ja, das ist möglich. Aber erstens dürften Ihre da jetzt auch schon drauf sein, und zweitens reicht der Straftatbestand nicht aus, um Frau Manthey oder diesen Glenn erkennungsdienstlich zu behandeln. Wir sprechen hier von einer Strafverfolgungsvorsorge, also einer Maßnahme, um eine mögliche Straftat zu verhindern. Aber an die Öffentlichkeit zu bringen, dass sich Ihr Vater mit einer anderen Frau trifft, ist nicht strafbar. Der Brief ist auf den ersten Blick zwar Erpressung und Nötigung, aber es findet keine Androhung körperlicher Gewalt oder Ähnliches statt. Wissen Sie denn, ob eine der anderen Frauen vielleicht auch so einen Brief erhalten hat?«

»Keine Ahnung. Aber ich könnte versuchen, das herauszufinden.«

»Nein, das ist unsere Aufgabe. Ich werde eine Kollegin vorbeischicken, die zunächst mal Ihren Brief sicherstellt und dann das Gespräch mit den anderen Kandidatinnen sucht.«

Johanna dachte kurz nach. Dann sagte sie: »Das möchte ich lieber nicht, Herr Rohde. In dem Schreiben stand ja: ›Keine Polizei!‹ Und wenn dann jetzt doch eine Beamtin auftaucht, könnte das den Erpresser zusätzlich provozieren.«

»Meine Kollegin kommt in Zivil mit ihrem Privatfahrzeug. Niemand wird merken, dass die Polizei im Hotel ist.«

»Trotzdem. Ich habe einen besseren Draht zu den anderen Königinnen. Die erzählen mir eher was als der Polizei. Bitte lassen Sie mich das machen, und wenn es weitere Erpressungsfälle gibt, können wir immer noch überlegen, wie wir weitermachen.«

Daniel dachte kurz nach. Wahrscheinlich hatte Johanna recht. Es widerstrebte ihm zwar, ein Opfer mit Ermittlungen zu betrauen, aber das Vertrauen unter den Frauen war sicherlich größer als zu einer fremden Polizistin. Also stimmte er zu.

»Okay, dann machen Sie das. Aber Sie sagen mir sofort Bescheid, sobald Sie irgendetwas herausgefunden haben. Vielleicht gibt es in anderen Briefen ja auch noch explizitere Drohungen, die uns weitere Maßnahmen erlauben würden. Sehen Sie sich dazu wirklich in der Lage?«

Zum ersten Mal im Gespräch klang Johanna erheitert. »Ich studiere Psychologie. Da wird mir schon eine Methode einfallen, die Konversation ganz unverdächtig in diese Richtung zu lenken.«

Daniel notierte Johannas Kontaktdaten und die Namen der anderen potenziellen Briefempfängerinnen. Dann verabschiedete er sich von der Apfelweinkönigin und schärfte ihr noch mal ein, vorsichtig zu sein.

Er starrte kurz vor sich hin. Konnte sein, dass es hier um

eine Mädchen-Eifersüchtelei auf Schulhofniveau ging. Vielleicht steckte aber auch mehr dahinter. Auf jeden Fall war der Anruf Grund genug, Wollis Artikel noch mal aufmerksam zu lesen und die feinen Hoheiten in den nächsten Tagen ein bisschen genauer zu beobachten.

Einen Menschen zu vergiften klingt schwieriger, als es tatsächlich ist. Ein Mitarbeiter eines Armaturenherstellers im Ostwestfälischen hatte hervorragende Ergebnisse mit Bleiacetat erzielt. Der Mann streute seinen Kollegen über Jahre hinweg immer wieder eine Prise des farblosen Pülverchens auf ihre Pausenbrote, 2018 wurde er allerdings unvorsichtig und ließ sich durch eine Überwachungskamera dabei filmen. Kurz danach hatten die Gerichte darüber zu entscheiden, welche Mitschuld der Schlosser an einundzwanzig Todesfällen trug.

Für eine erfolgreiche Vergiftung hat Bleiacetat in mehrerlei Hinsicht großen Charme. Erstens lässt es sich leicht herstellen, zweitens ist es wasserlöslich und fällt durch seinen süßlichen Geschmack nicht besonders unangenehm auf, und drittens ist die Beschaffung der Zutaten keine allzu große Herausforderung. Essig mit einem Säureanteil von fünfzig Prozent wird von reinlichen Hausfrauen gern zur Entkalkung oder zu einem gründlichen Fensterputz herangezogen und kann demzufolge in jedem Drogeriemarkt erworben werden, ohne eine übergroße Skepsis seitens des Verkaufspersonals zu provozieren.

Das ebenfalls benötigte Bleioxid steht bedauerlicherweise nicht im Regal irgendeines Ladengeschäfts, wird aber im Internet angeboten. Allerdings birgt diese Beschaffungsmethode das unschöne Risiko, mitsamt Kaufdatum und Lieferadresse aufzufliegen. Deswegen ist es am einfachsten, sich die benötigte Menge in einem unbeobachteten Moment im Lager eines schulischen Chemielabors zu besorgen. In Relation zur Gefährlichkeit der dort lagernden Materialien sind diese Arsenale meist nur lächerlich lasch gesichert.

Mit dieser kurzen Zutatenliste, etwas Zeit und einem Kochtopf ist das gewünschte Produkt im Handumdrehen hergestellt. Das Bleioxid wird mit der Essigessenz vorsichtig erhitzt, bis sich die Säure verflüchtigt hat. Nach dem Filtrieren muss nur noch die Verdunstung des restlichen Wassers abgewartet werden, und schon bleibt ein diskretes Pülverchen übrig, das schon bei einer Dosierung von fünf bis dreißig Gramm, je nach Körpergewicht und Konstitution des Um-die-Ecke-zu-Bringenden, eine fabelhafte Wirkung entfaltet.

Wer sich für diese Methode entscheidet, sollte sich allerdings im Klaren darüber sein, dass sich Bleiacetat bei der Obduktion leicht nachweisen lässt. Wer die Ermittler über die Todesursache länger rätseln lassen möchte, sollte also einen anderen Weg wählen. Wenn es allerdings nur darum geht, jemanden zielgerichtet ins Jenseits zu befördern, ohne sich groß die Hände schmutzig zu machen, ist Bleizucker das Mittel der Wahl.

Freilich ist es mit einer niedrigen Dosierung, die nach und nach verabreicht wird, möglich, die Leidenszeit des Opfers zu verlängern und sich an seinem Kampf zu delektieren. Weil das Schwermetall die Blutbildung hemmt, entwickelt sich beim chronischen Verlauf der Vergiftung eine Anämie. Die macht zuerst müde und endet, sofern man bei der Verabreichung des Bleiacetats nicht nachlässig wird, häufig in Herzrhythmusstörungen und schließlich in einem Infarkt. Wird ein solcher vom Arzt als Todesursache festgestellt, ist es sehr unwahrscheinlich, dass der Verblichene auf eine Bleivergiftung hin untersucht wird, sofern es sich nicht um einen stadtbekannten Raufbold mit einer langen Liste an Feinden handelt. Das Schwermetall landet mitsamt der Leiche auf dem Friedhof, und niemand aus der Trauergemeinde wird einen Verdacht schöpfen, weswegen die Hauptperson der Veranstaltung so unerwartet und plötzlich aus dem Leben geschieden ist.

Bedauerlicherweise hat diese Methode den Nachteil, dass der Moment des Exitus nur sehr ungefähr festgelegt werden kann. Wer es auf einen effektvollen Abgang zu einem selbst bestimmten Zeitpunkt abgesehen hat, kommt um eine höhere Dosierung nicht herum. Hier bietet der süßliche Geschmack des Pulvers den Vorteil, dass es in einer Limonade, einem Stück Kuchen oder sogar einem halbtrockenen Wein gar nicht auffällt. Bei einer ausreichenden Menge kann sich der Körper bald schon gar nicht mehr entscheiden, ob er wegen Krampfanfällen, Kreislaufversagen oder Herzinfarkt seine Dienste final versagt.

Wie auch immer der genaue Einsatz schlussendlich aussehen mag, wenn man alle Vor- und Nachteile einer schrittweisen oder schlagartigen Vergiftung gegeneinander abgewogen hat, ist es für einen stark hassenden Menschen im Zustand hoher emotionaler Aufgewühltheit ein sehr beruhigendes Gefühl, hin und wieder das winzige Fläschchen mit dem weißen Pulver in der Handtasche zu ertasten.

✳✳✳

Die Landfrauen, die sich zu ihrem jährlichen Hessentagstreffen in der Stiftsruine eingefunden hatten, waren einfach reizend. Sie überfrachteten die hessischen Majestäten zum Dank für ihren kurzen Auftritt mit selbst gemachten Köstlichkeiten. Jede der sechs bekam ein Körbchen mit Honig, Wurst, Likör, Möhrensaft, Erdbeeren und frisch geernteten Zucchini. Nach der Geschenkübergabe lauschten die Frauen einer Rede des Frankfurter Kapuzinermönchs Bruder Paulus, der seinen Vortrag unter das Motto gestellt hatte: »O du schönes Miteinander?! – Von der Freude, gemeinsam unterwegs zu sein«.

Johanna wusste nicht, ob ihre Freude darüber gerade so besonders groß war. Während der Seelsorger das Miteinander in der Gesellschaft beschwor, machte sie sich Gedanken, wie sie es anstellen könnte, ihre Konkurrenz zu weiteren möglichen Erpresserschreiben zu befragen.

Sie war sich mittlerweile ziemlich sicher, dass das Pamphlet nur von der Burgenkönigin oder ihrem Coach kommen konnte. Wer außer ihren fünf Mitbewerberinnen hätte ein Interesse am Rückzug ihrer Bewerbung? Und wer trug genügend Heimtücke in sich, um auf diese Weise zum Sieg zu kommen?

Ein paar Dinge wunderten die Apfelweinkönigin allerdings: Weswegen hatte sie das Schreiben bekommen, nachdem ihre schlechte Platzierung bekannt gegeben worden war? War sie damit überhaupt noch eine ernst zu nehmende Gegnerin für die Frauen an der Spitze? Wäre Glenn, der eher eine Mischung aus Deutsch und Englisch sprach, überhaupt in der Lage, so einen fehlerfreien Erpresserbrief zu schreiben? Und die wichtigste Frage: Woher wusste der Erpresser, dass sich ihr Vater mit einer anderen Frau traf?

Aber gut, das musste Johanna jetzt einfach mal als gegeben hinnehmen.

Während Bruder Paulus auf der Bühne weiterdozierte, fragte sie sich, wem von den Teilnehmerinnen sie am meisten vertraute. Und wer eine Leiche im Keller haben könnte, die Anlass für eine Nötigung sein könnte. Die undurchsichtige Ursel schloss Johanna in puncto Vertrauen aus, Özlem wirkte ihr in ihrem gesamten Tun zu korrekt, um mit irgendetwas erpresst zu werden. Blieben Yvonne und Samira. Die Grimm-Prinzessin trug das Herz auf der Zunge, war kumpelhaft und vielleicht etwas besser manipulierbar. Eine innere Stimme sagte Johanna, dass sie die Richtige sei.

Unwillkürlich schaute die angehende Psychologin zu ihrer Mitstreiterin aus Hanau hinüber, die ihren Blick in diesem Moment auffing und leicht die Augen verdrehte. Das Theoretisieren des Kirchenmannes über die Gemeinsamkeit schien sie zu langweilen.

Ja, Samira war eindeutig die Richtige.

Nach dem freundlichen Empfang und vielen, vielen Fotos mit Landfrauen aus jeder Ecke Hessens brachten die Hoheiten ihre Fresskörbe zum Shuttlebus, der sie aber erst in ein paar Stunden wieder nach Friedewald bringen sollte. Bis dahin hatten die Frauen vor, die Zeit auf der Hessentagsstraße für ein bisschen Werbung in eigener Sache und diverse Besuche zu nutzen. Jede kannte irgendwo jemanden, dem sie noch Hallo sagen wollte, Samira hatte einem nordhessischen Autohaus versprochen, an dessen Stand mit bulligen Nutzfahrzeugen vorbeizukommen. Der Händler warb mit dem Slogan »Märchenhaft günstige Preise« und hatte deswegen Kontakt zur Grimm-Prinzessin mit der Bitte um ein Foto aufgenommen.

Johanna tat ein wenig planlos und schlug Samira vor, sie zu begleiten. Vielleicht bot sich abseits des Shootings eine Möglichkeit, mal halbwegs in Ruhe zu sprechen.

Der freundliche Autoverkäufer hatte zum Dank für das Erscheinen der Prinzessin einen großen Korb mit Wurst, Schnaps, Kräutersalz und Honig vom Kasseler Stadt-Imker vorbereitet, und weil er nicht ahnen konnte, dass Samira noch eine Majestät im Schlepptau hatte, bekam Johanna kurzerhand einen Gutschein zur Probefahrt mit einem Geländefahrzeug geschenkt. Sie bedankte sich artig und beobachtete anschließend, wie Samira voll in ihrem Element war.

»Un, ihr Liebe, wie wollter's habbe? Isch leesch misch uff die Motorhaub – oder lieber e bissi züschtischä?«

Der Chef signalisierte, dass ein züchtiges Foto mit Samira, seinen Kollegen und ihm *vor* den Autos ausreichte, wobei einige der jungen Kfz-Experten eine sich rekelnde Prinzessin auf der Motorhaube schon ganz gut gefunden hätten. Danach signierte die Grimm-Prinzessin noch ein paar Autogrammkarten (»Könnt ihr eusch uffhänge im Spind«), bewunderte kurz die glänzenden Neuwagen und verabschiedete sich schließlich.

Bevor Samira auf irgendwelche anderen Ideen kommen konnte, schlug Johanna vor: »Sag mal, hast du Lust auf einen Kaffee? Ich habe vorgestern einen hübschen Laden entdeckt.«

Mit den Worten »Bissi Koffein tut mir gut« willigte Samira ein.

Die Apfelweinkönigin lotste die Grimm-Prinzessin über den Linggplatz und die Johannesstraße ins Buchcafé am Brink. Dort suchte sie ein ruhiges Eckchen aus und war froh, Bembel und Apfelweinglas endlich abstellen zu können. Samira ging es mit dem neuerlichen Geschenkkorb vom Autohaus ebenso.

Johanna streckte die Beine aus. »Puh, so ein bisschen Ruhe tut auch mal ganz gut, oder?«

»Des kannste laut saache. Macht zwar alles en mäschtische Spass, aber anstrengend isses aach.«

Die beiden plauderten ein wenig und bestellten zwei Latte macchiato. Als die Getränke da waren, beugte sich Johanna über den Tisch, damit sie nicht so laut sprechen musste. »Sag mal, Samira, kannst du ein Geheimnis für dich behalten?«

Die Grimm-Prinzessin machte eine Geste, als ob sie ihre Lippen verschlösse. »Was is dann? Schieß los.«

»Mir wurde gestern im Hotel ein Brief durch den Türspalt geschoben. Ich werde erpresst. Eigentlich geht es gar nicht um mich, sondern um meinen Vater. Der hat eine Dummheit gemacht, will ich jetzt gar nicht genauer erzählen, aber damit diese Dummheit nicht an die Öffentlichkeit gerät, soll ich mich von der Wahl zur Hessenkönigin zurückziehen.«

Mit jedem Wort, das Johanna sagte, wurden Samiras Augen größer. Sie legte ihre Hand auf die von Johanna und sagte leise: »Oh mein Gott, was bin isch froh, dass du das erzählst. Erste mal danke für dein Vertrauen. Und du wirst es net glaube, aber isch hab genau so en Brief auch bekomme.«

Samira machte eine kurze Pause, Johanna fragte nichts, sie spürte, dass ihr Gegenüber von sich aus weiterreden würde. Und das tat sie dann auch.

»Jaaa …«, sagte Samira gedehnt. »Isch hab da auch e Dummheit gemacht, wie du des nennst. Und irschendwer hat's rausgefunne. Auch bei mir heißt es, isch soll mit dem Wettbewerb uffhöre. Wie krass is das denn? Is dein Brief auch von em Achim unnerschribbe?«

Johanna nickte. Sie fand Samiras Reaktion klasse. Nicht zu fragen, um was für eine Dummheit es geht, sondern gleich die Wahrheit zu sagen.

Die beiden schwiegen für einen Moment. Schließlich sagte die angehende Psychologin: »Ich habe die Polizei angerufen. Auch wenn es hieß, dass die rausgehalten werden soll. Ich habe dem Kommissar versprochen herauszufinden, ob noch eine von uns so einen Brief bekommen hat. Meinst du, es gibt noch jemanden?«

Die beiden spekulierten ein wenig über potenzielle andere Erpressungsopfer, beide waren sich einig, dass sie Özlem für die Unangreifbarste hielten, Ursula undurchsichtig fanden und Benita durchtrieben.

»Aber isch dachte, du kämst mit der Benitta voll gut aus, des hat uff misch immer so gewirkt.«

»Nee, du, das war nur gespielt. Die kam mir von Anfang an gefährlich vor – und da dachte ich, machste mal sicherheitshalber einen auf Freundin. Hat ja wohl nicht geklappt, falls der Brief wirklich von ihr oder ihrem Glenn kommt. Und was ist mit Yvonne?«

Samira schaute sich kurz um und sprach dann noch leiser weiter. »Die Yvonne, ja, also Geheimnis gesche Geheimnis, vom Yvonnsche weiß isch, dass der ihr Freund fremdgeht. Die ist mit diesem Chris Dee zusamme, dem Schlachersängä, kennste? Die hat sein Auto nach dem Konzert vor unserm Hotel gesehe, aber bei ihr war er net gewese. Und bei mir auch net, so viel kann isch scho ma saache.«

Das war interessant. Johanna wusste ja, dass Benita am Abend des ersten Tages auch auf dem Konzert in Bad Hersfeld gewesen war – und dann übernachtete dieser Schlagerfuzzi im selben Hotel, allerdings nicht im Zimmer seiner Freundin? Daran war doch was oberfaul.

Den Gedanken schob sie aber erst einmal beiseite, denn die Geschichte hatte auf den ersten Blick nichts mit den Erpresserbriefen von diesem Achim zu tun. Und jetzt ging es ja zunächst darum, herauszufinden, wer von den anderen Frauen möglicherweise auch einen derartigen Schrieb erhalten haben könnte.

Genau darüber hatte Samira offenbar auch nachgedacht, denn sie sagte in die nachdenkliche Stille: »Isch hab e Idee. Isch weiß, wie wir zwei rauskriesche, wer noch so en Brief bekomme hat ...«

⁎ ⁎ ⁎

Der Wind trieb die Wolken über die Gipfel des Seulingswaldes, nur hier und da ließen ein paar klare Stellen am Himmel das Licht des Mondes auf den schlafenden Ort fallen. Es war still in Friedewald, nur ein leises Rauschen von der nahen Autobahn drang über die Felder ins Dorf. Von Zeit zu Zeit ratterte ein Auto über die Kreuzungsbereiche, die im Ortskern mit Kopfstein gepflastert worden waren, ansonsten war aus der Ferne nur ein Kauz zu hören, der in unregelmäßigen Abständen seinen Ruf in die Nacht schickte.

Ein paar Stufen führten durch einen kleinen Park von der Hauptstraße hinauf zur Dorfkirche. Dort saßen auf einer flachen Mauer zwei frierende Frauen und warteten. In der Dunkelheit glomm die Glut einer Zigarette auf, dem Exhalieren des Rauchs folgte ein flüsternder Fluch: »Alder, is des kalt hier!«

»Hessisch Sibirien«, sagte die andere Stimme, und die Raucherin lachte leise. »Ich möchte nur darauf hinweisen, dass es deine Idee war, dass wir uns hier mitten in der Nacht den Erkältungstod holen.«

»Un du hast mitgemacht, weil de auch kaa besser Vorschlach gehabt hast.«

In der Tat hatte Johanna Samiras Vorschlag zugestimmt, mit dem sie herausfinden wollten, ob noch weitere Frauen einen Erpresserbrief bekommen hatten. Dazu waren am Laptop der Grimm-Prinzessin drei Schreiben in Times New Roman, Schriftgröße sechzehn, entstanden – genau die gleichen Typen, die »Achim« in seiner ersten Nachricht verwendet hatte.

Es gibt Neuigkeiten. Wir können über die ganze Sache noch mal reden. Ich warte auf dich vor der Kirche von Friedewald, Motzfelder Straße 5. Keine Polizei! Wenn du nicht kommst, mache ich alles publik! Achim

Die Schriftstücke mit drei verschiedenen Uhrzeiten ließen die beiden Frauen von der diskreten Rezeptionistin ausdrucken, steckten sie in ein Kuvert und schoben sie Özlem, Yvonne und Ursel unter der Tür hindurch. Die Empfängerinnen saßen samt Benita im Kaminzimmer beim Essen, von dem sich Samira und Johanna unter einem Vorwand abgemeldet hatten. Wenn der Abend nicht zu lang ging, mussten sie die Briefe eigentlich schon gefunden haben.

Johanna schaute auf die Uhr. »Gleich halb elf. Özlem ist bestimmt eine ganz Pünktliche.«

»*Wenn* se überhaupt kommt. Isch glaub ja weiterhin, dass die von uns alle diejenische is, die am wenischste erpressbar is. Annererseits isse vielleischt neugierisch und …«

Johanna machte Samira ein hektisches Zeichen, dass sie aufhören solle zu plappern.

Die Grimm-Prinzessin verstummte und sah, wie sich schnellen Schritts eine zierliche Gestalt über die Hauptstraße dem Kirchgarten näherte. Als sie eine Straßenlaterne passierte, erkannten die beiden Frauen auf der Mauer, dass es Özlem war. Sie riefen leise ihren Namen.

Die Kirschenkönigin kniff die Augen zusammen und erkannte zwei Silhouetten vor der dunklen Kirche.

»Komm hoch, wir sind's, Samira und Johanna.«

Özlem stapfte die flachen Treppenstufen hinauf und war geladen. »Was macht ihr zwei denn für einen Scheiß hier? Soll das lustig sein? Ich habe sogar Pfefferspray in der Hand! Ist das jetzt irgendeine blöde Aktion, um die Konkurrenz zu dissen, oder was? Und wer ist Achim?«

Die letzte Frage war entscheidend, deswegen gingen Samira und Johanna auf die anderen zunächst gar nicht ein.

»Ist das der erste Brief, den du von Achim bekommen hast?«, wollte Johanna wissen.

»Ja klar, ich kenne überhaupt keinen Achim. Und man schiebt einem türkischen Mädchen auch keine Briefe durch die Tür«, setzte sie mit gespielter Beleidigung nach und grinste, nachdem die Anspannung abgefallen war. »Aber jetzt erklärt mir mal, was das hier soll.«

»Ja, tut uns leid, wenn wir dich erschreckt haben mit dem Brief. Aber Samira und ich haben beide so ein Schreiben bekommen von einem gewissen Achim, der uns zwingen will, uns von der Wahl zur Hessenkönigin zu verabschieden. Und jetzt wollten wir so herausfinden, ob noch weitere Kandidatinnen Post gekriegt haben.«

Özlem wirkte ernsthaft betroffen. »Oh, okay, das ist ja krass.

Also, ihr könnt mir glauben, ich habe da noch nichts bekommen in dieser Richtung. Aber wie will der euch denn zwingen, nicht mehr mitzumachen?«

»Des täte mer ganz gern für uns behalde, wenn des für disch in Ordnung is.«

Özlem zuckte mit den Schultern. »Ja, klar, geht mich ja auch nichts an. Aber solltet ihr nicht vielleicht doch die Polizei einschalten? Das klingt ja irgendwie nach Erpressung.«

»Die wissen schon Bescheid. Aber ich will jetzt erst mal wissen, wer von uns alles betroffen ist.«

»Ach so, und deswegen lasst ihr jetzt eine nach der anderen hier vor der dunklen Kirche antanzen und gebt euch als plötzlich gesprächsbereiter Achim aus.«

»Ja, so kann man es zusammenfassen, eine bessere Idee hatten wir nicht.«

Özlem schüttelte den Kopf. »Ihr seid echt bekloppt. Ist euch denn nicht klar, wie gefährlich das ist? Überlegt doch mal: Der Erpresser bietet ein Treffen an. Wer weiß, ob da nicht jemand direkt mit geladener Pistole kommt?«

Ganz so riskant fanden Samira und Johanna ihre Aktion jetzt nicht. »Desdewesche gebbe mir uns ja gleich immer zu erkenne, wenn jemand kommt. Da kann schon nix passiern.«

Die pragmatische Özlem stellte das Döschen mit dem Pfefferspray auf die kleine Mauer. »Okay, folgender Vorschlag: Das Spray und ich bleiben bei euch, denn falls doch eine durchdrehen sollte, sind wir zu dritt stärker und haben zur Not noch was zur Verteidigung dabei. Wer soll denn noch alles kommen?«

»Ursel ist für elf eingeladen, Yvonne für halb zwölf.«

»Und Benita war schon da?«

»Ja, als Allererste, aber die hat ähnlich reagiert wie du, keine Erpressung von Achim, klang glaubhaft.«

Johanna hatte beschlossen, Özlem trotz ihres kooperativen Verhaltens nicht zu verraten, dass sie in Benita oder Glenn die Hauptverdächtigen sah. Das war mit Samira zwar nicht abgesprochen, aber das bestätigende Nicken der Grimm-Prinzessin sprach für sich. Kurz dachte Johanna darüber nach, inwiefern

Özlems Anwesenheit die Situation veränderte, aber grundsätzlich sprach nichts dagegen, dass sie und ihr Reizstoffdöschen dablieben.

Die drei Frauen kauerten sich hinter die Mauer und warteten, bis es elf wurde. Özlem jammerte ein bisschen über die Kälte, gab aber gleichzeitig zu, dass sie neugierig war, was als Nächstes geschehen würde.

Allein: Es geschah nichts. Es wurde dreiundzwanzig Uhr, dreiundzwanzig Uhr zehn, dreiundzwanzig Uhr fünfzehn – Ursel tauchte nicht auf.

»Die kommt net.«

»Dann hat sie auch keinen Brief von Achim bekommen. Sonst hätte sie die Chance ergriffen.«

»Bislang is die Aktion en Schuss in de Ofe. Özlem kommt und waaß von nix, Benita au net, und Ursel kommt erst gar net. Und isch frier mir hier ein ab in denne dünne Schuh.«

»Dann ist Yvonne die letzte Hoffnung«, resümierte Özlem, der die anderen beiden Frauen ganz offensichtlich leidtaten. Wahrscheinlich hätte sie gern gewusst, womit Samira und Johanna erpresst wurden, aber offenbar war sie der Überzeugung, dass eine gewisse Diskretion einer Kirschenkönigin auch gut stand. Und vielleicht kam ja ohnehin Licht ins Dunkel, falls Yvonne noch erscheinen sollte.

Und danach klang es. Vom Bürgersteig an der Hersfelder Straße waren Schritte zu vernehmen. Die drei Frauen hinter der Mauer verstummten und lauschten gespannt.

»Das klingt wie zwei«, flüsterte Johanna. Özlem und Samira nickten.

»Achim, du feige Sau! Komm raus aus deinem Versteck. Wir sind da, also lass uns reden. Von Mann zu Mann!«

Die Stimme klang gereizt und entschlossen. Die Frauen sahen sich verschreckt an. Wer war der Mann?

»Scheiße«, sagte Samira. Und kurz darauf: »Isch reschel des.« Sie erhob sich umständlich und verließ den Schutz der Mauer vorsichtshalber mit erhobenen Händen.

»Gaaanz ruhisch, hier is kein Achim, isch bin die Samira, und die Johanna und die Özlem sind auch da.« Zwei verängstigte Gesichter tauchten hinter der Mauer auf.

Neben Yvonne stand ein gut aussehender Typ, der die Szene weiterhin in Habachtstellung belauerte.

»Wenn Sie sisch vielleischt mal vorstellen würden, der Herr?«

Johanna kicherte. Samira war echt schmerzfrei.

Yvonne übernahm das. »Das ist mein Freund, der Chris. Also, Chris Dee, der Schlagersänger. Kannst dich entspannen«, sagte sie zum lauernden Herrn Dobroczewsky. »Und wenn ich vorstellen darf: Das sind drei meiner Konkurrentinnen bei der Wahl zur Hessenkönigin. Was soll dieser Mist hier?«

»Ei, kommt doch erste mal hoch, ihr zwei, dann brauche mer net so zu schreie.«

Yvonne und ihr Freund stiegen die flachen Stufen hinauf und setzten sich auf die Mauer, hinter der Özlem und Johanna immer noch im Kies knieten. Auch sie richteten sich unter leichtem Ächzen auf und setzten sich. Nach einem kurzen Blickaustausch mit Samira übernahm Johanna die Erklärung. »Also, erst mal sorry, dass wir euch vom Schlafen abhalten. Aber darf ich aus der Tatsache, dass du Verstärkung mitgebracht und Achim eine feige Sau genannt hast, schlussfolgern, dass du auch vorher schon einen Brief bekommen hast?«

»Was heißt ›auch‹?«, wollte Yvonne misstrauisch wissen.

»Samira und ich haben ebenfalls einen bekommen. Özlem nicht. Sollst du dich auch zurückziehen von der Wahl?«

Yvonne tauschte einen Blick mit ihrem Freund. Nun hatte es keinen Sinn mehr, das Schreiben zu leugnen. Und wenn zwei weitere Frauen betroffen waren, schien die Sache größer zu sein als vermutet. Trotzdem antwortete Yvonne mit einer Gegenfrage: »Womit werdet ihr erpresst?«

»Darüber habe mir uns gescheseitisch nix gesagt, und bei Diskretion wolle mer auch gern bleibe.«

Davon hielt Chris gar nichts. Er wusste von seiner Freundin ohnehin schon, dass es in ihrem Fall um die Geschäfte des Vaters ging, aber wenn er schon bei Nacht und Nebel von Sontra hierhergefahren war, um diesen Achim zu stellen, der dann nicht da war, wollte er wenigstens Butter bei die Fische.

»Nix da, Diskretion. Wenn wir herausfinden wollen, von wem die Briefe stammen könnten, müsst ihr jetzt schon auspacken.«

Da hatte Chris nun auch wieder recht. Trotzdem ergab sich eine Pause, weil niemand anfangen wollte.

»Okay, ihr Leut, es is halb zwölf uffm letzte Kaff, also Zeit für die Wahrheit. Isch mach Telefonsex. Also nebbebei nur. Aber halt stöhne. Un so.«

»Mein Vater ist Bürgermeister und geht fremd. Das muss dieser Achim irgendwie rausgefunden haben.«

Yvonne machte den Sack zu. »Okay, und mein Vater verfüttert konventionelles Futter in einem Biobetrieb. Und davon nicht wenig.«

»Ihr seid so cool«, sagte Özlem, die als Einzige keine erpressungswürdige Verfehlung beizusteuern hatte.

»Gut. Gutgutgut«, sagte Chris, nachdem er kurz nachgedacht hatte. »Wir sind jetzt im Vorteil. Weil dieser Achim wahrscheinlich nicht ahnt, dass ihr untereinander beichten würdet. Das müssen wir nutzen. Die Frage ist doch: Wie kann jemand alle diese Sachen herausfinden?«

»Die ja auch noch an völlig verschiedenen Orten stattfinden, einmal Hanau, einmal Mittelhessen und einmal Eschwege«, warf Yvonne ein.

Chris nahm den Faden wieder auf: »Der einzige Fall, in den eine andere Person involviert ist, die möglicherweise plaudern könnte, ist der untreue Bürgermeister. Johanna, weißt du irgendwas über die Frau?«

»Ich selbst habe sie nie gesehen, meine Mutter hat die beiden beobachtet, wie sie sich getroffen haben. Sie sagte mir, sie sei nicht ganz sicher, aber sie vermutet, dass es eine Beraterin unserer Hausbank war.«

»Welches ist eure Hausbank?«, fragte Chris.

»Wir sind bei der Hessischen Volkskasse in Gießen. Alle Guthaben, alle Kredite laufen da.«

»Da ist dein Vater doch auch?«, fragte Chris Yvonne, und sie nickte.

»Und isch auch!«, rief Samira.

»Okay, das könnte ein Hinweis sein. Vielleicht hat ja jemand Zugriff. Samira, geht das Gehalt für deinen Nebenjob direkt auf deinem Konto ein?«

»Ja, in den Überweisunge werd als Absender die Firma ›Telefun Services‹ aus Luxemburg genannt.«

»Klingt ja sehr diskret«, spottete Johanna. »Und wie sieht das bei deinem Vater aus, Yvonne? Könnte man da anhand der Überweisungen herausfinden, welches Geld für welches Futter abgebucht wird?«

»Müsste ich fragen, aber es wäre schon vorstellbar. Das heißt also, ihr vermutet, Achim arbeitet bei der Bank, kann sich die Konten von Samira und meinem Vater anschauen und kennt die Frau, die mit Johannas Papa fremdgeht?«

»So könnte es s–«, wollte Chris die Theorie gerade zusammenfassen, als Yvonne ihm über den Mund fuhr.

»Oh mein Gott, das fällt mir jetzt erst wieder ein. Benita hat uns doch erzählt, dass sie bei der Hessischen Volkskasse arbeitet. Samira, beim Frühstück, du warst doch dabei! Als sie von dieser Bojana erzählt hat. Versteht ihr, Benita arbeitet da, die könnte an alles rankommen!«

Ein Moment der Stille machte sich breit. Jeder schien darüber nachzudenken, was das zu bedeuten hatte, als Johanna schließlich sagte: »Und mir fällt auch was ein, Leute. Ich saß doch beim Abendessen mit diesem Hoteldirektor neben Benita. Und da hatte sich im Gespräch herausgestellt, dass auch Ursel bei dieser Bank arbeitet.«

Tag 8

Es gibt Tage, an denen sie nicht daran denkt. Solche Tage sind gute Tage. Und sie werden häufiger. Aber dann kommen wieder Momente, Augenblicke, Situationen, in denen eine Bewegung oder ein Geräusch reichen, um sie zurück in das schwarze Loch zu ziehen. Das Loch, das durch andere Erlebnisse nach und nach zugeschüttet wird, aber nie ganz. Und das Schlimmste ist: Es gibt kein Entkommen, wenn es sich in all seiner Jähheit in Sekundenschnelle auftut. Es unterbricht ein angeregtes Gespräch, einen fröhlichen Spaziergang im Grünen, ein konzentriertes Agieren am Arbeitsplatz.

Ein winziger Impuls, und er ist wieder da: dieser weiße Saal mit dem grellen Licht, umherschreienden Menschen und dem unangenehmen Geruch. Die Bewusstlosigkeit kann etwas sehr Befreiendes sein, eine körpergemachte Vollnarkose sozusagen, aber sie lässt sich nicht steuern oder selbst herbeiführen. Wenn das möglich gewesen wäre, hätte sie schon auf kontrolliertes Kollabieren geschaltet, als sich der rote Fleck auf dem grauen Boden des Seminarraums ausgebreitet hatte.

In den ersten Millisekunden war es Scham gewesen, vor den ganzen Kollegen einen fremden Teppich derart zu versauen. Aber dann war ihr sofort klar geworden, dass die warme Flüssigkeit zwischen ihren Beinen mit ihrer Schwangerschaft zusammenhängen musste. Sie schrie, auch andere Seminarteilnehmer schrien, eine Frau fing an zu heulen, eine andere leistete mit verzweifelten Griffen Erste Hilfe.

Der Krankenwagen war schnell da gewesen, aber sie hatte den Gesichtern angesehen, dass es ernst war. Auf jeden Fall ernst für ihr Kind, vielleicht sogar für sie selbst. Hektische Fragen. Nehmen Sie Medikamente? Sind Allergien bekannt? Ist das Ihre erste Schwangerschaft? Ja, verdammt, es war die erste Schwangerschaft – und sie sollte nicht in der vierundzwanzigsten Woche zu Ende gehen.

Irgendjemand hatte ihr eine Nadel in den Arm gesteckt, eine Rettungssanitäterin redete beruhigend auf sie ein. Wie jung dieses Mädchen gewesen war, sie erinnert sich bis heute daran, wie jung und elfenartig dieses Mädchen gewesen war, helle Haut, rötliche Haare, blaue Augen. Sie strich ihr übers Haar, während der Wagen mit Sirenengeheul ruppig die Kurven der Straße bergab nahm.

Am Krankenhaus wurden die Türen aufgerissen. Die Elfe verschwand aus ihrem Blickfeld, atemlos hallten Diagnosen durch den Gang der Notaufnahme. Fachwörter. Wenn man schon nicht auf Befehl bewusstlos werden kann, ist es vielleicht besser, Ärzte nicht so genau zu verstehen, dachte sie im Nachhinein manchmal.

Schockraum, das Wort kannte sie. Da kam man nicht rein, wenn man sich den Knöchel verstaucht oder Nasenbluten hatte. Sie war im Schockraum, sie war bei Bewusstsein, und zwar beim vollen Bewusstsein, dass hier gerade etwas ganz Scheußliches passierte. In ihrem Unterleib herrschten nie gekannte Schmerzen, sie konnte die Tränen nicht aufhalten. Wo war die Elfe, die ihr übers Haar strich? Als endlich einer der Ärzte ihren Blick auffing, hauchte sie: »Was, was ist denn mit mir los?«

»Das können wir noch nicht genau sagen. Möglicherweise eine Gebärmutterhalsschwäche oder eine Plazenta-Insuffizienz. Wir werden Sie gleich in den OP bringen. Und wir werden alles tun, um Ihr Kind zu retten.«

»Bekomme ich eine Narkose? Die Schmerzen sind … sind nicht auszuhalten.«

»Selbstverständlich. Sie werden nichts mitbekommen.« Der Mann in dem weißen Kittel hatte kurz ihre Hand gedrückt. Trotz der höllischen Schmerzen spürte sie das. Und es hatte gutgetan. »Und es wird sich sogar der Chef um Sie kümmern.«

***

Kommissar Rohde war verwirrt und schaffte zur Sortierung seiner Gedanken erst mal ein Flipchart heran. Kollegin Brigitte

Schilling, mit der er sich das Büro teilte, hatte den Anruf mitbekommen, bei dem es um viele Frauennamen und offenbar einen großen Knatsch untereinander ging. Um Brigitte auf den gleichen Kenntnisstand zu bringen, öffnete Daniel einen der dicken Filzschreiber und schrieb sechs Namen an die Tafel.

»Also, alles sehr kompliziert: Diese sechs Frauen wollen Hessenkönigin werden. Von dem Wettbewerb hast du ja mitbekommen, und dass Johanna mit dem Seitensprung ihres Vaters erpresst werden soll, habe ich dir ja gestern schon erzählt.«

Brigitte nickte.

»Nun hat Johanna in Erfahrung gebracht, dass auch Samira und Yvonne ein Erpresserschreiben bekommen haben, eine davon macht Telefonsex, bei der anderen trickst der Vater mit Biofutter. Die Frauen vermuten, dass der Erpresser das über Kontobewegungen herausgefunden hat. Alle Betroffenen sind Kunde bei der Hessischen Volkskasse. Und jetzt kommt's: Benita, bislang für die Frauen die Hauptverdächtige, arbeitet bei dieser Bank.«

Daniel machte einen Kreis um den Namen der Burgenkönigin.

»Ursel allerdings auch.«

Zweiter Kreis.

»Die Einzige, die weder Kundin noch Mitarbeiterin dieser Bank ist und auch keinen Erpresserbrief bekommen hat, ist Özlem. Hast du verstanden?«

Brigitte deutete auf das Flipchart. »Das habe ich schon verstanden. Was ich nicht verstehe, ist, warum wir uns damit befassen sollen. Erstens sind wir die Mordkommission, zweitens wird in den Briefen keine Gewalt, sondern nur das Ausplaudern von irgendwelchen Geheimnissen angedroht, und drittens sind die doch alle selbst schuld, wenn die bei so einem blöden Wettbewerb mitmachen.«

Daniel schaute zuerst die Tafel und dann Brigitte an. »Vielleicht hast du recht. Ich habe nur die Sorge, dass sich bei den Frauen etwas hochschaukelt und dann vielleicht eskaliert. Und wir sind schließlich auch dazu da, um Verbrechen zu verhindern. Stell dir vor, die finden heraus, dass hinter diesem Achim wirklich Benita oder Ursel steckt, und machen kurzen Prozess. Da habe ich schon schwächere Motive für eine Straftat erlebt.«

»Hast du schon mal überlegt, mit dem Veranstalter dieses Wettbewerbs zu sprechen? Wer ist für diese ganze Sache überhaupt verantwortlich?«

»Das ist wohl eine Kooperation von der Hessischen Staatskanzlei und der Stadt Bad Hersfeld. Habe ich gestern auf der Homepage herausgefunden. Weiteres Ergebnis der Recherche: Özlem ist die Hübscheste unter den Kandidatinnen.« Daniel grinste, Brigitte boxte ihn auf den Oberarm. Ironisch sagte er: »Na, anfassen auf dem Revier ist doch verboten!«

»Anfassen ja, körperliche Züchtigung nein. Zurück zum Fall: Wenn da die Stadt mit drinhängt und du dir so große Sorgen um die hübschen Frauen machst, dann geh doch zu Burns. Der ist doch ganz dicke mit Goldhagen. Soll der den Bürgermeister mal dezent darauf hinweisen, dass bei dieser Misswahl der Krieg ausgebrochen ist.«

»Also, eben hast du den Fall noch als Lappalie abgetan, und jetzt soll ich damit zum Chef? Bisschen sprunghaft, oder?«

»Ja, aber überleg mal, das hat nur Vorteile: Wir huldigen Burns' Kontakten in die Lokalpolitik, haben Präventionsarbeit geleistet, sind den Fall los – und ich muss mir keine Schwärmereien mehr über irgendeine Özlem anhören.«

»Konsequent argumentiert. Dann wird die Angelegenheit jetzt Chefsache.« Daniel machte den Filzstift zu und sich auf den Weg zu seinem Vorgesetzten. Im Vorbeigehen strich er Brigitte kurz, fast unmerklich, über den Rücken.

***

Im Park rund um die Stiftsruine hatte man zum Hessentag ein kleines Weindorf aufgebaut, das im Trubel des Festes wie eine Oase der Ruhe wirkte. Im VIP-Bereich hatte Bürgermeister Goldhagen auf einer Bierbank Platz genommen und wartete auf den Leiter der Polizeidirektion. Die beiden hatten ohnehin vorgehabt, vor dem letzten Festwochenende eine kleine Bilanz zu ziehen, aber Burns hatte vorhin am Telefon noch anderweitigen Gesprächsbedarf angemeldet. Der Bürgermeister winkte, als er den Polizeioberrat sah.

»Roland, mein Lieber, setz dich. Nimmst du auch einen Traubensaft? Der ist köstlich, gar nicht so süß.«

Burns nickte und bekam von der aufmerksamen Kellnerin schnell ein Glas gebracht. Er schaute sich um. »Das ist ja wirklich schön hier. Ich muss sagen, das ist ein richtig toller Hessentag.«

»Ja, feiern können die Hersfelder. Ich mein, wer jedes Jahr das älteste Volksfest Deutschlands veranstaltet, hat ja wohl auch genug Erfahrung.«

»Dann setz dich doch als Bürgermeister mal dafür ein, dass wir den Lolls im Sommer feiern. Im Herbst ist es jedes Mal so kalt.«

»Kann ich ja nichts dafür, dass der Erzbischof gerade im Oktober sterben musste. Und ich sage dir: Wenn ein Politiker auch eine winzige Kleinigkeit am Lullusfest verändern würde, wäre seine Abwahl garantiert …«

»Na, so weit wollen wir es nicht kommen lassen!«, rief Burns und prostete dem Stadtoberhaupt zu. Er trank einen großen Schluck, setzte das Glas ab und sagte: »Ja, ich habe dir hier mal ein paar Statistiken mitgebracht, falls die Presse fragt. Es war bisher ein sehr friedliches Fest. Wir hatten am Eröffnungstag eine kleine Keilerei unter ein paar besoffenen Jugendlichen am Bahnhof, ein Leichtverletzter, ein paar Diebstähle auf der Hessentagsstraße und einen Autoaufbruch in der Bismarckstraße. Würde ich aber gar nicht mit dem Fest in Verbindung bringen, der Dödel hatte sein Laptop über Nacht auf dem Beifahrersitz liegen lassen. Also, nur Kleinigkeiten insgesamt – und das Verkehrskonzept ist auch gut gelaufen.«

»Das ist erfreulich zu hören, Roland, du weißt, dass die Opposition nach der Geschichte mit dem Festspiel-Intendanten und dem Theater um die Parkgebühren jeden noch so kleinen Fehler ausschlachtet.«

Burns schob sein Glas ein Stück von sich weg. »Du, Stephan,

Stichwort Fehler: Es gibt da möglicherweise eine heikle Geschichte rund um diese Königinnenwahl, du weißt schon …«

Goldhagen lächelte versonnen. »Na klar, die sechs Schnuckelchen. Welcher Mann wüsste nicht? Was ist denn los? Hat die Kirschenkönigin faules Obst verteilt?«

Burns erzählte dem Bürgermeister von den Erpresserbriefen und was er sonst von Rohde über die Kandidatinnen erfahren hatte. Goldhagen schüttelte nach der Schilderung den Kopf. »Also weißt du, Roland, für mich klingt das, als würden sich pubertierende Mädels da Briefchen unter der Schulbank zustecken. Die eine weiß was über die andere, was die Dritte nicht wissen darf, so was würde ich nicht überbewerten. Oder siehst du da den Anhaltspunkt für eine Straftat?«

»Ach, i wo, im schlimmsten Fall könnte man eine Nötigung daraus konstruieren. Aber wahrscheinlich liegst du richtig, die Sache wird sich im Sand verlaufen, und es kräht ja auch kein Hahn danach, wenn irgendeine von denen nebenbei Telefonsex macht.«

»Wobei ich schon gern wüsste, welche das ist.«

Burns grinste. »Das bleibt leider das Geheimnis der Polizei. Aber gut, wenn du da auch keinen Handlungsbedarf siehst, machen wir kurz vor dem Ende der Wahl deswegen jetzt auch keine große Welle mehr.«

»Nein, ich denke, wenn uns diese komischen Feministinnen in Ruhe lassen, die am Tag der Vorstellung vor der Stadthalle demonstriert haben, dann bringen wir auch diesen Programmpunkt ohne Komplikationen zu Ende.«

***

Für die hessischen Hoheiten verlief der Freitag vor dem letzten Festwochenende eher ruhig, nur ein Termin stand am Mittag auf dem Programm: Es hatte sich ein Fernsehteam des Hessischen Rundfunks angekündigt, das mit jeder einzelnen Königin und Prinzessin kleine Beiträge für die morgige Sonderausgabe des Hessenquiz drehen wollte. Dabei sollte jede Kandidatin eine knappe Minute lang vorgestellt werden, die kurzen Filmchen sollten dann in der Livesendung am Samstag eingespielt werden, die als Startschuss für die letzten vierundzwanzig Stunden der Abstimmungsphase gedacht war.

Es war ungewöhnlich, dass der öffentlich-rechtliche Rundfunk so umfangreich in die Berichterstattung über einen Wettbewerb einstieg, der eigentlich von der privaten Radiokonkurrenz präsentiert wurde. Aber die Staatskanzlei hatte ihre Beziehungen in beide Systeme spielen lassen – und so eine noch größere mediale Aufmerksamkeit für die Wahl zur Hessenkönigin erreicht.

Für die Show hatten sich die Redakteure aus der Unterhaltungsredaktion einen besonders perfiden Spielmodus ausgedacht: Die Konkurrentinnen mussten in zugelosten Zweierteams miteinander antreten, waren also auf die Kooperation einer Rivalin angewiesen. Jedes Team sollte jeweils drei Fragen gestellt bekommen, auf das es abwechselnd sieben Antworten geben musste. Und genau darauf kam es an: Es *mussten* sieben Antworten sein, auch wenn den Kandidatinnen nichts Gescheites mehr einfiel. Falsche Antworten brachten einen Punktabzug, im schlechtesten Fall endete eine Runde also mit sieben Minuspunkten, im besten mit sieben Punkten im Plus.

Für den Dreh der Einspieler hatten sich die Fernsehleute eine ruhige Blumenwiese in der Fuldaaue südlich der Hersfelder Innenstadt ausgesucht. Alle Hoheiten waren in ihren Roben erschienen, trugen die entsprechenden Insignien mit sich, und Glenn zupfte permanent nervös an Benitas Frisur herum, die ihm offensichtlich noch nicht perfekt erschien.

Weil sich alle anderen zierten, setzte sich Samira als Erste auf den gut ausgeleuchteten Stein, den die Regisseurin für die Vorstellungsfilme ausgesucht hatte. Sie musste sich kurz vorstellen, dann erklären, wofür sie bisher die majestätische Repräsentanz übernommen hatte, und schließlich ein gutes Argument liefern, weswegen gerade sie für ein Jahr zur Hessenkönigin gewählt werden solle. Am Ende ihrer Präsentation wurde ihr eine Art Goldfischglas ins Bild gereicht, in dem fünf tennisballgroße Plastikkugeln umherkullerten. Samira griff beherzt hinein, drehte unter leichtem Quietschen eine der Kugeln auf und hatte sich Yvonne als morgige Spielpartnerin gezogen.

Als Nächste war Johanna an der Reihe, auch sie wurde gefilmt und fischte am Ende Ursels Namen aus der dezimierten Kugelauswahl.

Damit stand fest, dass die letzte Paarung für die Sendung Benita und Özlem hieß, laut Zwischenstand die Erstplatzierte gegen die Nummer zwei, besser hätte es für die Dramaturgie kaum laufen können.

Während nun Yvonne auf dem Stein saß, ging Özlem zur Kronberger Burgenkönigin und wollte vor der morgigen Show ein bisschen nett zu ihrer Mitspielerin sein: »Hey, Benita, ich find's super, dass wir zusammen antreten. Da kommen bestimmt lauter Fragen über Hessen, da kennst du dich doch gut aus …«

»Ja, du, lass uns da mal später drüber sprechen, ich muss ja gleich auch noch vor die Kamera und habe gerade echt ein Problem mit meinen Haaren. Mensch, Glenn! Diese Scheißlocke macht mich wahnsinnig. Bring mal ein Spängchen aus dem Beauty-Kit; wenn wir das drunterstecken, sieht das vielleicht besser aus. Ist mein Lippenstift jetzt eigentlich verschmiert? Glenn?«

Özlem ließ Benita stehen. Im Weggehen fuhr sie sich durch ihre Lockenmähne, die völlig unangestrengt sofort wieder in einen perfekten Halt zurückfiel. Glenn huschte an ihr vorbei und schwitzte.

✳✳✳

Mehr als siebzig Prozent aller Scheidungskinder bleiben nach der Trennung ihrer Eltern bei der Mutter. Für Ursel war damals sofort klar gewesen, dass sie nicht zu dieser Mehrheit würde gehören wollen, schon von klein auf hatte sie einen deutlich besseren Draht zu ihrem ruhigen Vater gehabt, der sie gern auf den

Schultern herumgetragen hatte, mit ihr durch die Natur gezogen war und ihr alle möglichen Blumen und Tiere am Wegesrand erklärt hatte. Nichts verband sie mit der überdrehten Frau, die am liebsten den ganzen Tag im Atelier mit ihren Skulpturen verbrachte und die irgendwann beschloss, Nordhessen »zu eng« zu finden und nur noch auf Sylt eine Perspektive für sich und ihre Kunst zu sehen.

Deswegen war es für die kleine Ursel mit acht Jahren überhaupt keine Frage gewesen: Sie wollte bei ihrem Vater in Fritzlar bleiben, in ihrer Schule, bei ihren Freundinnen. Erstaunlicherweise war sie auch gar nicht überrascht gewesen, als die Eltern sich getrennt hatten. Sie hätte zwar nicht vermutet, dass es einmal zu diesem letzten, großen Schritt kommen würde, aber sie kannte Mama und Papa ohnehin nur als nebeneinanderher lebendes Paar. In ihrer Erinnerung fand sie kaum Tage, an denen die Familie mal etwas zu dritt unternommen hatte. Ja, es gab Momente, in denen die Mutter mit dem Mädchen am Küchentisch malte oder etwas bastelte, aber schon damals kam es Ursel so vor, als täte diese Frau das eher aus Pflichtbewusstsein als aus der Leidenschaft heraus, Zeit mit ihrer Tochter zu verbringen. Irgendwann, sehr viel später, hatte Ursel von Verwandten erfahren, dass der Kinderwunsch vor ihrer Geburt eigentlich nur von ihrem Vater ausgegangen war. Gewundert hatte sie es nicht.

Und obwohl ihr seit der dritten Schulklasse ein Elternteil fehlte, hatte Ursel eine glückliche Kindheit gehabt. Natürlich musste der Vater arbeiten und konnte sich unter der Woche nur wenig um seine Tochter kümmern, seine Schwester im Nachbarort hatte aber ohnehin schon zwei Kinder und kochte einfach eine Portion mit, wenn ihre Nichte aus der Schule zu ihr zum Essen und Hausaufgabenmachen kam.

Und dann gab es noch die Tage, an denen Ursel ihren Vater in der Sauerkrautfabrik besuchen durfte. Das waren die schönsten. Die Kollegen behandelten die Tochter des Laboranten wie eine kleine Prinzessin, immer fand sich jemand, der seine Arbeit vernachlässigte und irgendeinen Quatsch mit der kleinen Besucherin veranstaltete. Die Vorgesetzten wussten, dass der Vater alleinerziehend war, und tolerierten, dass das quirlige Kind die Kollegen in Beschlag nahm, der Produktionsleiter war geradezu vernarrt in das blonde Mädchen.

Alle hätten es gern gesehen, wenn Ursel nach ihrem Real-schulabschluss eine Lehre im Werk angefangen hätte. Aber die selbstbewusste junge Frau wollte beweisen, dass sie auch ohne die Schützenhilfe jahrelanger Bekannter einen erfolgreichen Start ins Berufsleben hinlegen konnte. Deswegen entschied sie sich für eine solide Ausbildung in der Fritzlarer Filiale der Hessischen Volkskasse.

Dennoch war sie bis zum heutigen Tage ein gern gesehener Gast in der Lebensmittelfabrik und damit auch die ideale Kandidatin, als der Chef plötzlich auf den Gedanken gekommen war, dem deutschen Nationalgericht ein wenig mehr Glanz zu verleihen. Er hatte im Stammwerk im schwäbischen Esslingen eine Weinkönigin kennengelernt, die ihn offenbar tief beeindruckt hatte. Jedenfalls kam er mit der Idee aus Süddeutschland zurück, den nordhessischen Kohl ebenfalls von einer Hoheit vermarkten zu lassen. Und wer passte da besser als dieses niedliche blonde Mädchen von dem freundlichen Laboranten?

Dass aus dem Mädchen mittlerweile eine gestandene Frau von sechsundzwanzig Jahren geworden war, überging der Produktionsleiter, weil er sich immer noch mit der kleinen Ursel Papierschiffchen aus Kantinenservietten falten sah. Er bat den Vater, ihr diesen Vorschlag zu übermitteln, und Ursel stimmte sofort zu. Sie war zwar inzwischen deutlich ruhiger und zurückhaltender geworden, als sie es noch in Kindertagen gewesen war, aber sie hatte das Gefühl, dass sie dieser Fabrik mit ihren freundlichen Menschen etwas zurückgeben musste. Und so wurde sie also beim Kaiserfest in ihrer Heimatstadt im vergangenen Sommer zur ersten Sauerkrautkönigin Deutschlands inthronisiert.

Jetzt saß Ursel mit ihrer morgigen Spielpartnerin Johanna bei einer Tasse Kaffee auf der Terrasse des Hotels, auf dem Tisch lag ein aufgeklappter Schulatlas. Sie wollten sich auf geografische Fragen vorbereiten und ließen ihre Blicke über eine große Hessenkarte schweifen.

»Ich wusste nicht, dass es in unserem Bundesland ein Gebirge namens *Knüll* gibt«, gestand die Apfelweinkönigin aus Mittelhessen.

»Doch, klar, das ist hier ganz in der Nähe. Am Eisenberg war ich früher mit meinem Vater sogar manchmal Ski fahren. Als es noch Schnee im Winter gab.«

»Traddelkopf.« Johanna zeigte auf einen Berg im Nordwesten.

Ursel lachte. »Na, den kannte ich tatsächlich auch noch nicht!« Nach einer kleinen Pause sagte sie: »Ist doch im Prinzip auch völlig egal, wie wir da morgen abschneiden. Guck mal, wir waren beim Zwischenstand am Mittwoch Fünfte und Sechste. Den Rückstand holen wir eh nie wieder ein.«

»Da haste mal schön recht. Ich mache das sowieso nur, um einem alten Freund einen Gefallen zu tun. Der produziert so ganz verrückte Apfelweine, und ich wollte ihm bei der Werbung ein bisschen helfen.«

»Geht mir genauso. Mein Vater arbeitet in der Sauerkrautfabrik, und da waren immer alle sehr nett zu mir. Das ist sozusagen mein Dankeschön. Deswegen gehe ich es auch nicht so verbissen an wie diese blöde Benita.«

Johanna staunte. Das war das erste Mal, dass Ursel sich über eine der anderen Kandidatinnen äußerte. Für ihre Verhältnisse geradezu ein Emotionsausbruch. Als angehende Psychologin wusste sie, dass Schweigen oft dazu führte, dass sich das Gegenüber zu weiteren Statements genötigt fühlte, und sagte deswegen nichts. Auch bei Ursel klappte der Trick.

»Ich weiß ja nicht, wie du zu der stehst, aber ich finde diese Frau einfach unmöglich. Die hat so eine großkotzige Art allen anderen gegenüber, und ein paar Sprüche über Özlem waren echt nicht okay, die kann doch nichts dafür, dass sie aus einer türkischen Familie kommt. Ganz ehrlich, ich würde mich echt freuen, wenn diese dumme Kuh morgen bei dem Quiz voll verkackt.«

Möglicherweise hatte der liebe Gott gerade eine besonders köstliche Portion Sauerkraut gegessen, jedenfalls entschied er sich dafür, dass Ursels Wunsch am Tag darauf in Erfüllung gehen sollte.

Tag 9

Mehrere hundert Menschen saßen gedrängt auf den Bierbänken im Zelt der hr-Treffs, als pünktlich um sechzehn Uhr eine Stimme aus dem Off die Sendung eröffnete. »Live vom Hessentag in Bad Hersfeld! Die Sonderausgabe vom großen Hessenquiz. Begrüßen Sie Ihren Gastgeber Jochen Bomberger!«

Ein dynamischer Mann um die sechzig kam in einem beigen Anzug aus der Kulisse gesprungen. Er strahlte, rieb sich die Hände und kam hinter dem Moderatorenpult zum Stehen, als seine Auftrittsfanfare endete.

»Wow! Volle Hütte heute Nachmittag, schön, dass Sie mit dabei sind, ich begrüße Sie im hr-Treff und auch die Zuschauer an den Bildschirmen zu Hause zu einem ganz besonderen Hessenquiz.«

Bomberger erklärte die Regeln für die Show, moderierte kurz die tags zuvor aufgenommenen Einspielfilmchen an und betonte schließlich, dass der Ausgang der Sendung zwar keinen Einfluss auf die morgige Wahl habe, eine Hessenkönigin aber dennoch über ihr Land Bescheid wissen müsse. Deswegen sei es besonders spannend, wie sich die sechs Kandidatinnen, aufgeteilt in drei Zweierteams, schlagen würden.

»Denken Sie bitte dran, verehrte Hoheiten, Sie müssen auf jede Frage sieben Antworten geben, und zwar abwechselnd. Für jede richtige Antwort gibt es einen Punkt, für jede falsche wird einer abgezogen. Sie können also nur als Team die maximale Punktzahl von einundzwanzig erreichen, Sie können aber auch ins Minus rutschen. Yvonne und Samira, sind Sie bereit für die erste Frage aus dem Bereich ›Stadt, Land, Fluss‹?«

Die beiden Frauen nickten, Samira rief: »Auf inn de Kampf!«

»Nennen Sie uns in dreißig Sekunden sieben hessische Orte, die am Main liegen. Samira, Sie fangen an!«

»Okay, Hanau.«

»Frankfurt.«

»Offenbach.«

»Ääääahm … Wiesbaden.«

»Rüsselsheim.«

»Oh Gott. Ich komme doch aus Nordhessen. Vielleicht Darmstadt?«

»Seligenstadt.«

»Ooookay, das war für die erste Runde schon nicht schlecht«, bilanzierte Bomberger. »Sechs Antworten waren richtig, Wiesbaden übrigens auch, denn der Stadtteil Kostheim liegt wirklich am Main. Nur für Darmstadt muss ich Ihnen leider einen Punkt abziehen, macht also sechs Punkte für die richtigen Antworten, minus einem für die falsche, sind fünf Punkte aus der ersten Runde.«

Samira und Yvonne klatschten sich ab und konnten mit dem Ergebnis zufrieden sein, denn Johanna und Ursel kamen mit sieben Orten an der Fulda nur auf drei Punkte.

Nun waren Benita und Özlem an der Reihe. Sie sollten sieben Orte an der Lahn nennen, Benita fing an:

»Limburg.«

»Gießen.«

»Marburg.«

»Oh Gott, die Lahn, wo fließt die denn genau? Erdkunde, Erdkunde. Keine Ahnung. Würzburg.«

»Das liegt doch gar nicht in Hessen, Mensch, Özlem, konzentrier dich. Wetzlar.«

»Bin ich schon wieder dran? Ich weiß nichts mehr. Bad Nauheim.«

Benita schüttelte den Kopf.

Bomberger schaute auf die Uhr. »Drei Sekunden noch.«

Die falschen Antworten ihrer Partnerin hatten die Burgenkönigin völlig aus dem Konzept gebracht, weswegen auch von ihr in der verbleibenden Zeit nichts Sinnvolles mehr kam. Die Runde endete mit gerade einmal einem Punkt im Plus für Team drei.

Dafür konnten Benita und Özlem im zweiten Durchgang aufholen, als sie mit sieben hessischen Sehenswürdigkeiten die volle Punktzahl holen. Yvonne und Samira schwächelten bei sieben hessischen Bergen ein wenig und gingen mit fünf Zählern aus der Runde, während sich Ursel und Johanna bei sieben bisherigen Hessentagsstädten keinen Patzer erlaubten und ebenfalls die maximalen Punkte abräumten.

Der Moderator resümierte vor dem Finale: »Tolle Kandidatinnen haben wir, alle sind in den Punkten, zehn haben wir jeweils für Ursel und Johanna sowie Yvonne und Samira, starke acht stehen derzeit auf dem Konto von Benita und Özlem, aber das heißt noch gar nichts, denn in der letzten Runde können noch jede Menge Punkte gesammelt werden. Die erste Frage geht wiederum an die Königinnen für den Apfelwein und das Sauerkraut ... oooh, und das wäre ein Thema, in dem sich Samira gut auskennen würde, aber für sie gibt es gleich eine andere Frage. Nennen Sie uns sieben Märchen der Brüder Grimm.«

Ursel und Johanna machten nur einen Fehler und holten in der letzten Runde fünf Punkte, lagen jetzt also bei fünfzehn. Nicht ganz so gut lief es bei Yvonne und Samira, die die Kräuter der original Frankfurter Grünen Soße benennen sollten und neben vier richtigen leider auch Dill, Estragon und Knoblauch verarbeiten wollten. Das brachte drei Punkte und einen Endstand von dreizehn. Nun waren Benita und Özlem an der Reihe, die mit der vollen Punktzahl mit dem Führungsduo gleichziehen konnten.

»Oh, meine Damen, das ist keine ganz einfache Frage, das wird jetzt richtig spannend. Sie haben dreißig Sekunden Zeit, um uns sieben Rebsorten zu nennen, die in Hessen wachsen. Benita, Sie fangen an.«

»Riesling.«

»Ach du liebe Zeit, mit Wein kenne ich mich ja gar nicht aus. Also, Riesling hätte ich auch noch gewusst, aber ...«

»Jetzt quatsch nicht, sag was!«

»Phhh, Rotwein.«

»Das ist doch keine Rebsorte. Mann! Spätburgunder.«

»Ja, sorry, ich bin raus, ich trinke keinen Wein. Aber ich muss ja was sagen. Also. Rosé.«

»Müller-Thurgau.«

»Äääähm ...«

MÖÖÖÖÖRP – das Zeitsignal beendete Özlems Martyrium. Bomberger versuchte, die unangenehme Situation moderativ aufzufangen. »Oh, ich glaube, da haben wir unsere Kirschenkönigin mit dem falschen Thema erwischt, aber das macht ja gar nichts, ihre Partnerin hat drei Punkte geholt, bleibt am Ende also nur ein Minus von einem aus dieser Runde und ein respektabler Endstand von sieben Punkten für unsere dritten Sieger Özlem und Benita. Aller Ehren wert! Einen donnernden Applaus für die beiden sympathischen Kandidatinnen!«

Nach der Sendung würdigte Benita Özlem keines Blickes. Nicht beim Abschminken, nicht bei der Verabschiedung durch das Fernsehteam, nicht beim Warten auf den Shuttlebus. Ursel und Johanna freuten sich über einen hässlichen Pokal, Samira und Yvonne diskutierten darüber, dass die Grüne Soße mit ihren Zutaten bestimmt auch prima schmecken würde, und Benita strafte ihre Partnerin mit Missachtung.

Dummerweise blieben die Teams beim Besteigen des Kleinbusses zusammen, also musste die Burgenkönigin auch noch neben Özlem sitzen. Die hielt Benitas Schweigen bis zur Autobahnauffahrt aus, dann wurde es ihr irgendwann zu blöd.

»Also, Benita, es tut mir leid, dass ich da in der dritten Runde so gepatzt habe«, sagte sie leise. »Das lag echt an mir, ich weiß, dass du gern besser abgeschnitten hättest – und das wäre auch verdient gewesen.«

»Schon gut.« Benita schaute aus dem Fenster.

»Nee, nicht schon gut, ich will nicht, dass wir vor dem großen Finale beim Umzug morgen jetzt noch Krach haben. Ich kann mich nur entschuldigen, aber Wein ist einfach gar nicht mein Thema.«

»So weit geht die Integration wohl dann doch nicht.«

»Was soll das heißen?«

»Gar nix, vergiss es einfach.«

»Nee, jetzt wird hier gerade mal nix vergessen. Ich weiß nämlich, was hier los ist, die anderen haben es mir ja erzählt.« Özlem wurde jetzt lauter, die restlichen Gespräche im Bus verstummten. »Du hast von Anfang an ein Problem damit gehabt, dass eine von uns nicht aus einer deutschen Familie kommt. Und dann liegt die kleine Türkin im Voting auch noch vorn! Ich kann dir eins sagen: Es kotzt mich an, dass immer alle auf meinem Migrationshintergrund herumreiten. Ohh, wie toll ist diiieee denn integriert, dass sie sogar Kirschenkönigin werden darf! Daaaa muss ich ja gleich einen Artikel drüber schreiben oder eine gut gemeinte Frage stellen. Sorry, wenn das jetzt gerade so aus mir herausbricht, aber so geht es mir, seit ich denken kann. Für niemanden bin ich einfach nur das Ockstädter Mädsche, sondern immer gleich eine Galionsfigur gelungener Integration.«

»So gelungen kann die ja nun auch wieder nicht sein, wenn man nicht mal *eine einzige* deutsche Traubensorte kennt«, antwortete Benita eiskalt.

»Des is jetzt net dein Ernst, Benita, oder? Isch mein, es kann doch jeder mal uffm falsche Fuß erwischt werrn, und wenn sisch die Özlem als Moslem halt emal mit Wein net auskennt, muss mer desdewesche ja net gleich stinkisch werrn.«

»Klar, wir nehmen auf alles jetzt Rücksicht, kein Schweinefleisch mehr in der Kantine, keine Weihnachtsmärkte mehr und bitte keine Fragen zu Alkohol, wenn in einer Fernsehsendung eine Türkin dabei ist. Sieben Zutaten vom Döner hätteste aber gewusst?«

Für einen kurzen Augenblick blieb Özlem der Mund offen stehen. Mit diesem Ausmaß an Boshaftigkeit hatte sie nicht gerechnet. Dann sammelte sie sich. »Du, das ist nicht das Niveau, auf dem ich mit dir ein Gespräch führen möchte. Sprich mich bis morgen Abend einfach nicht mehr an, wir werden sehen, wer die Wahl gewinnt – und danach möchte ich mit dir nichts mehr zu tun haben.«

Benita starrte aus dem Fenster und tat, als hätte sie nichts gehört.

Yvonne legte von hinten ihre Hand auf Özlems Schulter, Samira flüsterte: »Unmöglich. Diese Frau benimmt sisch unmöglich.«

Auch Ursel und Johanna schauten sich in ihrer Sitzreihe an und schüttelten empört den Kopf.

***

Jytte, Liane und Gesche hatten sich am Samstagabend an Frankas Esstisch eingefunden, denn worüber sie heute sprachen, sollte niemand mitbekommen, nicht einmal im sonst so vertrauten »FrauenCafé Towanda«. Franka hatte vegane Quinoa-Burger gemacht, aber keine der Frauen konnte sich aufs Essen konzentrieren. Zu angespannt waren sie vor der großen Aktion morgen, die ein deutliches Zeichen gegen die Zurschaustellung des weiblichen Körpers werden sollte. Natürlich war der Plan nicht ohne Risiko, aber wer ein Fanal setzen wollte, musste dazu eben bereit sein.

Jytte hatte ein paar Sätze ihrer Lieblings-Frauenrechtlerin Hedwig Dohm zitiert, um die anderen Mitglieder der kleinen Marburger Feministinnengruppe auf die morgige Maßnahme vorzubereiten. Der Satz »Menschenrechte haben kein Geschlecht« hallte noch nach, als Liane vom theoretischen Überbau langsam auf die konkrete Umsetzung zu sprechen kommen wollte.

»Haben wir uns denn schon entschieden, wer von uns es tun soll? Ich meine, das hat ja auch rechtliche Konsequenzen, falls man uns doch auf die Schliche kommen sollte …«

Franka winkte ab. »Das wird nicht passieren, ich habe mit Jytte in den Internetforen noch mal genau geschaut, wie man so etwas angeht. Und zwar ohne jede Spur zu hinterlassen. Die werden niemals auf uns kommen.«

»Was wirklich entscheidend ist, ist der Zeitpunkt«, gab Jytte zu bedenken. »Es darf nicht zu früh und nicht zu spät passieren, sonst verpufft die Wirkung.«

Liane hatte immer noch Zweifel. »Aber seid ihr sicher, dass wirklich niemand zu Schaden kommt? So was kann ja auch eine Panik auslösen, versteht ihr, so eine Art Kettenreaktion, mit der wir gar nicht rechnen, und dann machen wir uns später

Vorwürfe. Denn ich sehe unser Kollektiv schon dem absoluten Pazifismus verpflichtet.«

»Pazifismus ja, aber nicht als Conditio sine qua non. Denn das Kalkül des Pazifisten setzt ja darauf, dass die Selbstentwaffnung entwaffnend wirkt. Oder um Richter zu zitieren: ›Die Kampfform der Pazifistin ist die Entrüstung‹, ihr versteht hier die Doppeldeutigkeit?«

Alle in der Runde nickten, wie sie es häufig taten, wenn Jytte ihre philosophischen fünf Minuten bekam, in denen man ihr meist nicht mehr folgen konnte.

Nach einer kurzen Pause sagte Franka: »Ich würde gern einen Vorschlag machen. Liane hat ja recht, eine von uns muss es tun. Aber wir versprechen uns im Kollektiv, dass wir auch die Konsequenzen im Kollektiv tragen. Will sagen: Alle für eine, falls es schiefgehen sollte.« Danach schaute sie jede in der Runde eindringlich an.

Gesche nickte und legte ihre Hand in die Mitte des Tischs. Jytte legte ihre Hand auf Gesches, Franka ihre schließlich auf die von Jytte. Zögerlich streckte auch Liane ihre Hand aus und legte sie auf die der anderen.

Franka wartete einen Moment ab, ehe sie feierlich den Schwur sprach: »Eine für alle, alle für eine, mit dem Wahlspruch unserer Gemeinschaft bin ich ein Teil unserer morgigen Kampagne!«

Alle vier Frauen zogen die Hände im selben Augenblick zurück, ballten sie zur Faust, reckten sie in die Luft und riefen im Chor: »Als Gott den Mann schuf, übte sie nur!«

Tag 10

Für das letzte gemeinsame Frühstück im Hotel war Benita extra früher aufgestanden, um dafür zu sorgen, dass es eben kein gemeinsames werden würde. Zum ersten Mal hatte sie Glenn mit dabei, der sich sonst am Morgen auf seinem Zimmer von einigen Fruchtriegeln und einem Proteinshake ernährte.

Die Burgenkönigin hatte sich mit ihrem Coach einen Zweiertisch in einer abgelegenen Ecke gesucht, weil sie nach dem gestrigen Streit im Bus keine Lust auf die Gesellschaft der anderen Kandidatinnen hatte. Abgesehen davon hatte sie die fünf anderen Frauen am Vorabend noch beobachtet, wie sie gemeinsam vermutlich in die Hotelbar gezogen waren. Und dass da schmutzige Wäsche gewaschen worden war, konnte sich Benita lebhaft vorstellen.

Mit ihrer Vermutung lag sie insofern richtig, als die fünf Frauen sich tatsächlich zusammen in der Bar getroffen hatten und Benita selbstverständlich Gesprächsthema gewesen war. Allerdings war das Gespräch deutlich kürzer verlaufen, als sie sich das wahrscheinlich vorstellte. Samira und Yvonne hatten zwar große Lust gehabt, sich über Benita nach allen Regeln der Kunst das Maul zu zerreißen, die anderen wollten aber nicht so richtig mitziehen. Johanna sagte nur, dass ihr diese Frau leidtue, Ursel vermutete eine schwierige Kindheit, und Özlem als Hauptleidtragende des vorangegangenen Eklats wollte gar nicht mehr darüber reden.

»Kommt, Leute, wir lassen uns von diesem missgünstigen Wesen den schönen Abend nicht verderben. Guckt mal, das ist ein herrlicher Sonnenuntergang, wir haben morgen einen spannenden Tag vor uns, und danach sehen wir Benita nie wieder.« Sie schlug die Getränkekarte auf und grinste. »Ich glaube, ich werde mir mal einen Wein bestellen. Ich muss nur überlegen, welche hessische Rebsorte ich nehme, Rot oder Rosé.«

Alle hatten gelacht, dann aber doch fünf Lillet Wild Berry

geordet und kein Wort mehr über die Burgenkönigin gesprochen.

Diese beobachtete am Morgen vom Büfett aus, dass sich die nach und nach eintreffenden anderen Frauen tatsächlich an einen gemeinsamen Frühstückstisch setzten und Benita samt Begleiter einfach ignorierten. Eigentlich waren Glenn und sie auch schon fertig und wollten gerade gehen, als eine Hotelangestellte auf einem Servierwagen eine große Maschine zum Auspressen frischen Orangensafts durch den Saal rollte.

»Ach, endlich ist das Ding da, ich dachte schon, die hätten das heute vergessen. Komm, wir holen uns noch ein Glas, ein paar Vitamine können nicht schaden.« Benita zog mit Glenn los, sie warfen die Früchte in den frisch angeschlossenen Entsafter, füllten sich zwei Gläser ab und nahmen zusätzlich noch zwei Heidelbeer-Smoothies vom Büfett mit.

Zurück am Tisch, nahm Benita einen großen Schluck Saft, spülte mit Kaffee nach und verzog das Gesicht. »Bäh, der Kaffee ist ja süß. Hast du mir da heimlich Zucker reingetan?«

Glenn schüttelte lachend den Kopf. »Isch wurde dir vor de große Tag doch nickt de Figur ruinieren. Das ist wahrscheinlik durch de Geschmack von de *juice*. *Try again.*«

Benita nahm einen weiteren Mundvoll Kaffee, der unvermindert süßlich schmeckte.

Welch eine Ironie, dass gerade der Lifecoach dafür verantwortlich war, dass seine Auftraggeberin den Abend dieses wichtigen Tages nicht mehr lebendig miterleben würde. Denn den ersten Schluck aus der Kaffeetasse hätte Benita mit ein paar hässlichen Details wie Krämpfen, einem ausgepumpten Magen und einigen unschönen Spätfolgen möglicherweise überlebt. Der zweite allerdings war ihr sicheres Todesurteil.

∗∗∗

Die Atmosphäre im Shuttlebus von Friedewald nach Bad Hersfeld war angespannt. Jetzt, da die hessischen Hoheiten in vollem Ornat, geschminkt und frisiert auf dem Weg zum großen Festumzug waren, wurden aus den Frauen, die zum Teil Freundinnen geworden waren, doch wieder Einzelkämpferinnen, die sich den begehrten Titel und das Geld holen wollten. Außerdem nieselte es seit dem Morgen, der graue Himmel am Tag der Entscheidung trug nicht zur Stimmungsaufhellung der Majestäten bei.

Der Zeitplan sah vor, dass sich die Frauen gegen halb zwölf im Industriegebiet an der Landecker Straße einfanden, dort hatte die Stadt die Aufstellfläche für die Umzugswagen und die Fußgruppen ausgewiesen. Die ersten Teilnehmer sollten um zwölf Uhr dreißig an der Hainstraße loslaufen; bis es für die Königinnensänfte im Mittelfeld des Zuges losging, würde es wahrscheinlich nach dreizehn Uhr werden.

Ursel zupfte nervös an den groben Stoffschuppen ihres Kohlblatt-Kostüms herum. »Wenn ich damit in den Regen komme, ist das Kleid sofort ruiniert«, sagte sie besorgt zu Johanna, die in der Reihe über den Gang neben ihr saß.

Die Apfelweinkönigin wirkte in ihrem dunkelgrünen Schlauchkleid auch nicht viel glücklicher. »Ja, guck dir das mal an. Wenn das nass ist, sieht man da alles durch.« Lauter sagte sie: »Weiß eine von euch, ob diese komische Sänfte ein Dach hat?«

Samira kannte sich da aus. »Nee, en Dach hat die net. Des ist nur so e komische Wolke aus Pappmaché oder so was, irschendwie uff so 'n Hänger montiert. Mehr hab isch auf dem Foddo auch net erkannt. Aber wenn sisch mein Patchwork-Kleid mit dem Resche vollsaugt, dann wiescht des hunnert Kilo.«

»Können wir denn vielleicht im Bus sitzen bleiben, bis der Festzug losgeht?«, fragte Özlem den Busfahrer.

Dieser hatte die Damen jetzt schon mehrmals chauffiert, und sie waren ihm ans Herz gewachsen. Aber helfen konnte er auch nicht. »Es tut mir wirklich leid, aber ich muss mit diesem Fahrzeug dann direkt zu einem Kindergeburtstag nach Ludwigsau und zwölf kleine Schreihälse ins Erlebnisbergwerk nach Merkers bringen. Ich muss Sie abladen, es gibt keine andere Lösung.«

»Benita, vielleicht kann der Glenn ja noch ein paar Regenschirme an der Rezeption besorgen und uns die nach Hersfeld runterbringen, der ist doch mit dem Auto da, oder? Benita?«

Die Burgenkönigin hatte sich an der Schlechtwetterdiskussion bislang nicht beteiligt und starrte aus dem Fenster. Sie reagierte nicht sofort auf die Ansprache durch Johanna aus der Reihe hinter ihr, erst als die Apfelweinkönigin sie kurz an der Schulter anstupste, drehte sich Benita um und schaute sie mit glasigen Augen an.

»Mir ist schlecht, mir ist so unglaublich schlecht. Das sind bestimmt die vielen Kurven.«

Sie war blass und schwitzte leicht. Man sah, dass es ihr tatsächlich nicht gut ging. Sie tat plötzlich allen leid, so kurz vor den wichtigsten Stunden der gesamten Bewerbung, und alle schnatterten durcheinander.

»Du musst geradeaus gucken, nicht seitlich zum Fenster raus.«

»Da war bestimmt beim Frühstück was schlecht. Was hast du denn gegessen?«

»Des is die Uffreeschung, ganz klar, mach dir net so 'n Druck, Benitta.«

Die Burgenkönigin nestelte eine Tablette aus ihrer Handtasche und spülte sie mit etwas Wasser herunter. »Lieb von euch, Mädels, dass ihr euch Sorgen macht«, sagte sie schwach. »Aber ich habe das manchmal im Auto, das geht schon wieder weg ...«

Samira flüsterte Yvonne ins Ohr: »Wenn se malad ist, isse ja ganz verträglich.«

Ursel zuckte mit den Schultern.

An der Landecker Straße angekommen, stellte sich heraus, dass sich die Hoheiten völlig umsonst Sorgen wegen des Regens gemacht hatten. Die Stadt war nämlich schon aktiv geworden und hatte an der Aufstellfläche kleine Zeltpavillons errichtet, damit sich keiner durchnässt auf den Weg machen musste.

Die Damen kauerten auf zwei Bierbänken unter der schützenden Plane und warteten auf die Wolke. Benita schien es wieder etwas besser zu gehen, wahrscheinlich war wirklich nur die kurvige Strecke für ihre Unpässlichkeit verantwortlich.

Nach einigen Minuten bahnte sich die Königinnensänfte den Weg durch jede Menge Trachtengruppen, Musiker, Jongleure und eine dekorierte Ziegenherde. Die Macher hatten bei dem Gefährt wirklich ganze Arbeit geleistet: eine bauschige Cumuluswolke, unten hellblau, oben weiß, die über einen rückseitigen Einstieg im Inneren etwa fünf Quadratmeter Stehfläche bot. Gezogen wurde die Konstruktion von dem weißen Mini Cabrio, den die Gewinnerin des Wettbewerbs heute Abend ihr Eigen nennen durfte. Neben der Werbung für ein Wiesbadener Autohaus war überall die Internetseite »hessenkoenigin. de« aufgeklebt, um noch die letzten Stimmen für die Wahl zu generieren.

Der Regen hatte nachgelassen, der Fahrer half den Damen in ihren aufwendigen Kleidern auf den Wagen. Johanna hatte als Promotion-Material eine Schachtel mit winzigen Bembeln an Ketten dabei, die man sich um den Hals hängen konnte. In Ursels großem Karton befanden sich dreihundert Miniaturbeutel Sauerkraut, die sie im Publikum verteilen wollte. Samira hatte eine dieser riesigen blauen Ikea-Tüten voll mit kleinen Märchenfiguren dabei, Yvonne zwanzig Würste, die sie an ausgewählte Festzugsbesucher verteilen wollte. Nur Özlem und Benita waren ohne Give-aways unterwegs.

Pünktlich um dreizehn Uhr setzte sich der Wagen in Bewegung, im Industriegebiet und auf der Frankfurter Straße waren kaum Gäste am Straßenrand zu sehen, dieses Bild änderte sich nach der mächtigen Betonbrücke am Rand der Altstadt aber schlagartig. Schon auf der Hainstraße waren die Bürgersteige voll, Richtung Stiftsruine und Simon-Haune-Straße säumten immer mehr Menschen die Festzugsroute. Viele winkten begeistert, als die Wolke mit den Hoheiten kam, streckten die Hände aus, um ein Geschenk zu ergattern. Eine Gruppe verkleideter Frauen reichte sechs gut gefüllte Plastikgläser mit Sekt auf den Wagen, ein anderer Spaßvogel schoss sogar eine Konfettikanone auf die Königinnensänfte ab. Jede der Wettbewerberinnen hatte irgendwo an der Strecke Freunde oder Unterstützer stehen, die vom Wagen herab besonders herzlich mit großem Gewinke und Kusshänden begrüßt wurden.

Trotz des grauen Himmels war die Stimmung ausgelassen und fröhlich, hinter dem Kreisel an der Meisebacher Straße mischte sich zusätzlich ein wenig Nervosität darunter. Denn ein Stück weiter an der Dippelstraße stand einerseits der Hessische Rundfunk, der live übertrug und vor dessen Kameras es ein letztes Mal zu glänzen galt. Und auf der anderen Seite sollte auf der Tribüne der Ministerpräsident stehen, den alle Teilnehmerinnen natürlich begrüßen und mit Geschenken beglücken wollten.

Die heitere Betriebsamkeit und der Trubel auf dem Wagen, das ständige Absuchen des Publikums nach bekannten Gesichtern und das permanente Nachladen von Promo-Material sorgten dafür, dass niemand mehr auf Benita achtete. Aber selbst wenn die Konkurrentinnen bemerkt hätten, dass die Burgenkönigin von oben bis unten zitterte, sich kaum mehr auf den Beinen halten konnte, transpirierte und leichenblass war, hätte es in diesem Moment auch nicht mehr geholfen.

***

Drei Anrufe in der Zeit zwischen fünfzehn Uhr drei und fünfzehn Uhr elf beendeten den bisher so friedlichen Verlauf des Hersfelder Hessentags. Im ersten Telefonat wandte sich eine aufgeregte ältere Besucherin des Festzuges an den Notruf der Polizei, weil direkt vor der Tribüne eine junge Frau bewusstlos, wenn nicht sogar tot, von einem Umzugswagen gefallen war.

Der zweite Anruf auf der 110 kam von der Tankstelle an der Autobahnauffahrt. Dort hatte ein polnischer Trucker vollgetankt und sich auf den Weg gemacht, ohne zu bezahlen.

Und im dritten Telefonat wurde mit unterdrückter Nummer von einer weiblichen Stimme angekündigt, dass heute Abend in der Stadthalle beim Finale der Wahl zur Hessenkönigin eine Bombe explodieren würde.

Der diensthabende Beamte sammelte sich einen Moment und entschied, die Anrufe der Wichtigkeit nach sortiert zu bearbeiten. Dabei war abzusehen, dass sich der polnische Dieseldieb einen recht günstigen Moment für seine Straftat ausgesucht hatte.

***

Daniel Rohde und Brigitte Schilling schoben gerade einen entspannten Streifendienst rund um die Landesausstellung auf dem Marktplatz, als sich in ihren Funkgeräten die Ereignisse überschlugen. Unfall auf dem Festtagszug, Bombendrohung und Benzindiebstahl. Die Kommissare schauten sich kurz an und entschieden, dass sie sich um die verletzte Person vor der Tribüne kümmern würden, auch weil der Weg dorthin näher war als zur Stadthalle.

Sie eilten die Kaplangasse und den Hinteren Steingraben hinab zum Schilde-Gelände, vermieden dabei allerdings, allzu auffällig zu rennen, weil hektische Polizisten in großen Menschenmengen immer für zusätzliche Aufregung sorgten.

Auf der Dippelstraße war der Umzug in vollem Gange, die fröhliche Musik und die Jubelrufe der Zuschauer an der Strecke klangen in Daniels Ohren plötzlich bizarr.

Vor der Tribüne stand ein Rettungssanitäter, der den beiden Uniformierten auf der anderen Straßenseite bedeutete, ihm auf die Rückseite der Zuschauerrampe zu folgen. In einer ruhigen Ecke hinter dem mächtigen Eisengestänge kniete der Notarzt neben einer Frau, zwei weitere Sanis standen um die reglose Person herum und wirkten überfordert.

Als der Arzt die Polizisten entdeckte, ließ er von seiner Patientin ab. Er schüttelte ratlos den Kopf. »Die Frau ist tot. Vom Wagen gefallen und tot. In diesem Alter, die ist ja höchstens Mitte dreißig. Sicher ist, dass der Sturz nicht die Todesursache war. Mehr kann ich spontan nicht sagen, möglicherweise akutes Herzversagen, aber das muss die Obduktion herausfinden.«

Ein bulliger Rettungssanitäter mischte sich ein: »Die ist dem Ministerpräsidenten genau vor die Füße gefallen. Direkt vor der Tribüne. Da war vielleicht was los. Aber wir haben sie dann so schnell wie möglich nach hier hinten geschafft. Und den Moderator haben wir durchsagen lassen, dass es der Frau schon wieder besser gehe, damit keine Panik entsteht.«

Der Mann wollte offensichtlich gelobt werden, und dazu waren die Polizisten auch bereit.

»Das haben Sie gut gemacht«, sagte Brigitte und wollte wissen: »Hat denn jemand von Ihnen gesehen, von welchem Wagen die heruntergefallen ist?«

Der Bullige konnte helfen. »Ja, das war so eine Wolke, da waren lauter Frauen drauf, ich glaube, so eine Art Misswahl war das.«

Misswahl? Daniel schwante Böses. Wahl zur Hessenkönigin. Sechs Frauen. Erpresserbriefe. Verdächtigungen. Er hatte sich die Teilnehmerinnen im Internet zwar angeschaut, konnte sich aber nur noch an Özlem erinnern. Gut möglich, dass die Tote vor ihm auch eine der Kandidatinnen war.

Er zog Brigitte ein Stück von den Rettungskräften weg. Als sie außer Hörweite waren, sagte sie: »Du denkst das Gleiche wie ich? Hessenkönigin?«

Daniel nickte. »Und ich denke vor allem an unseren Chef, der keinen Handlungsbedarf gesehen hat, nachdem diese Briefe aufgetaucht waren. Wie hat Burns das genannt? ›Als würden sich pubertierende Mädels da Briefchen unter der Schulbank zustecken.‹ Na, prost Mahlzeit, wenn da keine natürliche Todesursache vorliegt. Hörst du mir überhaupt zu?«

Brigitte tippte auf ihrem Handy herum und hatte sich tatsächlich nicht auf ihren Kollegen konzentriert. Stattdessen hielt sie ihm nur das Display hin. »Guck.«

Sie war auf der Seite der Wahl zur Hessenkönigin gelandet und hatte das Bild von Benita Manthey angeklickt und vergrößert. Es gab keinen Zweifel, dass es sich bei der Leiche um die Kronberger Burgenkönigin handelte.

Daniel sagte leise: »Scheiße, Scheiße, Scheiße«, und als er

mit Brigitte zu den Einsatzkräften zurückgekehrt war: »Okay, Kollegen, danke für den Einsatz bisher. Wir übernehmen.«

Die Rettungssanitäter trollten sich, der Bullige sagte im Vorbeigehen zu Daniel: »Immer, wenn's spannend wird …«

Die Herren in Orange konnten sich ausrechnen, dass hinter der toten Frau wahrscheinlich ein Kriminalfall steckte. Und dass sie die ganze Geschichte dahinter wieder mal erst aus der Zeitung erfahren würden.

⁂

Parallel zum Einsatz der Kommissare Rohde und Schilling jagten drei Mannschaftswagen der Polizei mit Blaulicht zur Stadthalle. Sie mussten ein paar Umwege fahren, weil der Stadtring wegen des Umzugs immer noch gesperrt war, schlugen sich durch Wohngebiete aber schließlich zur Wittastraße durch. Glücklicherweise waren in der Halle zu diesem Moment nur wenige Menschen mit der Vorbereitung der Krönungsveranstaltung am Abend beschäftigt, das Gebäude war innerhalb weniger Minuten evakuiert und mit polizeilichem Flatterband abgesperrt. Natürlich konnte die Polizei bei den Menschenmengen auf dem Hessentag nicht verhindern, dass neugierige Besucher aus dem Kurpark angelaufen kamen und wissen wollten, warum plötzlich mehrere Polizeizüge vor dem Gebäude standen.

Der Einsatzleiter hatte seinen Leuten die Direktive ausgegeben, den Passanten die Wahrheit zu sagen und sie gleichzeitig zu beruhigen. Meist stellten sich diese Bombendrohungen als falscher Alarm heraus, und wenn in Kürze die Sprengstoff-Suchhunde eintreffen würden, konnte sich ohnehin jeder ausrechnen, was der Grund der Absperrungen war.

Es war kurz nach halb vier, der anonyme Anrufer hatte von einer Explosion am Abend gesprochen. Falls es tatsächlich eine Bombe gab, musste sie sich also schon in der Halle befinden und mit einem Zeitzünder ausgestattet sein. Trotzdem blieb bei allen Einsatzkräften das mulmige Gefühl, dass ein paar von ihnen da bald reinmussten, um mit den Hunden das gesamte Gebäude zu durchkämmen.

Weil bei Großveranstaltungen wie dem Hessentag Bombendrohungen leider nie ganz auszuschließen waren, hatte die Polizei präventiv vier Kollegen vom Fachbereich acht der Akademie in Mühlheim am Main samt ihren tierischen Begleitern für die Dauer des Fests nach Bad Hersfeld beordert. Dieser Fachbereich war in Hessen zuständig für die Ausbildung der Diensthunde und ihrer jeweiligen Führer. Ob Leichen, Rauschgift oder Sprengstoff, den feinen Nasen der Hunde entging nichts. Einige von ihnen waren sogar in der Lage, durch einen geschlossenen Koffer Banknoten zu erschnüffeln. Allerdings dauerte ihre Anreise eine Weile, weil sie auf einem Gelände außerhalb der Stadt untergebracht waren.

Anstelle der Hunde trafen Michi und Matze in diesem Moment an der Stadthalle ein. Sie waren beim Festival des Sports im hinteren Teil des Kurparks gewesen, als der Funkspruch einging. Und es hatte etwas gedauert, bis sie sich durch die vielen Menschen am letzten Tag der Feierlichkeiten den Weg zur Stadthalle gebahnt hatten. Die beiden stellten sich den Beamten aus den Einsatzzügen als lokale Kollegen vor und hatten den Eindruck, wichtig zu sein, als sie zum Einsatzleiter weitergeschickt wurden.

»Sie kennen sich mit der Örtlichkeit aus?«, fragte der schneidige Mann mit kurz geschorenem Haar, ohne sich vorzustellen.

Michi und Matze nickten, leicht eingeschüchtert vom barschen Ton des Einsatzleiters, der möglicherweise eine militärische Vergangenheit hatte.

»Was erwartet uns im Objekt? Anzahl der Räume, Nebenräume, Größen?«

Die beiden lokalen Beamten waren zwar echte Hersfelder und kannten die Halle von diversen Veranstaltungen, den konkreten Bauplan hatten sie allerdings nicht im Kopf.

Matze wagte sich aus der Deckung. »Also, es gibt einen großen Saal, da passen vielleicht so vierhundert oder fünfhundert Leute rein.«

»Schätzungen. Schlecht.«

»Und dann sind da noch kleine Räume. Konferenzräume.«

»Anzahl?«

»Drei? Oder vier. Weiß net so genau.«

»Heieiei.«

»Im Saal kommt's ja auch drauf an, ob bestuhlt ist. Die Stühle sind blau.«

»Farbe irrelevant. Weitere Beobachtungen?«

»Na ja, ein Foyer gibt's halt noch. Vorn, wenn man reinkommt.«

»Da befinden sich Foyers meistens. Ist der Name des Stadtbrandinspektors bekannt? Den will ich hier haben, es muss ja ein Räumungstableau der Halle geben.«

»Jawoll, Name bekannt, Herr wird besorgt. Wegtreten?«

»Wollen Sie komisch werden?«

»Alles gut, wir besorgen Ihnen den Stadtbrandinspektor und stehen für weitere Fragen gern zur Verfügung.«

Ohne sich zu bedanken, wandte sich der leitende Beamte ab. Der erste Wagen mit zwei Hunden war soeben eingetroffen, die Tiere erschienen dem Einsatzleiter interessanter als diese zwei Hersfelder Hanseln. Er kommandierte mit unvermindert unfreundlichem Ton die Staffelführer mit ihren aufgeregten Tieren herum, Michi und Matze trollten sich. Man schien hier auch ganz gut ohne ihre Hilfe zurechtzukommen.

✳✳✳

»So eine Scheiße. Scheiße verdammte, Scheiße!« Viktor Portzig, der Eventkoordinator der Staatskanzlei, hatte sich mit Bürgermeister Goldhagen in eine ruhige Ecke hinter dem Parkhaus am Vlämenweg verzogen. Beide hatten von der Tribüne aus den Zusammenbruch der Kronberger Burgenkönigin beobachtet und waren zunächst davon ausgegangen, dass es nur ein Schwächeanfall oder Kreislaufkollaps war. Am Telefon hatte Portzig aber soeben vom Dienststellenleiter der Hersfelder Polizei erfahren, dass Benita nicht ohnmächtig, sondern tot war. Deswegen stand er nun neben dem Stadtoberhaupt und fluchte ungehemmt.

»Das darf doch alles nicht wahr sein! Es lief doch alles so gut. Und jetzt auf den letzten Metern kratzt die uns da ab. Hat die Drogen genommen, oder was? Und dann fliegt die direkt neben dem Ministerpräsidenten vom Wagen. Wo alle Kameras voll auf die Königinnen gehalten haben. Hätte die sich nicht wenigstens eine andere Stelle aussuchen können? Mann, ist das alles eine Blamage.«

Goldhagen wollte das Gespräch von Portzigs Selbstmitleid wieder auf eine sachliche Ebene lenken, außerdem fehlten ihm noch wichtige Informationen. »Hat Burns denn irgendetwas über die Todesursache gesagt? So eine junge Frau fällt doch nicht einfach tot vom Wagen?«

»Ach, wahrscheinlich hat die zehn Tage lang nichts gegessen, um in das Kleid zu passen. Was weiß ich. Werden wir aber gleich erfahren, dieser Burns will herkommen und uns weitere Informationen geben.«

Wie aufs Stichwort zischte ein ziviler schwarzer BMW mit aufgepfropftem Blaulicht über die Friedrich-Ebert-Straße heran. Der Hersfelder Polizeichef hielt auf dem Bürgersteig, stieg aus und war blass. Er gab Portzig und Goldhagen lasch die Hand und suchte nach den passenden Worten.

»Ja, also, wir können über die Todesursache noch nichts sagen. Aber es gibt zwei weitere Punkte, die Sie wissen sollten, Herr Portzig.« Der Polizeioberrat stand vor dem Eventbeauftragten wie ein Schüler, der etwas ausgefressen hatte, vor seinem Lehrer. Etwas zusammenhanglos redete er weiter: »Und zwar gab es, also, der Herr Goldhagen ist da im Bilde, aber wir hatten Sie außen vor gelassen, um Sie nicht zu beunruhigen, jedenfalls gab es unter den Frauen wohl eine Erpressung. Oder drei, um genau zu sein. So Briefchen. An sich nichts Dramatisches, der Herr Bürgermeister und ich haben das dann auch nicht so ernst genommen, aber das war möglicherweise ein Fehler.« Burns ruderte unbeholfen mit den Händen.

Portzig war auf hundertachtzig. Bedrohlich akzentuiert sagte er: »Es gab eine Erpressung während *meines* Wettbewerbs, die Sie *mir* nicht mitgeteilt haben, richtig?«

»Ja. Und um keine weiteren schlechten Nachrichten zu unterschlagen, jetzt gibt es auch noch eine Bombendrohung während Ihres Wettbewerbs. Die Stadthalle wurde soeben evakuiert.«

Portzig lief rot an, bekam Schnappatmung und hätte wahrscheinlich zu einer vernichtenden Tirade angesetzt, wenn in diesem Augenblick nicht sein Telefon geklingelt hätte. Er riss die Augen auf, als er aufs Display schaute, versuchte, seine hektische Respiration in den Griff zu bekommen, und nahm den Anruf schließlich an. Burns und Goldhagen hörten fünfmal »Ja« und zum Schluss ein kleinlautes »Alles klar«, dann war das Telefonat auch schon beendet.

»Das war der Ministerpräsident. Keine Ahnung, woher, aber er weiß, dass die Königin tot ist. Und er will, dass die Wahl zur Hessenkönigin sofort gestoppt wird. Die ›beschissene‹ Wahl, wenn ich den Herrn Landesvater an dieser Stelle mal wörtlich zitieren darf. Oh mein Gott, meine Karriere ist ruiniert. Ruiniert von einer Minute auf die andere.«

»Tja, und mein Fall fängt gerade erst an«, sagte Burns, nickte den Herren kurz zu und bestieg seine schwarze Limousine.

Er wollte diesem Portzig beim Bedauern seiner eigenen Person nicht zuschauen. Zumal dem Dienststellenleiter höchstselbst auch noch Ärger ins Haus stand. Rohde würde es nicht darauf beruhen lassen, dass er als Chef die Warnung seines Kommissars vor den Querelen unter den Majestäten nicht ernst genommen hatte. Und er fragte sich, ob diese junge Frau vielleicht noch leben würde, wenn er nach dieser Sache mit den Drohbriefen entschlossener gehandelt hätte.

* * *

Die Kommissare Brigitte Schilling und Daniel Rohde hatten sich nach dem schockierenden Einsatz hinter der Tribüne auf den Weg in ihr Büro gemacht. Zu Fuß waren sie schneller als mit dem Auto, denn die Straßen der Innenstadt waren durch den sich langsam auflösenden Festzug immer noch verstopft. Schon im Laufen versuchten sie, Ordnung in die Dinge zu bringen.

»Als Erstes sollten wir die Kollegen aus Kronberg verständigen. Die müssen Benitas Familie über ihren Tod informieren, bevor die davon aus der Presse erfährt. Und dann brauchen wir so schnell wie möglich eine Obduktion. Vielleicht war es ja Herzversagen oder ein Aneurysma, also gar keine Fremdeinwirkung, dann war es einfach nur tragisch, und wir sind raus.«

Brigitte zweifelte an einem natürlichen Tod. »Also, ich kenne mich medizinisch nicht besonders gut aus, aber so, wie die Leiche aussah, war das für mich kein Herzinfarkt oder Blutgerinnsel. Die war vollkommen blass, irgendwie wächsern. Wir müssten von ihren Mitstreiterinnen wissen, ob sie sich vorher schon unwohl gefühlt hat.«

»Ja, die will ich eh alle auf dem Revier haben. Diese Erpresserbriefe bekommen ja jetzt eine völlig neue Bedeutung. Und ich sage dir, wenn das ein Anschlag auf Benita war, dann hat Burns ein gewaltiges Problem. Ich habe dem unsere Sorgen mitgeteilt, und er hat das alles nicht ernst genommen. Denn erinnere dich mal, diese Johanna hat ja schon angedeutet, dass sie Benita dahinter vermuten. Und es könnte ja wirklich gut sein, dass eine von den Konkurrentinnen da jemanden zum Schweigen bringen wollte.«

»Dann sollten die Kollegen aus Kronberg herausfinden, ob diese Briefe tatsächlich von Benita geschrieben worden sind und dort auch ausgedruckt wurden. Die wird ja keinen Drucker auf ihrem Hotelzimmer in Friedewald stehen haben.«

Daniel grinste. »Mhm, und wenn Benita uns einen Gefallen tut, hat sie die Briefe im Dateiordner ›Erpresserschreiben‹ nummeriert und mit Erstellungsdatum abgespeichert.«

»Blödmann«, sagte Brigitte, als sie in die Kleine Industriestraße abbogen. »In welchem Zusammenhang siehst du eigentlich diese Bombendrohung? Für mich wirkt das so, als wollte irgendjemand dafür sorgen, dass dieser Wettbewerb auf jeden Fall abgebrochen wird. Entweder wegen einer toten Königin oder wegen der Bombe.«

»Klingt plausibel. Der Anruf mit der Bombendrohung ist ja aufgezeichnet. Wenn das eine der fünf Mitbewerberinnen gewesen sein sollte, finden unsere Sprachanalysten das heraus. Aber welches Interesse hätte ich als Teilnehmerin, dass der Wettbewerb nicht bis zum Ende durchgeführt wird?«

»Na ja, wenn ich irgendwie herausgefunden habe, dass ich abgeschlagen auf dem letzten Platz liege, und eine Blamage vermeiden will? Du glaubst nicht, wozu wir Frauen in der Lage sind, wenn's eng wird.«

Die beiden waren an der Polizeidirektion angekommen. »Mach mir mal keine Angst«, sagte Daniel und hielt seinen Dienstausweis vor den Türöffner.

Im Foyer saßen Gerhard Behrendt und Jacqueline Gölz. Die beiden Kollegen hatten an diesem Sonntagnachmittag eigentlich frei, waren aber wegen der grausamen Nachrichten auf die Dienststelle gekommen.

Die Kommissare begrüßten sich gerade, als auch der Chef das Gebäude betrat. Man sah, dass es ihm unrecht war, auf vier seiner Ermittler zu treffen, aber da musste er jetzt durch. Burns wollte sich das Zepter nicht aus der Hand nehmen lassen, lobte das Erscheinen der Kollegen in ihrer Freizeit und schlug vor, in den Besprechungsraum zu wechseln.

Dort angekommen, fuhr er sich kurz mit einer müden Geste über Augen und Stirn und eröffnete schließlich das Gespräch. »Also, folgender Sachstand. Die Stadthalle wird durchsucht, bislang ist kein verdächtiger Gegenstand gefunden worden. Die Leiche von Benita Manthey ist auf dem Weg zu Dr. Döring in die Pathologie nach Kassel. Der ist sauer, weil wir ihn aus einer Ruderregatta herausgerissen haben, aber gut gelaunt haben wir den ja eh noch nie erlebt.« Ein dünnes Lächeln huschte über Burns' Lippen. »Und dieser Wettbewerb zur Hessenkönigin wird abgebrochen, hat der Ministerpräsident persönlich angeordnet. Für uns wird entscheidend sein, was zum Tod von

Frau Manthey geführt hat. Es kann ja gut sein, dass einfach nur die Aufregung zu viel für sie war.«

Daniel unterbrach den Monolog. »Es kann aber auch sein, dass eine ihrer Konkurrentinnen dahintersteckt. Wir dürfen die Erpresserschreiben nicht vergessen.«

Burns guckte gequält. »Ja, wobei ich diese Briefchen als Motiv für ziemlich schwach halte. Also, ich schlage vor, wir warten ab, was Dr. Döring sagt, und überlegen uns dann eine Ermittlungsstrategie. Solange wir die Todesursache nicht kennen, wäre sowieso alles nur ein Stochern im Nebel.«

Das sah Daniel grundlegend anders. »Also, Entschuldigung, aber da möchte ich widersprechen. Wir verlieren wertvolle Zeit, wenn wir jetzt das Obduktionsergebnis abwarten. Ich würde so schnell wie möglich mit diesen Königinnen sprechen wollen. Vielleicht gab es da ja noch weitere Animositäten.« Und mit versöhnlicher Geste an seinen Chef schob er nach: »Oder tatsächlich Anzeichen auf eine Vorerkrankung von Frau Manthey.«

»Ja, gut, von mir aus, wenn Sie sich die Arbeit machen wollen, die sich bei einem natürlichen Tod vielleicht als überflüssig herausstellt, dann laden Sie diese Damen eben ein. Die müssten ja eh gerade Zeit haben, wenn die Krönungsmesse abgesagt wurde.«

***

Für Samira, Ursel, Yvonne, Johanna und Özlem war der Rest des Festzugs der blanke Horror gewesen. Nach Benitas Absturz vor der Tribüne war die Sänfte mit den Königinnen einfach weitergefahren. Es bestand auf den engen Straßen in der Wagenreihung zunächst keine Möglichkeit anzuhalten, ohne den gesamten Festzug dadurch zu stoppen. Außerdem hatten die Frauen auf der Wolke keinen Kontakt zum Fahrer in dem Auto, das die Königinnensänfte zog. Sie waren also weiter an jubelnden und winkenden Menschen vorbeikutschiert worden und hatten keine Ahnung gehabt, wie es ihrer Mitstreiterin ging.

Obwohl keiner Benita leiden konnte, waren alle schockiert

gewesen, als die Burgenkönigin vom Wagen gefallen war. Auf der Wolke war eine gewisse Unruhe entstanden, Johanna und Özlem hätten die Sänfte am liebsten verlassen, aber das ging nur über eine Leiter und schon gar nicht im Fahren.

Samira hatte sich am schnellsten in ihr Schicksal gefügt und den anderen Frauen zugerufen: »Auf, Mädels, mir komme hier jetzt net nunner und müsse Fröhlischkeit verbreite, der Benitta werd scho geholfe werrn. Läscheln!«

Erst hinter der Brücke über die Bahngleise auf der Frankfurter Straße fand der Fahrer eine Möglichkeit, aus dem Zug auszuscheren, und lenkte den Wagen samt Wolke an den Straßenrand. Er zog die Leiter unter dem Fahrgestell hervor und ließ die fünf verbliebenen Frauen aussteigen.

»Es tut mir wahnsinnig leid, aber ich konnte nicht früher anhalten. Was ist denn passiert? Ich habe ja alles nur im Rückspiegel gesehen.«

Johanna übernahm die Antwort. »Wir wissen es ja auch nicht, es ging alles so schnell. Vor der Tribüne bist du einmal etwas ruckartig angefahren, da ist Benita einfach vom Wagen gefallen. Aber es ging ihr schon vorher schlecht, das lag bestimmt nicht an dir.«

»Ach du lieber Gott. Das war bestimmt meine Schuld. Aber der Anhänger war viel zu schwer für den Mini, der ließ sich nicht sanfter anfahren.«

»Nein, wir anderen konnten uns ja auch alle halten. Benita war schon auf der Hinfahrt ganz blass und hat geschwitzt.« Johanna warf einen Blick in die Runde. »Und wir haben auf dem Wagen ja alle nicht auf sie geachtet, in dem Trubel.« Die Frauen schauten betreten zu Boden.

In diesem Augenblick klingelte das Handy des jungen Fahrers. Er ging für das kurze Gespräch etwas beiseite und kam nach einer knappen Minute wieder. Er atmete tief durch und tat schließlich kund: »Also, es gibt noch ein Problem. Für die Stadthalle ist eine Bombendrohung eingegangen, die wird gerade durchsucht. Ich soll euch jetzt erst mal zum Aufstellplatz in die Landecker Straße zurückbringen, dort kommt dann dieser

Portzig hin und will mit euch reden. Im Prinzip könnt ihr auch laufen, das ist gleich da vorn.«

»Wie geht es Benita denn?«, wollte Özlem wissen. »Ich habe schon lauter Nachrichten auf meinem Handy von Freunden, die den Zug im Fernsehen geschaut haben. Das war wohl alles voll im Bild.«

Auch die anderen Frauen zückten ihre Mobiltelefone, um die Reaktionen von Freunden und Bekannten auf Benitas Absturz zu checken.

Der Fahrer zuckte mit den Schultern. »Keine Ahnung, dazu hat Portzig nichts gesagt. Aber er kommt ja gleich.«

Die fünf Frauen stapften mit ihren Kostümen und Insignien durch das Industriegebiet, in dem auch die anderen Gruppen die Wagen des Festzugs entluden. Manche riefen den Hoheiten irgendetwas Fröhliches zu, ein paar Kinder sprangen herum und wollten noch die letzten Geschenke ergattern. Aber die Frauen waren viel zu sehr mit den Spekulationen über Benitas Gesundheitszustand und diese plötzliche Bombendrohung beschäftigt, als zu registrieren, was um sie herum geschah.

Vor dem kleinen Zeltpavillon, an dem vor ein paar Stunden der Umzug für sie begonnen hatte, setzten sich die Majestäten auf eine Bierbank und warteten.

»Meint ihr, die brechen den Wettbewerb ab?«, fragte Yvonne in die Runde. »Benita hat sich bei dem Sturz bestimmt verletzt, die wird heute Abend nicht auftreten können, oder?«

Özlem war skeptisch. »Ist ja eh unklar, ob wir überhaupt in die Halle können. Ich weiß ja nicht, wie lange so eine Durchsuchung nach einer Bombendrohung dauert.«

»Isch hab auch gar kein Bock mehr uff den ganze Scheiß, wenn isch ehrlich sein soll. Mir geht des irschendwie nah mit der Benitta, isch hab se net leide könne, aber wie die da geleesche hat …«

Ein schwarzer Mercedes mit Kennzeichen der hessischen Landesregierung näherte sich langsam und umkurvte vorsichtig die Menschen, die auf der Straße ihre Wagen abbauten und sich aus den Kostümen schälten. Vor den fünf Frauen blieb der

Wagen mit den verdunkelten Scheiben stehen. Die Tür öffnete sich, Portzig stieg aus.

Bei der Eröffnungsveranstaltung hatte der Eventmanager noch ausgesehen wie ein Stammkunde im Solarium, jetzt machte er den Eindruck, als habe er drei Nächte nicht geschlafen. Mit ernstem Gesicht ging er auf die Frauen zu.

»Ja, meine verehrten Damen, ich möchte Ihnen zunächst für den Einsatz auf dem Festzug danken. Ich komme allerdings mit zwei schlechten Nachrichten zu Ihnen.« Portzig machte eine kleine Pause, die Frauen starrten ihn erwartungsvoll an. »Und zwar ist Ihre Mitstreiterin Benita Manthey leider verstorben. Wir wissen noch überhaupt nicht, wie das passieren konnte, aber … ja. Es ist leider so. Und deswegen hat der Ministerpräsident entschieden, dass der Wettbewerb nicht fortgeführt wird. Es ist auch für mich eine schwierige Situation, wir müssen auch schauen, wie wir das mit dem Preisgeld jetzt machen. Und abgesehen davon will die Polizei mit Ihnen sprechen. Weil Sie ja alle dabei waren, als Frau Manthey starb. Das Revier ist zwar gleich da vorn, aber der Kommissar wollte einen Kleinbus schicken, um Sie abzuholen.« Portzig schaute zu Boden, die Frauen schwiegen schockiert. »Gut, also, ich werde mich wieder bei Ihnen melden, wie wir weiter verfahren, wie gesagt, vielen Dank erst mal für alles.« Sagte es und verschwand wieder in seinem Mercedes.

Der Himmel war grau, fünf Majestäten saßen sprachlos auf einer Bierbank im Industriegebiet und warteten darauf, von der Polizei abgeholt zu werden. Özlem fing leise an zu weinen, Yvonne und Ursel starrten auf den Boden, Samira stand irgendwann auf und lief mit verschränkten Armen in kleinen Kreisen um den Zeltpavillon.

Johanna war die Erste, die schließlich wagte, das Schweigen zu durchbrechen. »Eins ist mal klar. Wenn die Kripo uns befragen will, dann war das kein natürlicher Tod.«

***

Diese Einschätzung sollte sich durch einen Anruf aus Kassel bestätigen. Nach der kurzen Besprechung warteten die Kriminalbeamten in ihren Büros auf das Eintreffen der hessischen Hoheiten, als an Daniels Platz das Telefon klingelte.

»Das ist Döring«, sagte er verwundert zu Brigitte.

»Schon? Geh ran.«

Daniel schaltete die Mithörfunktion ein und meldete sich.

Grußlos fing der Mediziner sofort an zu poltern. »Also, ihr Hersfelder seid mir vielleicht ein Haufen. Dafür hätte ich nun wirklich nicht in die Pathologie fahren müssen. Am Sonntag! Das hätten sogar die Ärzte in eurem Dorfkrankenhaus rausgefunden. Oder mein Praktikant. Bleiacetat. Die primitivste Art und Weise, jemanden zu vergiften. Schnell hergestellt, in kleinen Mengen letal, allerdings auch simpel nachzuweisen. Wer auch immer dahintersteckt, demjenigen ging es nur darum, die Frau schnellstmöglich ins Jenseits zu befördern, Spuren egal. Nicht sonderlich perfide.«

Daniel nutzte die kurze Pause, um dazwischenzugrätschen. »Wie hoch ist die tödliche Dosis? Und wie sehen nach der Einnahme die Symptome aus?«

»Ach, da reichen fünf bis dreißig Gramm schon aus. Bleiacetat ist gut wasserlöslich, hinterlässt einen süßlichen Geschmack. Sagen wir mal, es waren zwanzig Gramm, dann bekommt das Opfer Bauchkrämpfe, schwitzt heftig, wird blass, Tachykardie, also Herzrasen, kann durch Kreislaufversagen ins Koma fallen. Kein schöner Tod, speziell nicht die Stunden davor.«

»Und wie viele Stunden liegen normalerweise zwischen der Vergiftung und dem Einsetzen des Todes?«

»Das ist schwer zu sagen. Kommt auf die grundsätzliche Konstitution des Menschen an, wann und wie reichlich er zuletzt gegessen hat. Kann in einer Stunde gehen, kann aber auch fünf dauern. Wenn der Patient weiß, dass er sich vergiftet hat, können Magenspülungen helfen. Aber ich würde mal davon ausgehen, dass Frau Manthey nicht darüber informiert wurde, dass sie soeben eine tödliche Dosis Bleiacetat zu sich genommen hat.«

»Also Mord.«

»Oder Totschlag, wenn es ein Versehen war. So oder so ein Fall für eure Abteilung. Dabei jetzt noch viel Spaß, ich bin für weitere Auskünfte morgen ab neun Uhr wieder zu erreichen.« Ohne einen weiteren Abschiedsgruß legte Döring auf.

Brigitte hatte sich während des Gesprächs Notizen gemacht und schaute von ihrem Block auf. »Was für ein Drama, dass dieser schöne Hessentag so zu Ende geht …«

»Er hätte so nicht zu Ende gehen müssen, wenn Burns und Goldhagen diese Drohbriefe ernst genommen hätten. Und eins ist mal klar: Wir haben dadurch jetzt schon jede Menge Verdächtige …«

Mitschnitt der Zeugenvernehmung Yvonne Herold, befragt durch KK Schilling
»Ja, es ging Benita schon auf der Fahrt von Friedewald schlecht. Sie hat gesagt, das läge an den Kurven. Aber sie hat schon total geschwitzt und so. Als wir dann auf den Umzugswagen gestiegen sind, hatte ich das Gefühl, es ginge ihr besser. Also dass es wirklich an der Schaukelei im Auto gelegen hat. Und dann waren wir ja alle so beschäftigt während des Festzugs, ich habe da nicht auf Benita geachtet. Nur, als sie dann plötzlich vom Wagen gefallen ist vor der Tribüne. Das hat mich echt schockiert, aber ich habe ja noch gesehen, dass sich Sanitäter um sie gekümmert haben, ich dachte, das ist nur ein Schwächeanfall. Aber jetzt ist sie tot. Wirklich schrecklich.«

»Haben Sie zwischen dem Frühstück und dem Tod von Frau Manthey irgendetwas Verdächtiges beobachtet?«

»Puuuh. Nee. Ich kann mich an nichts erinnern. Also wenn sie vergiftet wurde, dann muss dieses Gift ja in einem Getränk oder in irgendwas zu essen gewesen sein, oder? Nee, wie gesagt, ich habe auch nicht so sehr auf Benita geachtet. Ach, aber Moment, jetzt fällt mir doch was ein. Da hat uns so eine Gruppe verkleideter Frauen ein paar Gläser Sekt auf den Wagen gereicht. Oh Gott. Ob da was drin war?«

»Haben Sie von dem Sekt getrunken? Und Frau Manthey?«

»Ja, ich habe mir einen Schluck genehmigt. Also, eigentlich habe ich das ganze Glas getrunken. Sie meinen, davon könnte eins vergiftet gewesen sein? Oh Gott, die waren auf einem Tablett, jeder hat sich einfach so eins genommen. Dann hätte es ja jede von uns treffen können. Ach du Scheiße.«

»Wie lange war denn in etwa die Zeitspanne zwischen der Sache mit dem Sekt und Frau Mantheys Sturz vom Wagen?«

»Nicht so lange. Vielleicht eine halbe Stunde. Kann ich nicht genau sagen.«

»Das wäre für eine Vergiftung möglicherweise zu kurz. Das können wir erst sagen, wenn der Obduktionsbericht in allen Einzelheiten vorliegt. Ich würde gern noch mal auf diesen Erpresserbrief zu sprechen kommen. Ein Achim hat darin gedroht, an die Öffentlichkeit zu bringen, dass Ihr Vater biologisches und konventionelles Tierfutter panscht. Kann man das so sagen?«

»Ja, das ist richtig. Ich … ich weiß auch, dass mein Vater das macht. Immer habe ich zu ihm gesagt, dass er damit aufhören soll. Aber da hat er nur gelacht.«

»Und Ihre Mitstreiterin Johanna hat im Gespräch mit meinem Kollegen den Verdacht geäußert, dass diese Schreiben von Frau Manthey gekommen sein könnten. Wieso gerade von ihr?«

»Wir haben festgestellt, dass alle Erpressten, also Samira, Johanna und ich, unsere Konten bei der Hessischen Volkskasse haben. Und da hat Benita ja gearbeitet. Vielleicht hat sie das über irgendwelche Kontobewegungen herausgefunden.«

Kurze Pause.

»Ich weiß, das macht mich auch verdächtig. Aber ich habe mit dem Mord nichts zu tun. Ich habe mit meinem Vater telefoniert, der sagte mir, dass man das anhand der Kontobewegungen gar nicht beweisen könne. Da war mir dieser Erpresserbrief dann auch egal. Aber ich sage mal, Samira mit ihrem Telefonsex, das ist ja schon ein starkes Stück, wenn das an die Öffentlichkeit gelangen würde. Das würde sie ja auch persönlich betreffen und nicht wie bei mir hauptsächlich meinen Vater. Und Özlem auch. Die hat zwar keinen Brief bekommen, angeblich nicht, aber die hatte sich mit Benita richtig in den Haaren. Weil die immer ausländerfeindliche Sprüche gemacht hat. Fand ich auch unmöglich, aber ich hatte das Gefühl, dass bei Özlem das Fass übergelaufen ist. Also, ich will jetzt hier niemanden verdächtigen, aber weil ich es ja nicht war, sind diese Hinweise möglicherweise vielleicht wichtig für Sie.«

Mitschnitt der Zeugenvernehmung Ursel Bohl, befragt durch KOK Daniel Rohde

»[...] Also, wie gesagt, ich kann da nicht wirklich helfen. Dass Benita im Bus schlecht war, habe ich ja schon erwähnt. Aber so was hat man ja mal, ich dachte, sie hat vielleicht ihre Tage. Ich stand auf dem Wagen dann auch ziemlich weit von ihr weg auf der anderen Seite. Und ich hatte dreihundert Beutel Sauerkraut dabei, so ganz kleine, die ich ins Publikum werfen sollte. Damit war ich dann beschäftigt. Da habe ich auf Benita nicht geachtet.«

»Hat Frau Manthey heute mit Ihnen zusammen gefrühstückt?«

»Nein, sie war die Einzige, die am Morgen nicht bei uns gesessen hat. Sie war mit ihrem Coach in einer anderen Ecke des Restaurants. Ich vermute, dass sie sich da absichtlich hingesetzt hat. Es hat gestern Abend ... ja, wie soll ich das sagen? Es hat ziemlichen Ärger gegeben zwischen Benita und Özlem. Wir waren gestern bei einer Show vom hr. Da waren die beiden zusammen eine Mannschaft. Özlem hat in der letzten Frage ziemlich gepatzt, und dann hat Benita sie danach fertiggemacht. Ich denke mal, sie hat gemerkt, dass wir alle eher auf Özlems Seite standen, ich meine, so einen Fernsehauftritt, den muss man doch nicht so wahnsinnig erst nehmen. Aber Benita war halt sehr verbissen.«

»Sie mochten sie nicht?«

»Ich habe versucht, ihr aus dem Weg zu gehen. Ich habe mich da nicht so reingesteigert. Wissen Sie, ich habe mir gedacht, zehn Tage kriege ich schon rum, danach sehe ich alle anderen sowieso nie wieder.«

»Das klingt, als hätten Sie an dem Wettbewerb gar nicht so viel Spaß gehabt.«

»Na ja, Spaß. Ich bin nicht so der Typ für solche Veranstaltungen. Das mit der Sauerkrautkönigin mache ich eigentlich nur, um meinem Vater und seiner Firma einen Gefallen zu tun, der arbeitet in der Fabrik in Fritzlar. Aber ich habe jetzt nicht so den Siegeswillen wie Benita mit ihrem Coach und allem.«

»Was wissen Sie über diesen Coach?«

»Tja, komischer Typ. Wohl Amerikaner, ein Schwarzer, sehr sportlich. Aber ich habe den eigentlich nie gesehen. Der war immer auf dem Zimmer oder im Fitnessraum, keine Ahnung, was der den ganzen Tag gemacht hat. Nur heute saß er plötzlich mit Benita beim Frühstück. Das erste Mal. Seltsam eigentlich, oder?«

»Was wissen Sie über die Erpresserschreiben?«

»Was denn für Erpresserschreiben?«

»Sie haben nichts bekommen, keinen Brief unter der Zimmertür im Hotel?«

»Nein.«

»Und Sie kennen auch keinen Achim?«

»Achim? Nein. Das heißt, doch, Moment mal, da war so ein Brief in meinem Zimmer vor ein paar Tagen. Der war von einem Achim unterschrieben. Dass wir über alles noch mal reden könnten. Aber ich wusste nicht, worüber. Ich habe das für einen Irrtum gehalten und den Brief weggeschmissen. Womit sind denn die anderen erpresst worden?«

»Dazu kann ich Ihnen keine Auskunft geben.«

»Also ich habe auf jeden Fall nichts bekommen, ich wüsste auch nicht, womit man mich erpressen könnte.«

Mitschnitt der Zeugenvernehmung Samira Spindler, befragt durch KOK Gerhard Behrendt
»Okay, nur jetzt mal zur Einordnung, weswesche ich hier sitze muss: Halte Sie misch für verdäschtisch? Weil, isch hab der Benita sischä nix angetan, klar, gut, isch hab se net besonders

gut leide könne, aber isch hab werklisch kaan Grund, so was Schrecklisches zu tun. Isch bin ja selbst ganz schockiert.«

»Nein, Frau Spindler, keine Sorge, wir vernehmen Sie als Zeugin, nicht als Verdächtige. Und sollte sich durch die Befragung eine neue Situation ergeben, werden Sie von uns belehrt, dass Sie sich oder nahe Angehörige durch Ihre Aussage nicht belasten müssen. Aber wir müssen uns erst mal ein Bild über die Lage verschaffen, und da ist jeder einzelne Zeuge sehr wichtig. Und eine kleine Bitte hätte ich noch: Könnten Sie Ihre Aussage möglichst auf Hochdeutsch machen? Wir haben eine Sekretärin aus Bosnien, die alles abtippen muss, und die tut sich mit Dialekten ein bisschen schwer.«

»Isch werde misch bemühen.«

»Prima, danke Ihnen. Sie sagten, Sie konnten Benita nicht gut leiden. Warum?«

»Na ja, die war so verkrampft. Man soll ja über Tote net schlecht reden, aber sie war einfach keine sympathische Frau. Ich glaub, alle anderen haben den Wettbewerb hier als großen Spaß gesehen, aber sie wollte unbedingt gewinnen. Die wollte sich hier den Erfolg holen, den sie am Arbeitsplatz nicht hatte. Da hat man eine andere Kollegin irgendwie zum Chef gemacht und sie nicht. Hat sie selbst erzählt. Und weil diese Kollegin auch noch ausländische Eltern hatte, war Benita auch so aggressiv Özlem gegenüber. Ehrlich gesagt, ich glaub, die war rechts, das war ja echt schlimm, wie die die Özlem angemacht hat.«

»Frau Kühne hat den Verdacht geäußert, dass Frau Manthey hinter den Erpresserschreiben stecken könnte. Da waren Sie ja auch betroffen …«

»Ach Gott, ja. Und am Anfang hat mir das auch richtig Schiss gemacht. Aber ich hab dann da noch mal genau drüber nachgedacht. Es wurde ja damit gedroht, dass mein Nebenjob öffentlich gemacht werden soll. Aber wie hätte das denn gehen sollen? Dass der Erpresser beim ›Hanauer Anzeiger‹ anruft und sagt, hier, ich weiß da was – und die machen dann eine große Geschichte? Das ist doch unrealistisch, oder finden Sie net?«

»Kann ich nicht beurteilen.«

»Nee, ich glaub, da sind die Erpressungen von Yvonne und Johanna schon ein anderes Kaliber. Ich mein, wenn die Sache da auf dem Hof von Yvonnes Vatter auffliegt, das ist doch richtig krass. Oder der Bürgermeister, der fremdgeht. Und die sind ja auch alle vom Dorf, da ist so was ja noch ein viel größerer Skandal. Also, ich würde sagen, die haben da noch unter einem ganz anderen Druck gestanden, die beiden. Und bei Yvonne ... na ja, ich weiß net, ob das jetzt hierhin gehört ...«

»Sie sollten hier alles äußern, was zur Aufklärung des Falls beitragen kann. Wir behandeln alle Aussagen mit äußerster Diskretion.«

»Na gut, also, die Yvonne, ne. Die ist wohl zusammen mit diesem Schlagersänger Chris Dee. Kenne Sie den? Egal. Jedenfalls war der einen Abend bei uns im Hotel, aber net im Zimmer von der Yvonne. Sie hat sein Auto selbst gesehen, hat sie mir erzählt. So, und wer war davor noch beim Konzert vom Chris? Die Benita! Also, vielleicht war der bei ihr uffm Zimmer, die Yvonne hat das irschendwie rausgefunne, weil eifersüchtisch war die schon ganz ordntlich, des hat mer gemerkt, ach, Entschuldigung, Ihre bosnische Sekretärin. Aber wenn ich mich aufrege, rutsche ich immer ins Hessische. Na, jedenfalls: Wer weiß, wozu Frauen in der Lage sind, wenn sie merken, dass ihr Freund fremdgeht?«

Mitschnitt der Zeugenvernehmung Johanna Kühne, befragt durch KK Jacqueline Gölz
»[...] Und wenn ich ehrlich sein soll, habe ich diese ganze Wahl zur Hessenkönigin eher als Studie zwischenmenschlichen Verhaltens gesehen. Es ist in einer solchen kompetitiven Situation sehr aufschlussreich, wie der Einzelne agiert. Bei Benita würde ich eine narzisstische Persönlichkeitsstörung vermuten. Eitelkeit und Selbstsucht in krankhafter Weise, ständig auf der Suche nach Bestätigung. Und bei Verletzungen aggressiv. In der internationalen Klassifikation von Krankheiten eine typische F 60.8. Das ist ein System für medizinische Diagnosen. Eine Zeit lang

habe ich absichtlich ihre Nähe gesucht, weil mich der Grund für ihren Mangel an Empathie interessiert hat. Aber dann ist mir Benita zu anstrengend geworden, ehrlich gesagt. Sie merken, ich kann mein Studium nicht verleugnen.«

»Es kann ja nicht schaden, wenn Sie Ihre Mitstreiterinnen etwas tiefgehender einschätzen können. Wie würden Sie die anderen Frauen beschreiben?«

»Deutlich unauffälliger. Zumindest im psychologischen Sinne keine klar definierbaren Krankheitsbilder. Samira gibt sich sehr kumpelhaft, fast burschikos. Ihre starke dialektale Färbung kann auch eine Art Selbstschutz sein. Sie kennen das vielleicht von Kabarettisten. Die können sich viel heftigere Bosheiten leisten, wenn sie sie mit einer regionalen Sprachfärbung präsentieren. Wirkt dann immer gleich viel harmloser, Sie verstehen? Özlem kommt aus einem Kulturkreis, in dem Unterordnung und Disziplin eine viel größere Rolle spielen als bei uns. Natürlich kenne ich ihre familiären Hintergründe nicht, deswegen kann ich es nicht mit Sicherheit sagen, aber ihre starke Beherrschtheit und ihr Wille zur Perfektion würden dazu passen. Yvonne ist so der Typ ›bester Kumpel‹, Stichwort ›Pferde stehlen‹. Hat man gern um sich herum, ist fröhlich, kann zuhören. Wobei gerade solche Menschen innerlich oft auch einsam sind. Das ist jetzt aber Küchenpsychologie, dafür kenne ich sie nicht gut genug.«

»Trotzdem sehr interessant. Und Ursel?«

»Tja, Ursel ist von allen die Rätselhafteste. Sehr ruhig, introvertiert. Es passt eigentlich gar nicht zu ihr, an so einem Wettbewerb teilzunehmen. Sie wirkt auf mich irgendwie ... ja, irgendwie ferngesteuert. Ich erlebe kaum Emotionen bei ihr. Ein bisschen so, als hätte sie ein Trauma zu verarbeiten. Aber ich habe mich mit ihr nie eingehender unterhalten, das ist nur eine Vermutung.«

»Aber jetzt noch mal zu Ihnen, Frau Kühne. Ihnen wurde gedroht, die Affäre Ihres Vaters öffentlich zu machen. Das wäre für das Ansehen als Bürgermeister ja tatsächlich ein großes Problem, oder?«

»Einerseits bestimmt, aber haben Sie andererseits mal an die vielen Politiker gedacht, die untreu waren? Berlusconi, Kennedy, Seehofer ... Affären en masse – und keine hat ihnen geschadet. Ich habe vielmehr den Eindruck, dass so was den männlichen Wählern imponiert. ›Schau dir den an, den alten Bazi, Kraft für zwei, das Schlitzohr, Hut ab!‹ Schlimm eigentlich, aber immer wieder bewiesen. Was ich damit sagen will: Ja, es wäre eine Demütigung für meine Mutter, und es sollte nicht bekannt werden. Aber wenn Sie versuchen wollen, mir daraus ein Motiv zu konstruieren, muss ich Sie enttäuschen. Schließlich war ich auch die Erste, die sich mit dem Erpresserschreiben an die Polizei gewandt hat. Und das hätte ich ja ganz sicher nicht gemacht, wenn ich Benita hätte vergiften wollen, weil ich sie dahinter vermute.«

Mitschnitt der Zeugenvernehmung Özlem Yeşilçay, befragt durch KK Brigitte Schilling
»Zunächst einmal danke für Ihre Geduld. Fünf Zeugenbefragungen am letzten Hessentagssonntag, damit hatten wir nicht unbedingt gerechnet.«
»Kein Problem.«
»Ich hatte vorhin mit Frau Herold gesprochen, die mir sagte, dass es Frau Manthey schon auf der Fahrt schlecht ging, sie dann aber stabiler wirkte, als Sie auf den Wagen gestiegen sind. Haben Sie dazu noch Beobachtungen oder Anmerkungen?«
»Nein, so war auch mein Eindruck.«
»Und dann haben Sie während des Umzugs von einer Gruppe verkleideter Frauen Sekt gereicht bekommen. Haben Sie das auch mitbekommen?«
»Ja, uns wurde ein Tablett hochgereicht, ich habe davon aber nichts genommen. Tagsüber vertrage ich Alkohol noch schlechter als abends. Und bevor Sie fragen: Ja, ich bin Muslima, aber nicht so streng, dass ich nicht mal ein Glas mittrinken würde.«
»Haben Sie gesehen, ob Benita von dem Sekt getrunken hat?«
»Leider nein, ich habe mich schnell wieder dem Publikum

zugewandt. Oh Gott, Sie meinen, der Sekt könnte vergiftet gewesen sein? Wie gut, dass ich davon nichts getrunken habe. Ach du lieber Himmel!«

»Das mit der Vergiftung ist nicht auszuschließen. Können Sie sich an die Frauen erinnern, die Ihnen die Getränke gereicht haben?«

»Oje. Nicht so genau. Ich glaube, es waren drei oder vier. Die hatten einen kleinen Bollerwagen dabei, ja, genau, das fällt mir jetzt wieder ein, da hatten sie Flaschen drin und wahrscheinlich was zu essen. Aber wie die aussahen, kann ich nicht mehr sagen.«

»Wo standen die Frauen denn in etwa? Können Sie das rekonstruieren?«

»Da fragen Sie mich was. Ich bin ja nicht von hier. Aber es war schon eine Weile, bevor wir an der Tribüne vorbeikamen und das mit Benita ... also, bevor sie vom Wagen gefallen ist. Warten Sie mal, einmal ging es um so einen Kreisel mit bunten Kugeln drauf. Da hat die Wolke ganz schön gewackelt. Da habe ich mich an Yvonne festgehalten, und die hatte das Sektglas in der Hand. Also muss es davor gewesen sein.«

»Ich weiß, welchen Kreisel Sie meinen, das hilft uns schon sehr. Anderes Thema: Wie haben Sie die Stimmung unter den Kandidatinnen wahrgenommen?«

»Och, na ja, eigentlich gut. Ich meine, dafür, dass es ein Wettkampf ist, bei dem es echt um eine ganze Menge Geld und das Auto geht, sogar sehr gut. Bis auf Benita sind alle untereinander gut ausgekommen.«

»Wie meinen Sie das, ›bis auf Benita‹?

»Sie ist ... sie war ... einfach kein netter Mensch. Missgünstig. Verkrampft irgendwie und gar nicht locker. Wir sind gestern bei so einem blöden Quiz im Fernsehen zusammen angetreten, die Paarung war so ausgelost worden. Und da habe ich bei der letzten Frage gepatzt, das hat Benita wahnsinnig wütend gemacht. Dabei hatte diese Sendung überhaupt keinen Einfluss auf das Voting. Ich hatte da ja beim Zwischenstand geführt.«

»Ich weiß, und Benita lag direkt hinter Ihnen.«

»Ja, das hat mein Leben in den letzten Tagen auch nicht einfacher gemacht. Sie hat alles so gedreht, dass ich wegen meiner türkischen Wurzeln einen Vorteil bei dieser Wahl hätte. Und manchmal hatte sie nicht ganz unrecht, der Artikel in der ›OLZ‹ zum Beispiel war schon krasse Werbung für mich, über die anderen hat der ja gar nichts geschrieben. Aber wissen Sie, was mir der Reporter erzählt hat, als ich ihn noch mal getroffen habe? Benita wollte neben den Artikel über mich eine bezahlte Werbeanzeige für sich setzen lassen. Direkt daneben. Hat die Zeitung dann aber abgelehnt. Und dann wollte sie nicht mehr. Aber ich meine, wie krass ist die denn drauf?«

»Ja, das ist in der Tat heftig. Frau Herold sprach bei ihrer Aussage von ausländerfeindlichen Sprüchen. Wie haben Sie das erlebt?«

»Ach Gott, so was nehme ich nicht mehr ernst. Ich hatte Deutsch-LK und kenne wahrscheinlich mehr Literatur-Klassiker als die meisten aus der AfD. Aber an diese kleinen Hänseleien haben wir uns gewöhnt. Am meisten kann man die Leute verblüffen, wenn man selbst einen Scherz über seine Herkunft macht. Das hier ist mein Lieblingswitz: Was ist grün und trägt ein Kopftuch? Na? Eine Gürkin.«

»Ahahhhaaaha. Entschuldigung. Der ist gut. Ich glaube, das war der erste Witz, den mir jemand während einer Zeugenaussage erzählt hat.«

»Sie hatten ja auch noch nie die Wetterauer Kirschenkönigin zu Gast. Nein, im Ernst, wenn Sie da jetzt einen Streit zwischen Benita und mir konstruieren wollen, der einen Mord rechtfertigen würde, kann ich Ihnen sagen: Bevor isch misch uffreesch, isses mir lieber egal. Das habe ich in der Wetterau gelernt. Ja, ich war sauer, als die mich nach dem Quiz im Bus so blöd angemacht hat, aber von da an waren es noch vierundzwanzig Stunden bis zum Ende des Wettbewerbs. Bis dahin hätte ich Benita auch noch ertragen – und danach eh nie wiedergesehen.«

***

Jacqueline war nach der Vernehmung wieder zu ihrer Familie gefahren, schließlich hatte sie eigentlich ihren freien Tag, und auch Gerhard verabschiedete sich, er war mit seiner Frau noch bei Freunden zum Grillen eingeladen. So blieben also Daniel und Brigitte übrig, die sich nach den Zeugenbefragungen die jeweiligen Mitschnitte angehört hatten und nun in ihrem gemeinsamen Büro saßen.

»Seit wann haben wir denn eine bosnische Sekretärin?«, wollte Daniel als Erstes wissen.

»Du weißt doch, dass Gerhard dieses südhessische Gebabbel nicht abkann. Ich finde, er hat Samira sehr elegant auf den Pfad der allgemeinen Verständlichkeit zurückgeleitet.«

Daniel grinste. »Schön gesagt. Aber abgesehen davon: Es ist ja schon spannend, wie alle betonen, dass es unter den Frauen total harmonisch zugeht, aber dann jede versucht, der anderen die Schuld zuzuschieben.«

»Na ja, nicht jede. Eigentlich hauptsächlich Yvonne und Samira. Özlem und Johanna haben nur klargemacht, dass sie keinen Grund hatten, Benita umzubringen, und Ursel hat überwiegend erklärt, weswegen sie viel lieber ganz woanders wäre als bei diesem Wettbewerb. Warte, ich bringe mal Struktur rein.«

Brigitte stand auf und schrieb die fünf Namen auf ein Whiteboard. Hinter Samira machte sie einen Pfeil und schrieb: Erpressung Telefonsex. Bei Johanna: Erpressung fremdgehender Vater. Yvonne bekam gleich zwei Pfeile, einmal Erpressung Futterpanscherei und einmal Eifersucht Schlagersänger. Hinter Özlem notierte sie: Ausländerfeindlichkeit. Nur Ursels Name blieb ohne Pfeil.

»Schreib diesen Glenn noch mit auf«, schlug Daniel vor. »Ich sehe da zwar noch kein Motiv, aber er hat zuletzt mit Benita gefrühstückt und hätte am komfortabelsten Zeit gehabt, ihr das Bleiacetat zu verabreichen.«

Brigitte notierte auch den Namen des Personal Coachs auf der Tafel und schaute sich ihr Diagramm an. Sie klopfte mit dem Filzer auf den zweiten Pfeil hinter Yvonne. »Das hier ist ja auch nicht sicher. Dieser Chris war zwar offenbar im Hotel, aber wir wissen nicht, ob tatsächlich in Benitas Zimmer. Er kann ja auch bei einer anderen Dame gewesen sein, hübsche Hoheiten waren ja genügend da in der Nacht.«

»Was ist mit diesen verkleideten Frauen? Wenn Özlems Aussage stimmt und der Sekt beim Kreisel an der Uffhäuser Straße schon auf dem Wagen war, dann müssen die wahrscheinlich irgendwo in der Nähe der Arbeitsagentur gestanden haben. Die Frage ist: Hat diese Wolke von dort bis zur Tribüne so lange gebraucht, dass das Gift schon gewirkt hat? Ich glaube es ja nicht.«

»Ich auch nicht, aber Dr. Döring dürfen wir ja frühestens morgen um neun wieder mit Fragen behelligen. Abgesehen davon: Solange wir keine Sicherheit haben, ob die Erpresserschreiben wirklich von Benita waren, ist eh alles nur Spekulation. Klingt nach Feierabend. Feierabend?«

»Gern.« Daniel packte seine Sachen zusammen, legte ein paar Stifte in eine Schublade, fuhr seinen Computer herunter, rückte einen Stapel Papier auf dem Schreibtisch gerade und fragte schließlich leise: »Zu mir oder zu dir?«

**

Fido, Arcus, Roy und Bonzo hatten ganze Arbeit geleistet. Die Sprengstoff-Suchhunde hatten sich mit der Nase am Boden durch sämtliche Räumlichkeiten der Stadthalle geschnüffelt und verliehen dem Gebäude nach knapp anderthalb Stunden das Prädikat »bombenfrei«. Alles, was sie gefunden hatten, war das Portemonnaie einer Frau Rösler aus Ottrau, das irgendwie in einen Lüftungsschlitz gerutscht sein musste.

Während also die Bombendrohung für eine schusselige Dame aus dem Nachbarlandkreis mit einer schönen Überraschung endete, war sie für die Polizei eine nervenaufreibende Aktion. Niemand betritt gern ein Gebäude, in dem sich ein Sprengsatz befinden könnte, und niemand will, dass ein friedliches Landesfest mit einer Evakuierungsaktion zu Ende geht.

Im Verhältnis zum Aufwand des Polizeieinsatzes wird eine

Bombendrohung relativ mild geahndet. Nach Paragraf 126 des Strafgesetzbuches stellt sie eine »Störung des öffentlichen Friedens durch Androhung von Straftaten« dar und kann maximal mit einer Freiheitsstrafe von drei Jahren belegt werden. Oft enden die Prozesse auch mit einer Bewährungsstrafe, wenn der Schuldige denn überhaupt ausfindig gemacht werden kann.

Schmerzhafter als die strafrechtlichen Folgen können für den Täter allerdings die zivilrechtlichen sein, sprich: die Geldstrafe, wenn er erwischt wird. Denn bei einer Verurteilung können ihm die gesamten Kosten in Rechnung gestellt werden. Eine Studentin, die aus Liebeskummer einst den Düsseldorfer Flughafen lahmlegte, kostete ihre Idee seinerzeit zweihundertsiebentausend Euro.

Nun war die Hersfelder Stadthalle nicht mit einem internationalen Airport zu vergleichen, trotzdem wollte man in der Polizeidirektion die Drohung nicht auf die leichte Schulter nehmen. Deswegen wurde der Mitschnitt des Anrufs auf digitalem Wege ins Polizeipräsidium Osthessen nach Fulda geschickt. Dort hatten sie Leute, die eine regionale Sprachfärbung auf bis zu zehn Kilometer genau eingrenzen konnten – und so war dann zumindest die Lokalisierung möglich, wo der Anrufer ursprünglich herkam. Das war zwar herzlich wenig, aber mehr war bei Bombendrohungen fast nicht möglich.

Nachdem die Durchsuchung der Halle abgeschlossen war, mischten sich Michi und Matze wieder unter die Besucher im Kurpark. Sicher, ein paar von ihnen hatten den Polizeieinsatz mitbekommen, und einige hatten vielleicht auch schon von dem »Unfall« während des Festumzugs gehört, aber die Stimmung am letzten Tag des Landesfests war deswegen keineswegs getrübt. Noch hatte die Polizei der Presse gegenüber ja nicht bekannt gegeben, dass es sich beim Tod von Benita Manthey um einen Giftanschlag handelte. Und die Absage der Wahl zur Hessenkönigin führten die Medien bislang auf die Bombendrohung zurück. Goldhagen, Portzig und Burns hatten sich darauf geeinigt, dass es am nächsten Tag noch früh genug sei, die Öffentlichkeit über die wahren Gründe des Wettbewerbsabbruchs zu informieren. Bis dahin sollten die Hersfelder und ihre Gäste noch den fröhlichen Ausklang dieses friedlichen Hessentags feiern.

***

Zu mir oder zu dir. Trotz der stark klischeehaften Formulierung jagte diese Frage ihres Kollegen Brigitte einen kleinen, wohligen Schauer über den Rücken. Es waren davor einige Jahre ins Land gegangen, in denen sie versucht hatte, Daniels Aufmerksamkeit zu gewinnen. Und zwar nicht nur seine Aufmerksamkeit für Brigitte, die gute Ermittlerin, sondern für Brigitte, die Frau. Tatsächlich waren es mehr als vier Jahre gewesen, in denen die beiden kollegial und kameradschaftlich zusammengearbeitet, viel geleistet und gelacht hatten, aber Einblicke in Daniels Privatleben gestattete er nur selten.

Die Situation hatte sich bei ihrem gemeinsamen Einsatz auf Gran Canaria geändert. Dort hatten die beiden im vergangenen September nach einem Amtshilfeersuchen mit der spanischen Polizei einen Mord aufgeklärt. Álvaro, der attraktive kanarische Ermittler, hatte Brigitte ein wenig hofiert – und das musste Daniel wohl irgendwann gestört haben. Jedenfalls wurde er schon während des Einsatzes deutlich zutraulicher. Höhepunkt der Ermittlungen war ein riskanter Showdown in den schroffen Bergen der Kanareninsel, bei dem Brigitte einen Steilhang hinabgestoßen worden war. Daniel war es, der mit einem Tau um die Hüfte zu ihr herabgeklettert war und sie unter Einsatz seiner eigenen Gesundheit aus der lebensgefährlichen Situation gerettet hatte.

Nach ihrer Rückkehr hatte sich Brigitte mit einem aufwendigen Tapas-Essen in ihrer Wohnung für Daniels Heldentat bedankt. Ihre Freundinnen behaupteten immer noch, dass sie ihn an diesem Abend absichtlich abgefüllt hatte, was sie bis heute mit gespielter Entrüstung zurückwies. Nach zwei Flaschen gekühltem Rotwein – so hatten sie das auf den Kanaren kennengelernt – war Daniel auf jeden Fall nicht mehr in der

Lage gewesen, von Asbach nach Bosserode zu fahren, und hatte bei Brigitte übernachtet. Die Nacht hatten sie zwar ganz anständig in getrennten Zimmern verbracht, aber die weinseligen Stunden davor waren umso interessanter gewesen.

Erstmals hatte Daniel ihr an diesem Abend erzählt, dass seine langjährige Beziehung zu einer Lisa an ihrem Kinderwunsch gescheitert war. Er wollte einerseits keine Kinder und war andererseits von der Natur in puncto Zeugungsfähigkeit auch nicht vollumfänglich ausgestattet worden. In den letzten zwei Jahren ihres Zusammenlebens war dieses Thema omnipräsent gewesen, alles an Lisas Verhalten hatte auf Daniel wie ein permanenter Vorwurf gewirkt. Irgendwann war die Situation schließlich derart verfahren, dass er die Notbremse zog und sich nach fast dreizehn Jahren Partnerschaft von der Frau trennte. Danach igelte er sich ein, arrangierte sich mit seinem Leben als Single, hatte Spaß an seinem Beruf, seiner Volleyballmannschaft und an Abenden mit seinen Jungs, nur von Frauen wollte er auf absehbare Zeit nichts mehr wissen.

Er hatte sich so ein bisschen den Plan zurechtgelegt, frühestens ab Mitte vierzig wieder in eine Beziehung einsteigen zu wollen, möglichst mit einer gleichaltrigen Frau, bei der der Nachwuchszug schon abgefahren war. So stellte er sich das recht kommod vor, aber manchmal hielt sich das Leben einfach nicht an Pläne.

Am nächsten Morgen war Brigitte mit einem leichten Kopfschmerz und der Sorge aufgewacht, wie die erste Begegnung mit dem Kollegen auf der Schlafcouch im Wohnzimmer verlaufen würde. Wie das nach solchen Abenden oft ist, die Gelöstheit ist verschwunden, zwei leicht verkaterte Menschen stehen sich gegenüber und wissen nicht, wie sie die Geschehnisse einzuordnen haben. Brigitte hatte damals beschlossen, dass sie die Situation mit einem guten Frühstück am ehesten entkrampfbar machen würde, und war aus dem Haus geschlichen, um Brötchen zu holen. Als sie wiederkam, war Daniel im Bad. In ihrem Bad. Ihr Kollege. Immer noch leicht ungläubig schüttelte sie den Kopf und deckte den Tisch.

Und dann passierte etwas, das sie nie für möglich gehalten hatte: Daniel kam mit feuchten Haaren aus dem Badezimmer, bekam leuchtende Augen, als er das Frühstück sah, bedankte sich bei Brigitte und fing mit völliger Selbstverständlichkeit an zu essen. Er plauderte locker über unterschiedlich gute Bäckereien, lobte die selbst gemachte Marmelade von Brigittes Mutter und machte ihr ein Kompliment für ihr schönes Geschirr. Keinen Moment lang entstand irgendeine Gesprächspause oder ein unangenehmer Nachhall auf den gestrigen Abend. Die gesamte Situation wirkte vertraut, und wenn Daniel nicht ständig neue Sachen auf Brigittes Tisch entdeckt hätte, wären die beiden fast als langjähriges Ehepaar durchgegangen. Abgesehen davon schien er so gar keine Eile zu haben, die gemeinsame Zeit zu beenden.

Irgendwann hatte die Sonne die Nebelschwaden im Fuldatal vertrieben. Daniel hatte aus dem Fenster geschaut und gesagt: »Was für ein schöner Herbsttag.« Danach machte sich zum ersten Mal eine kleine Pause über Brigittes Frühstückstisch breit. Sie merkte, dass an dieser Stelle ein entscheidender Moment gekommen war. Wenn Daniel jetzt nach Hause führe, dann wäre es vielleicht ein netter Abend mit zu viel Wein und ein paar intimen Gesprächen geblieben. Wenn sie aber gemeinsam den Sonntag verbrachten, dann könnte mehr draus werden.

Weil Brigitte in der Situation nicht zu forsch auftreten wollte, sagte sie einfach nur: »Goldener Oktober.«

Daniel blickte weiterhin aus dem Fenster über die abgeernteten Felder, auf denen ein paar Krähen umherstaksten. Er trank einen Schluck Kaffee und sagte schließlich: »Kennst du eigentlich den Rhäden? Das ist ein Feuchtgebiet bei uns in Wildeck. Da gibt es noch viel spannendere Vögel als bei dir hier vor dem Haus. Im Sommer war sogar mal ein Pelikan dort.«

Okay, also, das war ja wohl eindeutig ein Angebot. Innerlich jubilierte Brigitte. Der Mann, den sie seit Jahren anschmachtete, hatte bei ihr übernachtet, saß an ihrem Frühstückstisch und wollte ihr ein Feuchtgebiet zeigen. »Nee, da war ich noch nie. Aber das klingt ja spannend. Hast du ... also, hast du heute noch

irgendwas vor? Ich meine, jetzt, wo es gerade so schön wird …
draußen.«

»Nö, ich wäre nachher mal zu meiner Mutter gefahren, aber
die hat eh Besuch von zwei Freundinnen. Fällt nicht auf, wenn
ich da nicht hinkomme.«

Nach dem sonnigen Sonntag im Rhäden waren die privaten
Treffen der beiden Kollegen häufiger geworden, anfangs noch
geprägt von Gesprächen, später aber auch mit ersten Zärtlich-
keiten. Brigitte hatte gemerkt, dass Daniel für eine emotionale
Annäherung viel Zeit brauchte, und war auch bereit, ihm diese
zuzugestehen. Auch seinen Wunsch, den Kollegen auf der
Dienststelle zunächst nichts von ihrem intensivierten Verhältnis
zu sagen, konnte sie akzeptieren. Sie selbst war eigentlich auch
immer dagegen gewesen, mit einem Mann aus demselben Team
etwas anzufangen, aber in einen Menschen, der verschiedene
Entenarten auseinanderhalten konnte und in seinem Garten
einen selbst gebastelten Haselnussspender für Eichhörnchen
hatte, musste man sich einfach verlieben. Außerdem machte
eine Beziehung zwischen zwei Polizisten vieles einfacher, weil
sie am besten wussten, was Überstunden, ungeregelte Dienst-
zeiten und Einsätze mitten in der Nacht bedeuteten.

Keiner von beiden hatte bisher gewagt, den offiziellen Satz
auszusprechen, dass sie jetzt in einer Beziehung waren, aber
irgendwie war dieser Schwebezustand auch ganz prickelnd und
das Verheimlichen ihrer Treffen vor den Kollegen ebenfalls. Deswegen fuhren Daniel und Brigitte auch am letzten Abend des
Hessentags brav mit zwei Autos vom Hof, beide allerdings mit
dem Ziel Asbach. Und mittlerweile musste Daniel auch nicht
mehr auf Brigittes unbequemer Wohnzimmercouch schlafen.

***

Das war auch gut so, denn am nächsten Tag trafen jede Menge
Informationen ein, die die volle Konzentration ausgeruhter Kri-
minalbeamter forderten. Noch vor der täglichen Lagebespre-
chung um zehn Uhr hatten sich die Kronberger Kollegen auf

Daniels Telefon gemeldet. Sie hatten gestern die Eltern von Benita über den Tod ihrer Tochter informiert. Der Vater war nach Angaben des jungen Polizisten vollkommen geschockt gewesen und hatte die Kompetenz der Hersfelder Notärzte angezweifelt. Die Mutter war direkt nach der tragischen Nachricht in Tränen ausgebrochen und hörte nicht auf zu weinen, bis die Beamten das Haus wieder verlassen hatten. Immerhin hatten die Eltern keine Einwände, als die Kollegen sie darum baten, Benitas Laptop für die weiteren Ermittlungen mit aufs Revier zu nehmen.

Außerdem kündigte die Assistentin von Dr. Döring per Mail an, dass sich ihr Chef sofort nach Eintreffen in der Pathologie an die ausführliche Obduktion der toten Burgenkönigin gemacht hatte und dass weitere Ergebnisse bis zum Mittag vorliegen sollten.

Darüber hinaus hatte sich Brigitte im Hotel in Friedewald schon erkundigt, ob ein gewisser Glenn dort noch residierte. Die Rezeptionistin wusste zu berichten, dass Herr Greenwood kurz vor der Abreise stand und demnächst auschecken müsste. Kommissar Schilling kümmerte sich darum, dass ihn ein Wagen abholen würde, damit er als Nächstes erst mal in der Polizeidirektion eincheckte.

Nachdem sich anschließend alle Kollegen des Dezernats – Daniel, Brigitte, Gerhard, Jacqueline, Michi und Matze – im Besprechungsraum eingefunden hatten, eröffnete Burns mit einer kurzen Begrüßung die Runde und übergab schnell an Rohde. Der Kommissar brachte mit Brigittes Whiteboard-Gemälde alle auf den gleichen Kenntnisstand und war höflich genug, nicht noch mal auf Burns' falsche Einschätzung bezüglich der Erpresserschreiben einzugehen.

Als Erster meldete sich Gerhard Behrendt nach Daniels Einführung zu Wort. »Wenn wir die Zeiträume mal genauer eingrenzen, ist für mich dieser Glenn stark verdächtig. Klar, wir müssen auf Dörings Befund warten, aber mir kommt die Zeit zwischen diesem dubiosen Sekt auf dem Umzug und Frau Mantheys Tod zu kurz vor. Ab dem Morgen war die Verstorbene ständig von anderen Menschen umgeben, die beobachtet hätten, wenn ihr jemand den toxischen Stoff verabreicht hätte. Die letzte Situation zu zweit war tatsächlich das Frühstück. Und wenn sie da mal am Büfett war, hätte Glenn bequem die Chance gehabt, ein Getränk oder ein Lebensmittel von Benita zu vergiften.«

»Ja, deswegen wird uns der Herr Greenwood gleich auch besuchen kommen. Wir sollten vor einer Befragung allerdings noch etwas mehr über ihn wissen.« Brigitte schaute Michi an, dieser verstand den Blick als Arbeitsauftrag.

»Soll ich direkt loslegen?«, fragte er.

Keiner hatte was dagegen, also verließ er die Sitzung.

Burns zeigte auf die Tafel. »Laut Ihrer Pfeile hat Yvonne Herold als Einzige zwei mögliche Motive. Erpressung und Eifersucht. Wir sollten diesen Schlagersänger befragen, in wessen Bett er tatsächlich in der betreffenden Nacht lag.«

»Kümmere ich mich drum«, versprach Daniel. »Wo sind eigentlich unsere Hoheiten momentan? Noch im Hotel? Die sollten besser noch nicht abreisen, wir werden bestimmt noch weitere Fragen an sie haben.«

»Keine Sorge, das habe ich geregelt«, ließ Burns verlauten. »Portzig hat das Hotel verlängert und sich darum gekümmert, dass sie uns mindestens bis morgen Abend zur Verfügung stehen.«

In einen kurzen Moment der Stille hinein meldete sich Matze. »Ja, hier, übrigens, ich hab auch noch was rausgefunden.«

Alle schauten ihn verwundert an. Eigenes Engagement war sonst eher nicht so sein Ding.

»Und zwar: Die Ursel hat ja noch keinen Pfeil da auf deiner Zeichnung. Aber die war beim Zwischenstand der Wahl am Mittwoch Letzte. Und dann habe ich vorhin beim Hitradio angerufen, weil die ja das Voting gemacht haben. Und jetzt kommt's, Leute. Die war bis zum Schluss Letzte. Weil vielleicht hat die dann gedacht, boah, nee, also lieber wird die Wahl abgebrochen, als dass ich da der Trottel auf dem sechsten Platz bin. Und dann hat se die Benita um die Ecke gebracht.«

»Dann müsste sie die Platzierung am Sonntag aber schon gekannt haben.«

»Kann ja sein.«

Daniel mischte sich ein: »Also, ich habe Frau Bohl ja gestern befragt. Die wirkte auf mich nicht so, als wäre ihr hier eine gute Platzierung besonders wichtig. Und auch ihre Mitstreiterinnen haben sie eher als teilnahmslos beschrieben. Ich glaube, die wollte, dass diese ganze Wahl einfach so schnell wie möglich aufhört.«

»Dann würde die Bombendrohung zu ihr passen«, warf Brigitte ein. »Die hat ihr zumindest das finale Schaulaufen erspart.«

»Ja, aber das kann ja net sein, weil die Drohung kam ja, während Ursel da auf dem Umzug war. Und die wird ja net vom Wagen aus angerufen haben.«

»Also Matze, du bist doch der Jüngste von uns«, sagte Gerhard amüsiert. »Da solltest du doch am besten wissen, was technisch alles möglich ist. So einen Anruf kann man natürlich zeitversetzt absenden. Die Bombendrohung könnte Ursel in aller Ruhe morgens auf ihrem Zimmer eingesprochen und zu einer beliebigen Uhrzeit verschickt haben.«

»Das würden wir über ihren Provider allerdings herausfinden«, gab Jacqueline zu bedenken.

»Gut, meine Damen und Herren, das wird hier jetzt zu kleinteilig und spekulativ. Wir sollten zunächst mal die Ergebnisse von Dr. Döring abwarten und diesen Fitnesstrainer befragen, und dann schauen wir weiter.« Mit diesen Worten beendete Burns die Sitzung.

✻✻✻

Samira, Johanna, Yvonne, Ursel und Özlem warteten in der Lobby ihres Hotels in Friedewald auf Viktor Portzig. Der Eventbeauftragte hatte die Hoheiten noch am gestrigen Abend gebeten, wegen der laufenden Ermittlungen zunächst noch nicht abzureisen, was die Frauen mit unterschiedlicher Begeisterung aufgenommen hatten. Portzig versprach allerdings, den verlängerten Aufenthalt zu kompensieren, worunter sich keine der fünf etwas Genaueres vorstellen konnte.

Samira lümmelte neben der Rezeption auf einer bunten Chaiselongue und maulte. »Des is jetzt schon bissi blöd, mein Chef hat damit gereschnet, dass isch heut Mittag wieder uff der Abbeit bin. Un jetzt wolle die uns bis morsche Ahmt hierbehalde.«

Ursel stieß ins gleiche Horn: »Geht mir genauso. Ich mein, wenn die Polizei noch Fragen hat, bin ich von Fritzlar ja auch schnell wieder hier. Aber jetzt sitzen wir hier wie bestellt und nicht abgeholt.«

Johanna zeigte sich konzilianter. »Na ja, ich kann das schon verstehen. Wir sind die besten Zeugen für die, wahrscheinlich kommen heute lauter neue Erkenntnisse rein, und dann haben die halt noch Fragen an uns. Allein nach Glenns Aussage.«

Die Frauen hatten beim Frühstück beobachtet, wie Benitas Fitnesscoach von einem Polizeiwagen abgeholt worden war. Sofort hatten die Spekulationen begonnen, ob er für den Tod seiner Auftraggeberin verantwortlich gewesen sein könnte. Allerdings hatte niemand eine Idee gehabt, aus welchem Grund Glenn Benita hätte umbringen sollen.

In diesem Moment betrat Portzig die Eingangshalle des Hotels. Er breitete die Arme aus und begrüßte mit großer Geste die Teilnehmerinnen des abgebrochenen Wettbewerbs. »Ach, es ist mir ja so unangenehm, dass ich Ihnen Umstände bereite. Sie wären bestimmt gern nach Haus gefahren, gerade nach den schrecklichen Ereignissen gestern. Aber die Polizei …« Er verzog seinen Mund zu einem gequälten Lächeln und zuckte entschuldigend die Schultern. »Nun, ich hatte Ihnen ja versprochen, dass ich mich um eine Kompensation für Ihre Unannehmlichkeiten bemühen werde. Und ich konnte da etwas Großartiges für Sie erreichen.« Er machte eine kleine Spannungspause. »Und zwar habe ich mich mit dem Sponsor darauf verständigt, dass jede von Ihnen fünftausend Euro bekommt. Einfach so, als kleine Wiedergutmachung für … na ja, für das, was gestern, na, Sie wissen schon …«

Keine der Frauen sagte etwas. Wie sollte man auch darauf reagieren, wenn man fünftausend Euro dafür bekommen sollte, dass man einer Frau beim Sterben zugeschaut hatte?

Deswegen sprach Portzig weiter. »Ja, ich hoffe, das entschädigt Sie ein wenig dafür, dass Sie jetzt noch zwei Tage hierbleiben müssen. Ähm, eine Sache wäre uns da allerdings noch wichtig. Und zwar möchten wir Sie bitten, keinen Pressevertretern Interviews zu geben, also über den Vorfall von gestern. Das ist dem Sponsor, der Kellerei Schenkell, und dem Hitradio alles sehr unangenehm und wäre auch sehr kontraproduktiv, solange die Ermittlungen noch laufen. Fragen gehen einfach an die Pressestelle der Staatskanzlei. Ich denke, Sie haben da Verständnis?«

Da alle anderen weiterhin still blieben, sagte Johanna schließlich: »Also, nehmen Sie mir das nicht krumm, aber für mich klingt das jetzt ein bisschen wie Schweigegeld.«

»Oh nein, nein, nein, so dürfen Sie das nicht sehen. Es war nur eine Idee, weil ja nun niemand von Ihnen Sieger geworden ist, vielmehr Siegerin, und da war ja sozusagen das Geld, also, na ja, ›übrig‹ wäre jetzt falsch ausgedrückt, aber ... ich kann da auch noch mal nachverhandeln ...«

»Ebe werd's net besser, Herr Pozzisch ...«, sagte Samira scharf.

Dem Eventbeauftragten dämmerte so langsam, dass sein Angebot bei den Damen nicht so richtig gut ankommen wollte, und er beschloss daher, die finanziellen Fragen zunächst zu vertagen. »Nun gut, wie auch immer, das können wir ja auch zu einem späteren Zeitpunkt klären. Der Leiter der Polizeidirektion hat mich jedenfalls gebeten, dafür zu sorgen, dass Sie für weitere Zeugenaussagen zu Verfügung stehen. Also, nicht jetzt sofort, aber im Lauf des Tages oder morgen bestimmt noch mal. Aber Sie haben hier ja einen wunderbaren Wellnessbereich, da können Sie ja ... oder alle miteinander gut essen, ja, Ihre kompletten Auslagen gehen auf uns, das habe ich alles abgeklärt.«

»Ein Leichenschmaus auf Kosten der Staatskanzlei. Sehr geschmackvoll, Herr Portzig.« Johanna fand den gesamten Auftritt pietätlos und wollte ihre Wut darüber nicht verbergen.

Portzig merkte, dass ungefähr alles, was er sonst noch im Angebot gehabt hätte, die Hoheiten nur noch weiter in Rage gebracht hätte, und trat den Rückzug an.

»Also, jedenfalls, vielen Dank. Es ist ja für uns alle nicht einfach. Sie hören dann wieder von mir.«

⁎

Daniel und Brigitte saßen an ihren Schreibtischen und waren damit beschäftigt, zu prüfen, was das Internet über die Wettbewerbsteilnehmerinnen hergab, als Michi mit einem Stapel Papier in das Büro der Kommissare gestürmt kam.

»Ihr werdet staunen«, begann er stolz und breitete seine Ausdrucke auf dem Besprechungstisch aus. »Unser Glenn ist kein unbeschriebenes Blatt. Guckt mal hier, ganz viele Zeitungsartikel. Und zwar hat der Herr Greenwood drei Fitnessstudios gehabt. Da waren sogar Fotos, Mann, voll die Luxusschuppen waren das, die ›Max Power 800‹ hatte der, so 'ne Trainingsstation, da stellst du alles elektronisch ein, ich kenne mich da ja aus. Da kostet eine allein zehntausend Euro. Und da hatte der sogar mehrere von –«

»Konzentration aufs Wesentliche, Michi!«, forderte Brigitte.

»Ja, sorry. Also, der hatte drei Studios. In Hofheim, Hattersheim und Flörsheim, alles da unten in Südhessen. Und jetzt jedenfalls hat er die nicht mehr, denn Glenn ist pleite. Zuerst hat er die Miete für die Räumlichkeiten nicht mehr gezahlt, dann sind alle Geräte gepfändet worden, und die Jahresbeiträge, die die Mitglieder im Voraus bezahlt haben, sind alle futsch. Der Prozess gegen ihn soll im August losgehen; wenn ihr mich fragt, steht der mit einem Bein im Knast.«

»Oha, das ist allerdings interessant«, lobte Daniel die Recherche seines Kollegen, der selbstzufrieden grinste. »Und was könnte das mit der toten Burgenkönigin zu tun haben?«

Auch hierzu hatte sich Michi schon Gedanken gemacht, der heute offenbar in der kriminalistischen Form seines Lebens war. »Ich habe mir überlegt, vielleicht war Benita ja auch Kundin und hat Geld verloren. Und das arbeitet Glenn jetzt ab, indem er sie hier gecoacht hat.«

»Aber wenn der drei Studios hatte und das jedem geprellten

Kunden anbietet, ist der den Rest seines Lebens beschäftigt«, warf Brigitte ein.

»Es wird allerdings nicht jeder Kunde bei einer Bank angestellt gewesen sein«, meinte Daniel. »Steht in irgendeinem der Artikel, wo Glenn das ganze Geld für seine Muckibuden herhatte?«

»Guuuude Idee!« Michi war begeistert.

Brigitte nahm den Faden auf: »Du meinst, Glenn verspricht sich von seiner Arbeit hier, dass Benita ihm über die Hessische Volkskasse einen weiteren Kredit bewilligt?«

Michi grätschte aufgeregt dazwischen. »Genau, und dann sagt sie ihm am letzten Tag, ätsch, das wird alles nix, aber danke für die Hilfe, und er bringt sie um.«

Es entstand eine kleine Pause. Alle dachten darüber nach, wie plausibel diese Theorie war.

Daniel fand allerdings ein gewichtiges Argument dagegen. »Aber eins passt dann nicht. Wenn Benita wirklich an diesem Bleiacetat gestorben ist, klingt das für mich nicht nach einer spontanen Vergiftung. So was hast du ja nicht zufällig dabei. Und warum sollte Glenn mit dem Vorsatz angereist sein, seine Auftraggeberin am letzten Tag umzubringen? Das klingt noch nicht rund. Sollte der eigentlich nicht schon längst hier sein?«

In diesem Augenblick klingelte das Telefon auf Daniels Schreibtisch. Die Kasseler Vorwahl ließ auf Döring schließen.

Daniel sagte nichts außer seinem Namen und ungefähr vierzehnmal »Ja« und machte sich Notizen, während Brigitte und Michi mit wachsender Neugier danebenstanden.

Nachdem er aufgelegt hatte, resümierte er für die Kollegen die Erkenntnisse des Pathologen: »Also. Das Bleiacetat war tatsächlich die Todesursache. Die letale Dosis muss bei etwa zwanzig Gramm gelegen haben, Döring sprach von Mageninhalt, das wollt ihr alles gar nicht wissen. Er geht davon aus, dass der Tod erst einige Stunden nach der Einnahme des Gifts eingetreten ist. Und was bis dahin im menschlichen Körper passiert, gönnt man niemandem. Zittern, Störungen im Bewegungsapparat ...«, Daniel warf einen Blick auf seine Aufzeichnungen, »Stupor, das heißt, eine Art körperliche Starre bei vollem Bewusstsein, Verstopfung; der Tod tritt schließlich durch einen Kreislaufschock, Leber- oder Nierenversagen ein.«

Brigitte war erschüttert. »Oh Gott, und das alles über mehrere Stunden. Benita muss auf diesem Wagen ja fürchterlich gelitten haben.«

»Und niemand hat es mitbekommen, weil alle beschäftigt waren, möglichst gute Stimmung zu verbreiten. Wirklich tragisch. Wer wollte da einen Menschen so leiden sehen?«

In diesem Moment öffnete Jacqueline die Tür des gemeinsamen Büros der Kommissare. »Herr Greenwood sitzt jetzt im Vernehmungszimmer. Wollt ihr oder soll ich?«

»Wir machen das«, antwortete Daniel. »Michi hat neue Erkenntnisse über den Herrn geliefert.«

Jacqueline schaute fragend und Michi sagte stolz: »Pleitegeier.«

***

»Es ist fünf vor elf, hier ist das Hitradio mit den Nachrichten aus Hessen, Deutschland und der Welt. Jetzt ist klar: Es war Gift! Der Tod der Kronberger Burgenkönigin Benita Manthey auf dem Hessentagsumzug gestern war wohl ein Anschlag. Aus Bad Hersfeld Osthessen-Reporter Jonas Römer.« – »Es ist ein Schock für die Hessentagsstadt. Die Kandidatin für das Amt der Hessenkönigin ist mit Bleiacetat vergiftet worden. Das hat uns die Pathologie des Polizeipräsidiums Nordhessen in Kassel bestätigt. Dieses heimtückische Gift wirkt schon in geringen Mengen tödlich und hinterlässt bei der Einnahme nichts als einen süßlichen Geschmack. Jetzt rätselt die Polizei: Wer könnte hinter diesem Anschlag stecken? Nach Informationen des Hitradios wird in alle Richtungen ermittelt, eine heiße Spur gibt es noch nicht. Jonas Römer, Bad Hersfeld.«

Es war einer dieser Momente, in denen sich Reporter Wolli Angerstein darüber ärgerte, dass das Radio meistens schneller war als sein Medium, die Zeitung. Er konnte zwar ausführlicher berichten, musste aber immer erst Korrektur, Satz und Druck abwarten. Mittlerweile konnte die »OLZ« zwar durch die Berichterstattung im Internet ebenfalls schneller reagieren, aber die Königsdisziplin war für Wolli immer noch ein gelungener Halbseiter mit Farbfoto im Blatt. Dass sich seine eher angegraute Stammleserschaft online über das aktuelle Geschehen im Kreis informierte, konnte sich der Lokaljournalist immer noch nicht so recht vorstellen.

Abgesehen davon waren die Kollegen vom Privatfunk erstaunlich gut vernetzt. Schon einige Male musste die »OLZ« auf Geschichten aufspringen, über die im Radio zuerst berichtet worden war. Im Fall der Hessenkönigin war es allerdings nachvollziehbar, dass der Medienpartner des Wettbewerbs mit Informationen aus erster Hand versorgt wurde. Wolli versuchte, sich nicht länger darüber zu grämen, dass er das Detail mit dem Gift aus dem Radio hatte erfahren müssen, und unterdrückte den Impuls, seinen Kumpel Daniel Rohde auf der Arbeit anzurufen. Wahrscheinlich steckte der Kommissar gerade bis zum Hals in Arbeit und würde ihn sowieso nur an die Pressestelle verweisen können, Freundschaft hin oder her.

Deswegen entschied sich Wolli, der von seinem Chef den Auftrag bekommen hatte, an der Geschichte dranzubleiben, für einen kurzen Abstecher an die Unglücksstelle. Er brauchte ein paar Zitate von betroffenen Hersfeldern und konnte sich vorstellen, dass sich einige Klageweiber dort einfinden würden, wo Benita gestorben war.

Schon von Weitem sah er, dass er mit seiner Einschätzung richtiglag. Ein paar schwitzende Arbeiter waren eigentlich damit beschäftigt, die Tribüne abzubauen, wurden aber von Frau Klingelhöfer und Frau Witte daran gehindert. Die beiden Rentnerinnen waren die schlimmsten Klatschbasen der ganzen Stadt und natürlich prompt zum plakativen Trauern herbeigeeilt. Frau Witte hielt eine weiße Rose in der Hand, Frau

Klingelhöfer irgendein Stofftier. Sie waren unzufrieden, dass sie zwischen Eisenstangen, Lieferwagen und Arbeiterbeinen in Sicherheitsschuhen keinen pietätvollen Platz zur Ablage ihrer Trauerdevotionalien fanden.

»Ach, der Herr Angerstein, wie gut, dass Sie kommen. Ist das nicht schrecklich? Vergiftet! Das arme Mädchen. Also, das nimmt mir die ganze Freude an unserem schönen Hessentag.«

»Ja, und mir erst, ich bin richtig schockiert. Ich traue mich gar nicht mehr, irgendetwas zu essen. Wer weiß, ob nicht noch andere Sachen vergiftet sind, man kann sich ja gar nicht mehr sicher sein.«

Wolli wollte die beiden Seniorinnen unterbrechen, bevor sie sich in ihren Verdächtigungen noch weiter gegenseitig hochjazzten, er hatte aber keine Chance.

»Vielleicht waren das auch Terroristen. Hört man ja immer wieder, dass die solche Großveranstaltungen im Visier haben.«

»Oh Gott, oh Gott, daran habe ich ja noch gar nicht gedacht, Edith! Wahrscheinlich waren wir gestern in Lebensgefahr, als wir uns den Umzug angeschaut haben. Wir haben die Tote ja kurz vorher sogar noch gesehen, Herr Angerstein, oben auf ihrem Wagen. Kurz vor dem Terroranschlag, ist das nicht entsetzlich? Herr Angerstein?«

Wolli hörte den beiden Frauen schon gar nicht mehr zu, die Zitate dieser zwei hysterischen Weiber konnte er eh nicht gebrauchen. Ihm war stattdessen eingefallen, dass er in seinem Notizbüchlein ja noch die Nummer von Özlem hatte. Vielleicht wäre sie bereit zu einem Gespräch? Oder besser noch eine der anderen Teilnehmerinnen, damit er nicht immer dieselbe Hoheit in den Vordergrund stellte.

Während sich Frau Witte und Frau Klingelhöfer mittlerweile sicher waren, dass Islamisten hinter dem Mord an Benita Manthey stecken mussten, ging Wolli die Kandidatinnen kurz in seinem Kopf durch. Und er entschied sich, dass er am liebsten Ursel befragen würde. Von allen Beteiligten an dieser seltsamen Veranstaltung wirkte die Sauerkrautkönigin am abgeklärtesten und stellte damit den größtmöglichen Kontrast zu den zwei zeternden Krähen auf der Dippelstraße dar, die Wolli im Weggehen kommentarlos stehen ließ.

✳✳✳

»Sie werden lachen, aber ich bin froh, dass Sie mich vernehmen wollen.«

Nach Lachen war Daniel Rohde zwar nicht gerade zumute, aber er staunte zumindest über Glenn Greenwoods Einstieg in die Zeugenbefragung. Der durchtrainierte Mann hatte beim Reden einen kleinen amerikanischen Einschlag, beherrschte die deutsche Sprache ansonsten aber nahezu fehlerfrei.

»Oh, das freut mich, Herr Greenwood, die meisten Zeugen wissen unsere Gastfreundschaft weniger zu schätzen. Mit welcher Art von Fragen kann ich Ihr Wohlbefinden denn noch steigern?«

»Nun … vielleicht müssen Sie gar nicht fragen. Ich werde einfach erzählen, wenn das für Sie okay ist.«

Daniel und Brigitte nickten, Glenn legte seine Arme auf den Tisch und machte den Eindruck, eine längere Geschichte loswerden zu wollen. »Ich fange vorn an. Mein Vater war GI in der Lucius-D.-Clay-Kaserne in Wiesbaden. Ich bin in einer typisch amerikanischen Housing-Area groß geworden, auf deutschem Boden zwar, aber nur unter Landsleuten. Irgendwann sind meine Eltern zurückgegangen nach Georgia, aber ich wollte nicht mit in dieses Land, das ich eigentlich gar nicht kenne. Also bin ich hiergeblieben und habe an einer privaten Akademie eine Ausbildung zum Fitnesscoach gemacht. Wissen Sie, der muskulöse Blacky kommt bei den deutschen Kunden immer gut an.«

Glenn schmunzelte über seine Formulierung, die Kommissare wussten nicht, ob es sich ziemte, diese Bemerkung lustig zu finden, und übten sich in einem neutralen Gesichtsausdruck. »Na ja, jedenfalls, meine erste Station war ein Studio in Kronberg. Eine Stadt mit vielen reichen Leuten, zu denen ich teilweise auch nach Hause gekommen bin. Es gibt dort Menschen, die haben ein privates Hallenbad und einen Fitnessraum im Keller. Und nutzen beides nicht. Aber egal. Irgendwann hat mich auch Frau Manthey senior gebucht, also die Mutter von Benita. Reiterin, aber ansonsten völlig unsportlich. Nach ein paar Einheiten hat sie mich ihrer Tochter vorgestellt. Wir kamen dann so ins Plaudern, und sie fragte mich, ob ich nicht lieber auf eigenen Beinen stehen würde, also beruflich. Sie könne mir mit einem Kredit helfen, die Zinsen seien gerade sehr günstig und so …«

Glenn machte eine kleine Pause, er war in seiner Erzählung offenbar dort angekommen, wo er in seinem Leben den entscheidenden Fehler gemacht hatte.

»Na ja, Benita konnte sehr mitreißend sein, wenn sie eine Idee hatte. Sie hat mir geholfen, einen Businessplan aufzustellen, und sagte immer: ›*Think big!*‹ Also nicht ein Studio, sondern gleich drei, nur die teuersten Geräte, sie sagte, bei den Zinsen sei jede nicht getätigte Investition eine Dummheit. Ich kenne mich mit Betriebswirtschaft nicht besonders gut aus, aber die Zahlen wirkten damals plausibel auf mich. Sie hat das alles bei der Bank gemanagt, Benitas Kollege von der Immobilienabteilung hatte auch gleich drei Objekte: ein Studio, das einen Nachfolger suchte, einen ehemaligen Matratzenladen und ein frisch renoviertes Loft. Ich muss sagen, wenn es nur bei dem Studio in Hofheim geblieben wäre, dann hätte ich es geschafft. Dieses wirtschaftete nach kurzer Zeit mit Gewinn. Aber die beiden anderen haben mir das Genick gebrochen. Und das lag einfach daran, dass Benita davon ausging, jede könne sich einen Monatsbeitrag wie der durchschnittliche Kronberger leisten. Aber da unten in Hattersheim und Flörsheim sitzt das Geld nicht so locker. Die wollen zwar auch pumpen, aber für neunzehn neunzig im Monat mit Sauna.«

Glenn lächelte bitter. Er drehte den Schirm seiner Baseballcap nach hinten, das ergab zwar überhaupt keinen Sinn, aber er wollte wohl etwas Zeit gewinnen.

Daniel und Brigitte schwiegen. Der sportive Herr wirkte trotz der kleinen Pause redselig genug.

»Ja, das war der Fehler. Und ich habe Benita schon nach den ersten Monaten darauf aufmerksam gemacht. Aber sie sagte, ich müsse Geduld haben und zur Not könne sie auch noch Geld nachschießen. Dann hatte meine beste Trainerin eine Patellarsehnenruptur, sie war fest angestellt und musste wochenlang durch Honorarkräfte ersetzt werden. Ach, es waren auf einmal so viele Sachen, ich hatte ein paar Lieferantenrechnungen übersehen, eine teure Autoreparatur und so weiter. Ich war vollkommen abhängig von Benita und ihren Kreditzusagen. Doch irgendwann kam nichts mehr. Ich vermute, die Summe überstieg die Höhe, die sie bei der Bank eigenmächtig zusagen konnte. Ich konnte mich entscheiden, ob ich die Mieten oder die Gehälter nicht mehr bezahlte, und meldete Insolvenz an.«

Glenn zuckte mit den Schultern. Er tat Brigitte leid. Sie nahm ihm ab, dass es Benita gewesen war, die ihn in diese Situation hineinmanövriert hatte. Na gut, er sah auch ganz bezaubernd aus und konnte mit seinen dunklen Augen sehr unschuldig schauen, aber solcherlei Nebensächlichkeiten durften eine erfahrene Kriminalbeamtin natürlich nicht beeinflussen. Oder zumindest nur ein ganz klein bisschen.

»So, und dann kam diese Sache mit der Hessenkönigin. Benita wollte diesen Wettbewerb unbedingt gewinnen und hat mich … erpresst. Ja, sie sagte, sie könne da doch noch was drehen mit einem neuen Kredit und würde mir etwas von ihrem Preisgeld abgeben, wenn ich sie zum Sieg coache. Dafür sollte ich ihr zehn Tage lang zur Verfügung stehen. Das war zwar eine unglaubliche Erniedrigung, und ich habe sie dafür gehasst. Aber was waren meine Optionen? Keine! Also habe ich zugesagt. Ich habe das Spiel mitgemacht. Aber verstehen Sie, Benitas Sieg wäre meine Rettung gewesen. Und jetzt ist alles … alles im Arsch, verzeihen Sie, aber kein Preisgeld, kein neuer Kredit, jetzt bin ich wirklich am Ende.«

Brigitte schaute ihren Kollegen an. Wenn diese Geschichte so stimmte, hatte Glenn nun wirklich kein Motiv, Benita umzubringen.

Daniel interessierte aber noch ein anderes Detail. »Vielen

Dank für Ihre Offenheit bisher, Herr Greenwood. Wenn ich da an einer Stelle noch mal nachhaken darf ... Sie haben das ›zur Verfügung stehen‹ genannt. Wie weit ging das?«

»Sie meinen, sexuell?«

»Zum Beispiel.«

»Oh, nein, nein, da war nichts. Kann schon sein, dass Benita das gefallen hätte. Aber verlangt hat sie es zumindest nicht. Wobei ich mir vorstellen kann ...«

»Ja?«

»Na ja, ich glaube, sie wollte mich zu Beginn eifersüchtig machen. Sagt Ihnen der Name Chris Dee was? Das ist so ein Schlagersänger.«

»Ja, ist bekannt.«

»Benita hat wohl nach dem Konzert mit ihm geschlafen. So hat sie es mir jedenfalls erzählt.«

»Okayyyy«, sagte Daniel gedehnt und dachte an die eifersüchtige Yvonne. »Haben Sie das irgendeiner der anderen Kandidatinnen weitererzählt?«

»Das mit Chris? Nein, warum sollte ich?«

Weil du uns damit vielleicht die Ermittlungen erleichtert hättest, dachte Daniel und überließ den Rest der Befragung Brigitte.

Als er aus dem Vernehmungszimmer an seinen Schreibtisch zurückkehrte, fand Daniel eine Rückrufbitte von Wolfgang Angerstein vor. Eigentlich hatte er weder die Zeit noch den Nerv, sich bei seinem Kumpel von der Zeitung zu melden, aber da Wolli ihm auch schon so manches Mal geholfen hatte, wollte er ihn nicht hängen lassen. Und dass er über die laufenden Ermittlungen keine Auskünfte geben konnte, musste er dem Journalisten ohnehin nicht erklären.

Wolli saß offenbar an seinem Schreibtisch in der Redaktion, denn schon nach dem ersten Klingeln wurde abgenommen.

»Daniel, danke, dass du dich meldest. Du, hör mal, ich habe eine kleine Frage. Sind die Kandidatinnen von dieser Königinnenwahl noch irgendwo zu erreichen? Ich habe zwar die Nummer von Özlem, aber eigentlich will ich mit Ursel sprechen.«

»Du hast Özlems Nummer? Ich glaube, die könntest du hier unter den männlichen Beamten meistbietend versteigern. Aber Spaß beiseite: Was willst du denn von Ursel?«

»Ach, ich soll den großen Artikel über den Mord an Benita Manthey machen. Da wollte ich noch ein paar Zitate von den Mitstreiterinnen. Und Ursel wirkt auf mich wie eine gute Beobachterin. Vielleicht kann die mir noch mehr über die verhängnisvollen Stunden erzählen. Oder du stellst mir einfach die Vernehmungsprotokolle zur Verfügung, dann habe ich es leichter.«

»Das könnte dir so passen. Ich verrate dir, in welchem Hotel die wohnen, und dann kreuzt du da ganz zufällig auf, ohne die Information von mir zu haben, klar? Aber morgen Vormittag gehören die Frauen zur Befragung erst mal uns.«

»Ehrensache. Sag mal, hat Ursel eigentlich ihr Kind dabei?«

»Was denn für ein Kind?«

»Also, ich habe im digitalen Archiv der Foto-Kollegen aus Fritzlar ein paar Aufnahmen gefunden, auf denen die Sauerkrautkönigin vor ein paar Monaten eindeutig schwanger war.«

»Du, keine Ahnung, vielleicht hat sie das Kind ja auch solange bei ihrem Mann oder Freund gelassen? Gibt es sonst noch was Wichtiges? Ich habe alle Hände voll zu tun.«

Nachdem Daniel aufgelegt hatte, kam Brigitte mit zwei Tassen frischem Kaffee ins Büro. Manchmal fragte er sich, wie er diese großartige Frau so lange hatte übersehen können.

»Dank dir, kann ich gut gebrauchen.« Er rührte den Schuss Milch um und schaute nachdenklich.

Jeder Kriminalbeamte kannte diesen Moment, in dem sich eine heiße Spur in Luft auflöste. Und jeder Kriminalbeamte hasste ihn. Alles wieder von vorn, neue Vernehmungen, neue Diskussionen, neue Protokolle. Aber wenn alles stimmte, was Glenn ausgesagt hatte, fehlte ihm nun wirklich das Motiv, gerade die Person um die Ecke zu bringen, die ihm möglicherweise das dringend benötigte Geld hätte verschaffen können. Auch wenn die letzten zehn Tage eine einzige Demütigung für den Coach gewesen sein mussten. Deswegen war Daniel gedanklich schon einen Schritt weiter.

»Giftmord ist doch sowieso eher so ein Frauending«, sagte er unbestimmt.

Brigitte lachte kurz auf. »Was ist das denn für eine mittelalterliche Argumentation? Erinner dich mal an diese ganzen Fälle, in denen Pfleger ihre Patienten vergiftet haben. Das waren meistens Männer. Aber ich weiß, worauf du hinauswillst ... dass es doch eher eine der Konkurrentinnen gewesen ist.«

Daniel nickte. »Mir ist dazu Folgendes durch den Kopf gegangen: Dieses Bleiacetat hast du ja nicht einfach so dabei. So prophylaktisch, falls dir mal einer dumm kommt. Die Frauen kannten sich untereinander nicht, bevor der Wettbewerb angefangen hat. Es konnte also niemand wissen, dass Benita so ein Stinkstiefel sein würde. Deswegen gibt es nur zwei Möglichkeiten: Entweder die Täterin hatte das Gift von Anfang an dabei und handelte mit Vorsatz, oder sie hat es sich während des Wettbewerbs besorgt oder bringen lassen. Wissen wir, ob eine der fünf in den letzten Tagen noch mal zu Hause war?«

»Das ließe sich ja herausfinden. Den kürzesten Weg in die Heimat haben Yvonne aus der Nähe von Eschwege und Ursel aus Fritzlar.«

»Aber Ursel hat kein Motiv und Yvonne gleich zwei. Außerdem ist dieser Schlagerfritze auch hier auf dem Hessentag rumgeturnt und hätte seiner Freundin das Gift jederzeit übergeben können.«

»Oder er war es selbst, weil er Benita nach dem kleinen Aftershow-Beischläfchen zum Schweigen bringen wollte.«

»Ooooh, ich hasse das, wenn im Lauf der Ermittlungen die Verdächtigen immer mehr werden«, stöhnte Daniel und griff zum Telefon, um die Wurstkönigin und den Traum aller Schwiegermütter in die Polizeidirektion zu zitieren.

***

Chris Dee schien mit der Vorladung gerechnet zu haben, zumindest hatte er organisiert, dass ihn am Nachmittag ein Rechtsanwalt zur Polizei begleitete. Der Jurist Arthur Gielen übernahm für seinen Mandanten zur Eröffnung dann auch gleich die Tirade, mit der die Polizisten fast schon gerechnet hatten.

»Ist Ihnen eigentlich klar, was so ein Termin für eine Person des öffentlichen Lebens bedeutet? Wenn da unten auch nur ein Reporter mit seiner Kamera herumlungert, ist das morgen riesengroß in der Zeitung. ›Schlagersänger muss zur Polizei‹, das passt überhaupt nicht zum Image von Herrn Dobroczewsky.«

Daniel und Jacqueline, die das Gespräch führten, während Brigitte und Gerhard gleichzeitig Yvonne befragten, kannten das schon. Anwälte plusterten sich zum Einstieg gehörig auf, um die Beamten zu verunsichern, und verfolgten später jede Frage argwöhnisch. Daher verkniff sich Daniel die Gegenfrage, ob es denn zum Image von Herrn Dobroczewsky passe, hinterrücks mit der Konkurrentin seiner Freundin zu schlafen – diese schlagfertige Replik hätte die Stimmung möglicherweise ein wenig getrübt –, und beschränkte sich auf eine neutrale Erläuterung der Vorladung.

»Ja, Herr Gielen, ich kann mir schon vorstellen, dass das für Ihren Mandanten nicht angenehm ist, aber einerseits ist seine Freundin Yvonne Herold ein Erpressungsopfer der getöteten Frau Manthey, andererseits soll er mit der später Verstorbenen während des Hessentags intim geworden sein.«

Chris brauste auf: »Das ist eine Lüge! Wer behauptet das?«

Gielen machte eine beschwichtigende Geste.

So mochte Daniel das. Schon war der Vernommene verunsichert, da half auch dieser schleimige Anwalt nicht weiter. »Dazu kann ich ihnen leider keine Auskunft geben, das fällt unter Zeugenschutz. Aber wir könnten die Leiche von Frau Manthey natürlich auf Spuren hin untersuchen lassen, die die Behauptung belegen würden.«

»Was? Dafür ist das doch schon viel zu lange her!«

»Ach, zu lange her? Also stimmt es?«

»Moooment!«, schaltete sich Gielen ein. »Ich möchte bitte mit meinem Mandanten sprechen.«

Die Polizisten wussten, dass der Anwalt ein Recht auf diese Forderung hatte, und ließen die beiden kurz auf den Flur.

»Was ist daran eigentlich so wichtig, ob dieser Typ mit Benita geschlafen hat?«, fragte Jacqueline, als sie mit Daniel allein im Vernehmungszimmer war.

»Haste doch gehört. Diese Heile-Welt-Fuzzis haben panische Angst vor schlechten Schlagzeilen. Und jetzt erfährt Chris von Yvonne, dass Benita vor irgendwelchen Erpressungen nicht zurückschreckt, bekommt Angst, dass sie die wilde Nacht der Regenbogenpresse stecken könnte, und bringt sie um.«

»Also, wenn wir ihm das beweisen können, ist die Schlagzeile über ihn aber eher noch ungünstiger als bei einem Seitensprung.«

»Ja, wenn. Aber eine Sache ist dabei sehr entscheidend ...«

Diesen Satz konnte Daniel nicht vollenden, weil in diesem Moment Chris Dee und Arthur Gielen den Raum wieder betraten. Beide setzten sich und wirkten deutlich aufgeräumter als noch vor ein paar Minuten.

Der Anwalt hob an: »Frau Gölz, Herr Rohde, ich möchte Sie davon in Kenntnis setzen, dass mein Mandant von nun an von seinem Aussageverweigerungsrecht Gebrauch machen wird. Allerdings soll ich in seinem Namen die Erklärung abgeben, dass ein einmaliger Beischlaf mit Benita Manthey stattgefunden hat. Darüber hat Herr Dobroczewsky seine Freundin Yvonne Herold auch informiert, und sie hat ihm den Ausrutscher bereits verziehen. Es gibt also keinen Grund, ihn hier weiter festzuhalten.«

Daniel wusste, dass er dem gelackten Juristen nicht viel entgegenzusetzen hatte. Ein Detail wollte er aber noch abklären. Er wandte sich damit direkt an den Schlagersänger.

»Herr Dobroczewsky, ich möchte Sie bitten, mir trotz Ihres guten Rechts, zu schweigen, noch eine einzige Frage zu beantworten. Die Sie im Übrigen auch entlasten kann. Wo waren Sie gestern im Zeitraum zwischen sieben und zehn Uhr morgens?«

Chris schaute seinen Anwalt an, der ihm per kurzem Nicken erlaubte, diese Frage im direkten Gespräch mit dem Polizisten zu beantworten. »Um sieben Uhr habe ich noch geschlafen, ab halb zehn saß ich beim Frühstück im City Hotel Suhl. Dort hatte ich am Abend zuvor einen Auftritt bei der Rennsteig-Schlagernacht, das können Tausende – begeisterte – Zuschauer bestätigen.«

»Okay. Danke für die Auskunft. Sie können jetzt gehen. Und passen Sie auf, dass vor dem Gebäude keine Fotografen über Sie herfallen.«

Diesen kleinen Seitenhieb, quittiert von einer zum Abschied mahnend hochgezogenen Augenbraue des Herrn Gielen, hatte sich Daniel nicht verkneifen können. Trotz des gelungenen Scherzes war er sauer.

»Den können wir vergessen. Nach Dörings Einschätzung muss das Gift Benita am Morgen oder am frühen Vormittag verabreicht worden sein. Dass der in Suhl gefrühstückt hat, werden jede Menge Leute bezeugen können. Und ich glaube kaum, dass er sich früh aus dem Hotel geschlichen hat, nach Friedewald gefahren ist, um Benita zu vergiften, und dann wieder nach Thüringen zum Frühstück zurück ist. Das ist auch zu weit.«

»Wie lange fährt man da etwa?« Jacqueline als gebürtige Hamburgerin kannte sich in der Gegend nicht ganz so gut aus.

»Phh, weiß ich nicht genau, aber mindestens anderthalb Stunden eine Strecke.«

»Okay. Das ist sportlich. Aber nicht unmöglich. Vielleicht ist er ganz früh bei Benita im Zimmer aufgekreuzt, um noch mal über alles zu reden, bringt total liebevoll einen Kaffee mit und mixt da das Bleiacetat rein.«

Daniel reagierte zurückhaltend auf die Theorie. »Ja, gut, möglich wäre es vielleicht, um die Zeit ist ja auch kein Verkehr. Aber wenn Yvonne eh schon alles wusste, warum soll er Benita dann zum Schweigen bringen? Und ich meine, der Typ ist keine Helene Fischer, sooo wahnsinnig sind die Zeitungen an seinem Privatleben wahrscheinlich auch nicht interessiert.«

»Dann wird er ja fast enttäuscht sein, wenn keine Paparazzi vor unserem Haus auf ihn gewartet haben.« Jacqueline lachte und packte ihre Sachen im Vernehmungszimmer zusammen.

In diesem Moment machte Matze die Tür von außen auf.

»Daniel, kommst du mal? Die Kollegen aus dem Taunus sind am Telefon.«

Daniel eilte zu seinem Arbeitsplatz und war gespannt, was die Südhessen herausgefunden hatten.

Der Kriminalbeamte am anderen Ende der Leitung klang jung und motiviert. »Hallo, Herr Rohde, Dominik Winter hier von der Polizeistation Königstein. Wir sind auch für Kronberg zuständig und waren gestern bei Familie Manthey. Das sind hier in der Region übrigens recht bekannte Leute, nicht nur weil die Tochter Burgenkönigin war. Der Vater ist Gynäkologe und leitender Oberarzt der Main-Taunus-Kliniken in Bad Soden. Allerdings scheint er sich mit seiner Tochter ein ganz schönes Früchtchen großgezogen zu haben.«

Das Wort gefiel Daniel, lange nicht gehört. Er sagte neugierig: »Aha?«, und wartete auf weitere Ausführungen des Kollegen.

»Ja, es ging doch um diese Erpresserschreiben. Und die kommen tatsächlich von Frau Manthey. Das waren offenbar die letzten Dokumente, die sie von ihrem Laptop aus gedruckt hat, unser Computerfachmann konnte das über die Historie der Druckbefehle relativ leicht rekonstruieren. Sie unterschreibt die Briefe jeweils mit ›Achim‹. Ich kann Ihnen die Dateien gern zukommen lassen.«

»Ja, das wäre klasse, vielen Dank für Ihre Arbeit. Wie viele Briefe sind es denn?«

»Drei Stück. Zumindest haben wir drei gefunden, die von diesem Rechner aus zum Drucker geschickt wurden. Eine Empfängerin wird ›Märchentante‹ genannt, einmal geht es um irgendwelches Biofutter und einmal um einen fremdgehenden Vater. Können Sie damit was anfangen?«

»Kann ich in der Tat, ich weiß, welche drei Damen diese Schreiben bekommen haben. Und vor allem wissen wir jetzt, dass zwei weitere Konkurrentinnen offenbar nicht erpresst wurden. Jedenfalls nicht auf diese Art. Sie haben mir sehr weitergeholfen.«

»Das freut mich. Da ist noch etwas: Ihre Kollegin hatte mir erzählt, dass die Erpressung möglicherweise auf Kontodaten beruht, auf die Frau Manthey als Angestellte der Hessischen Volkskasse Zugriff hatte. Ein ehemaliger Klassenkamerad von mir arbeitet da in der EDV, das ist jetzt natürlich ein glücklicher Zufall. Aber ich habe den mal gefragt. Dieser Zugriff auf Konten ist Mitarbeitern ab einer bestimmten Position tatsächlich möglich. Allerdings kann das interne Controlling feststellen, wer wann auf welches Konto geschaut hat. Das ist wohl etwas kompliziert, aber durchaus nachzuverfolgen. Ob ich meinen Kumpel da vielleicht mal drauf ansetzen soll?«

Der Typ gefiel Daniel immer besser, unter Umständen war diese Untersuchung aber gar nicht nötig – und ohne staatsanwaltschaftliche Anordnung vielleicht sogar illegal. Deswegen bremste er den Arbeitseifer seines Kollegen an dieser Stelle ein wenig ein, dankte ihm noch mehrere Male sehr herzlich und kam zu dem Schluss, dass alle neuen Fakten jetzt mal so langsam in einer gemeinsamen Teamsitzung zusammengetragen werden sollten.

Da Brigitte und Gerhard auch die Befragung von Yvonne beendet hatten, trafen sich die Ermittler ein paar Minuten später im Besprechungszimmer. Zunächst berichtete Daniel, dass Chris Dee als Täter wahrscheinlich nicht in Frage kam, und erzählte den Kollegen von den Erpresserschreiben auf Benitas Laptop. Dann war Brigitte dran.

»Also, das Gespräch mit Yvonne Herold hat nicht viel Neues gebracht. Aus meiner Sicht gibt es zwei neuralgische Punkte am gestrigen Tag: einerseits das Frühstück, andererseits die Fahrt mit dem Shuttlebus zum Umzug. Das wären die besten Gelegenheiten gewesen, Benita das Gift in irgendeiner Form zu verabreichen. Beim Frühstück saß Benita mit Glenn allein in einer Nische, die fünf anderen Frauen waren gemeinsam an einem Tisch. Allerdings führte der Weg zum Büfett fast am Tisch der Burgenkönigin und ihrem Coach vorbei. Die meiste Zeit, böse Dinge zu tun, hätte also Glenn gehabt, aber auch eine der anderen Frauen hätte mit einem kleinen Umweg Zugang zu Benitas Tasse oder Teller gehabt. Beobachtet hat Yvonne aber nichts, weil sie mit dem Rücken zu Saal und Büfett saß. Özlem und Ursel hätten wohl eine bessere Sicht auf den Frühstückssaal gehabt.« Brigitte beendete ihre Zusammenfassung, Gerhard übernahm.

»Im Bus stellte sich die Situation so dar, dass Samira und Yvonne nebeneinandersaßen, die übrigen Frauen hatten eine Sitzreihe für sich, weil sie ja teilweise sehr ausladende Kleider trugen. Benita saß in der zweiten Reihe rechts und wirkte teilnahmslos. Sie wurde irgendwann von Johanna Kühne angesprochen und äußerte, dass ihr sehr übel sei. Sie soll dann mit ihrem eigenen Wasser eine Tablette eingenommen haben, mehr hat Frau Herold laut ihrer Aussage nicht beobachtet.«

Im Raum breitete sich Ruhe aus. Allen Polizisten war klar, was dieser Stand der Ermittlungen zu bedeuten hatte. Nämlich, dass sie eigentlich nichts in der Hand hatten. Es gab zwar jede Menge Motive und jede Menge Gelegenheiten, Benita das Gift unterzumischen. Aber die Aufgabe der Beamten war es nun mal, dem Täter oder der Täterin die Tat nachzuweisen – und wie sollte das in dieser Gemengelage funktionieren?

Daniel hatte im Augenblick auch keine Idee mehr und schlug deshalb vor: »Lasst uns für heute Feierabend machen. Wir haben so viele Informationen bekommen, die müssen erst mal sacken. Vielleicht sehen wir morgen schon klarer. Ich würde vorschlagen, am Vormittag noch mal alle fünf Damen vorzuladen, um die Frühstückssituation konkreter zu machen. Wenn Ursel und Özlem einen guten Blick auf den ganzen Saal hatten, kann uns deren Beobachtung vielleicht weiterhelfen. Ansonsten bin ich mit meinem Latein jetzt auch am Ende.«

***

Zum Feierabend spielte sich zwischen Brigitte und Daniel wieder das übliche Ritual ab. Sie fuhr zuerst vom Hof, er blieb noch ein paar Minuten länger und startete kurz darauf mit demselben Ziel. Brigitte fand das ja mittlerweile ein bisschen albern, war aber bereit, das Versteckspiel vor den Kollegen erst mal noch mitzumachen. So eine frische Beziehung war schließlich ein zartes Pflänzchen, das sie nicht gefährden wollte.

Die Kommissarin hatte Lust, heute Abend eine Kleinigkeit zu kochen. Sie hatte da noch ein Rezept aus einem ihrer letzten Urlaube parat, das Daniel noch nicht kannte: gefüllte Pasta mit einer Butter-Salbei-Soße, gebratenem Speck und Parmesan. Dauerte keine halbe Stunde, machte aber mächtig Eindruck.

Als das Nudelwasser gerade kochte, klingelte Daniel. Eigentlich wollte Brigitte ihm schon lange einen Schlüssel gegeben haben, aber da sie diesen Akt als eine erste Manifestation ihres Zusammenlebens sah, wollte sie dafür einen feierlichen Moment abwarten, der sich bisher noch nicht ergeben hatte.

»Oooh, es gibt was zu essen!« Daniel folgte Brigitte von der Haustür direkt in die Küche und gab ihr einen kleinen Kuss auf den Nacken, während sie sich über den Kochtopf beugte. »Was wird das denn?«

»Casoncelli alla bresciana, lass dich überraschen.«

Etwas anderes blieb Daniel auch nicht übrig, denn der italienische Begriff sagte ihm überhaupt nichts. Er ging in den Flur und zog die Schuhe aus. Auch wenn die beiden eigentlich vereinbart hatten, in der Freizeit nach Möglichkeit nicht über den Job zu reden, wollte er eine Sache noch kurz ansprechen, die ihm auf der Fahrt eingefallen war.

»Sag mal, was wir völlig außer Acht gelassen haben, ist diese Bombendrohung. Hat es da im Lauf des Tages eigentlich irgendwelche neuen Erkenntnisse gegeben?«

Brigitte holte eine Pfanne aus der Schublade. »Nicht dass ich wüsste. Der Anruf liegt noch bei den Sprachanalysten in Fulda, oder? Vielleicht stellen die den auch online, wenn sie nicht weiterkommen. Damit ist in solchen Fällen schon mancher Erfolg erzielt worden, habe ich gelesen. Aber im Prinzip ist ja auch nichts passiert, es gab keine Bombe und kein Finale in der Stadthalle.«

»Trotzdem gehört die Sache aufgeklärt. Wir sollten morgen von allen Frauen eine Sprachprobe aufnehmen, dann können die rausfinden, ob es eine von denen war. Schau mal, es kann ja gut sein, dass eine Kandidatin unbedingt wollte, dass dieser Wettbewerb abgebrochen wird. Stufe eins ist der Mord an Benita, und falls der nicht für eine Absage ausreicht, wurde noch die Bombe nachgeschoben.«

In der Küche breitete sich der Duft geschmolzener Butter aus. Brigitte holte den Speck aus dem Kühlschrank und antwortete nach einer kleinen Pause: »Ja, aber wer hätte da ein Interesse dran? Die Ehrgeizigste war wohl Benita selbst, der hätte ich zugetraut, dass sie lieber den Wettbewerb torpediert, als Zweite zu werden. Aber dass sie sich deswegen selbst vergiftet und Minuten vor ihrem Tod noch eine Bombendrohung raushaut, ist ja wohl reichlich unrealistisch.«

»Ja, hast ja recht. Komm, ich decke drüben mal, und wir denken heute Abend nicht mehr über den Fall nach.«

Dieser hehre Vorsatz wurde dann aber doch nicht ganz beherzigt. Nach der komprimierten Kalorienzufuhr schleppten sich die beiden Kommissare gerade noch vom Esstisch zur Couch und sahen sich zu weiterer Bewegung nicht mehr in der Lage. Brigitte machte den Fernseher an und blieb gleich im Ersten hängen. Dort sollte ein allumfassender Test endgültig die Frage beantworten, wer denn nun billiger, besuchenswerter und schlichtweg besser sei: Aldi oder Lidl. Brigitte mochte solche Sendungen und blieb dran. Daniel kaufte eh nur das Nötigste und holte sich den Rest bei seinen Eltern aus dem Kühlschrank, die in Bosserode gerade mal drei Häuser weiter wohnten.

Da Brigitte wohl das richtige Programm zum Relaxen gefunden hatte, schien Daniel es nicht unhöflich zu finden, mit ihrem Laptop auf dem Sofa noch ein bisschen im Internet herumzulümmeln. Eigentlich hatte er ja versprochen, sich am Abend auch nicht mehr mit dem Fall zu beschäftigen, aber irgendwie geriet er doch auf die Seiten vom Hitradio, auf denen die Anwärterinnen zur Hessenkönigin mit ausführlichen Steckbriefen vorgestellt wurden. Natürlich hatte der Sender die Inhalte sofort von der Startseite gelöscht, aber das Internet vergisst ja bekanntlich nichts.

Mit einem kurzen Blick zur Seite sah Brigitte, was Daniel da gerade aufgerufen hatte. Sie griff ihm kurz ans Knie. »Hallo, es ist Feierabend.«

»Ja, was spricht denn dagegen, sich zum Feierabend ein paar hübsche Frauen anzuschauen?«

Brigitte warf ein Kissen nach ihm. »Wahrscheinlich wieder Özlem? Michi und Matze haben vorhin schon angemeldet, dass sie die Kirschenkönigin unbedingt vernehmen wollen.«

»Nee, ich bin gerade bei Samira. Wusstest du, dass ›Der gestiefelte Kater‹ ihr Lieblingsmärchen ist?«

»Ehrlich? Das ändert ja alles. Nach dieser Erkenntnis sollten wir den Fall ganz neu aufrollen.«

»Du bist blöd, komm, guck deinen Supermarktkram da weiter und lass mich hier noch ein bisschen surfen. Vielleicht entdecke ich ja wirklich noch was Wichtiges.«

Daniel richtete seinen Oberkörper auf und setzte sich so hin, dass Brigitte auf dem Sofa neben ihm nicht mehr sehen konnte, was auf seinem Bildschirm geschah. Sie versuchte, sich auf den Kampf der Discounter-Giganten zu konzentrieren und sich nicht über das Verhalten ihres Kollegen und Freundes zu ärgern. Hätte sie ihm helfen sollen bei der Suche nach einer heißen Spur im Internet? Nein, Feierabend war Feierabend, das hatten sie extra so vereinbart. Und außerdem, was wollte Daniel denn da jetzt noch Neues entdecken? Samiras Lieblingsmärchen? Ursels bestes Sauerkrautgericht? Das war doch alles völlig irrelevant.

Brigitte merkte, wie sich Daniels Rückenmuskulatur versteifte und seine Schultern verkrampften. Er war voll in dem Fall, kein Platz für Zweisamkeit. Vielleicht wären sie doch besser essen gegangen, dann hätte er sich entspannt, statt hier zu sitzen, zu surfen und zu grübeln.

Jetzt ärgerte sie sich doch. Natürlich musste sich Daniel nach seiner langen Singlephase erst wieder an solche Abende gewöhnen, aber ein bisschen mehr Empathie hatte sie ihm schon zugetraut. Sollte sie vielleicht ansprechen, dass sie sein Verhalten gerade doof fand? Ach, lieber nicht, sonst eskalierte das am Ende noch, und Daniel fuhr nach Hause.

Das Duell der Billigmärkte im Fernsehen endete mit einem langweiligen Unentschieden, und Brigitte beschloss, dass ein bisschen Bewegung der Situation guttun würde.

»Du, ich muss noch kurz in den Keller zur Waschmaschine, und ich glaube, danach mache ich mich bettfertig.«

Daniel drehte sich um. »Alles klar. Äh, sorry übrigens, dass ich hier gerade so versunken bin. Ich muss kurz noch mal telefonieren.«

»Hast du irgendwas Interessantes entdeckt?«

»Nee, wahrscheinlich nicht der Rede wert. Aber ich will das noch abklären. Geh ruhig schon mal vor ins Bett, ich komme gleich nach.«

Brigitte ging wortlos ins Schlafzimmer, klaubte die Dreckwäsche aus einer hölzernen Sammelkiste und pfefferte sie in den Korb. Nicht der Rede wert! Da sitzt der hier mit seiner Kollegin und Freundin, entdeckt irgendwas, und das ist dann nicht der Rede wert! Das Teufelchen auf Brigittes Schulter war rot vor Zorn und wollte sie dringend mit seiner Wut anstecken. Das Engelchen auf der anderen Seite versuchte, sie mit treuherzigen Augen zu besänftigen. Er hat sich doch sogar entschuldigt. Und er ist halt manchmal ein Eigenbrötler. Vielleicht will er erst mal verifizieren, ob er wirklich auf eine heiße Spur gestoßen ist. Das ist doch ganz normal.

Sie stapfte ins Untergeschoss, schmiss die Wäsche in die Maschine und hörte durch das gekippte Kellerfenster, dass Daniel zum Telefonieren auf die Terrasse gegangen war. Das Teufelchen tobte und sah darin einen Vertrauensbruch. Ganz eindeutig sollte sie nicht mitbekommen, was er am Telefon zu klären hatte. Das Engelchen erinnerte an den schlechten Handyempfang im Wohnzimmer und mahnte zur Ruhe.

Als sie in die Wohnung zurückkam, saß Daniel wieder auf dem Sofa, das Laptop auf seinen Knien, auf dem Bildschirm ein Foto von Ursel. Er klappte den tragbaren Computer zu und sah Brigitte nachdenklich an. »Sag mal … Jacqueline hat doch dieses Baby …«

Diese Formulierung war so unbeholfen, dass Brigitte sie fast schon wieder niedlich fand. »Ja, seit knapp einem Jahr hat sie dieses Baby.«

Daniel stand auf und grinste schelmisch. »Hat dieses Baby

auch einen Namen? Also, ich weiß, sie hat ihn bestimmt schon einmal erwähnt, aber du kennst ja mein Interesse an Kleinkindern …«

»Das Kleinkind heißt Linus. Und ich frage mich, was Jacquelines Kind mit unserem Fall zu tun hat.«

Daniel gab Brigitte einen kurzen Kuss auf die Wange. »Lass mich noch ein kurzes Telefonat führen, dann gehen wir ins Bett und ich verrate dir, was ich vorhabe. Okay? Nur noch einmal ganz kurz telefonieren?« Er deutete mit entschuldigendem Blick auf die Terrasse.

Brigitte zuckte mit den Schultern und ließ ihn gewähren. Es hatte ja keinen Sinn, ihn jetzt aufzuhalten. Das Teufelchen kochte und nannte sie eine erbärmliche Umfallerin, die sich von einem flüchtigen Kuss besänftigen ließ. Das Engelchen triumphierte und schickte Brigitte ins Badezimmer.

**

Hier kommt eine wichtige Nachricht! Es geht um die Wahl zur Hessenkönigin heute Abend. In der Stadthalle ist eine Bombe deponiert, ich wiederhole: In der Bad Hersfelder Stadthalle liegt eine Bombe. Sagen Sie den Wettbewerb ab, sonst wird es Tote und Verletzte geben. Ich wiederhole: Sagen Sie den Wettbewerb ab. Dies ist kein Scherz.

Samira, Johanna, Özlem, Ursel und Yvonne, die nach dem Frühstück vom Hotel abermals in die Polizeidirektion gebracht worden waren, mussten zunächst alle nacheinander den abgetippten Wortlaut der vorgestrigen Bombendrohung aufsprechen. Die Aufnahmen sollten zu den Sprachanalysten ins Präsidium Osthessen geschickt werden, um zu überprüfen, ob der Anruf möglicherweise von einer der Kandidatinnen abgesetzt worden war. Alle Kommissare der Ermittlungsgruppe hatten sich den Anruf mit der Drohung noch mal genau angehört und waren sich eigentlich sicher, dass weder die Stimme noch der Akzent zu einer der Majestätinnen passte, aber diese Vermutung wollten sie sich von den Fachleuten bestätigen lassen. Die anonyme Anruferin hatte in den Worten »Hersfeld, Wettbewerb« und »Scherz« ein seltsam eingerolltes »r«, das die Kommissare bei keiner der Aspirantinnen auf den Königsthron je gehört hatten.

Nach der Sprachaufnahme wurden die fünf Damen mit Getränken und Keksen versorgt und gebeten, in einem Zimmer die nächsten Befragungen abzuwarten. Özlem tippte auf ihrem Handy herum, Yvonne prüfte die Gebäckmischung, Ursel starrte unbeteiligt vor sich hin, Johanna hatte sich ans Fenster gestellt und guckte nach draußen, Samira tigerte durch den Raum.

»Isch find, uff der Polizei isses wie im Krankehaus. Mer fühlt sich einfach net wohl. Selbst wemmer gar nix ausgefresse hat.«

»Vielleicht ist das auch eine Art Zermürbungstaktik von denen«, mutmaßte Johanna. »Die haben nichts in der Hand, stecken uns hier gemeinsam in ein Zimmer und hoffen, dass wir uns irgendwann zerfleischen.«

Özlem schaute von ihrem Handy hoch. »Ach komm, Johanna, die machen doch nur ihren Job. Ich bin ganz entspannt. Ich habe Benita nichts getan, was habe ich also zu befürchten?«

»Ja, du hast leicht reden, du bist ja auch nicht von ihr erpresst worden. Mich haben die hier schon ganz schön in die Mangel genommen gestern, nachdem Chris denen von seinem Seitensprung mit Benita erzählt hat.«

»Kannste ihm des eischentlisch verzeihe?«, wollte Samira von Yvonne wissen.

Diese machte eine gleichgültige Geste. »Was bleibt mir anderes übrig?«, sagte sie bitter. »Wahrscheinlich ist das einfach so, wenn man mit einem umjubelten Star zusammen ist. Aber vielleicht ist es ihm ja auch eine Lehre. Einmal fremdgegangen, schon mordverdächtig …« Beim letzten Satz musste Yvonne grinsen.

In diesem Augenblick ging die Tür auf, neben den Kommissaren betrat auch Dienststellenleiter Burns den Raum. Er erhob das Wort: »Meine Damen, ich bin extra vorbeigekommen, um Ihnen für die Kooperation zu danken. Ich weiß, Sie wären eigentlich alle gern schon wieder zu Hause, aber Sie werden Verständnis haben, dass wir den Fall aufklären müssen, und dazu brauchen wir jetzt ein letztes Mal Ihre Mithilfe. Ich selbst bin mit den Ermittlungen der Mordkommission nicht direkt betraut, deswegen übergebe ich das Wort an Kommissarin Schilling. Sie entschuldigen mich.«

Brigitte übernahm. »Ja, Sie haben es ja von meinem Chef gehört, wir wollen diese letzte Befragung nutzen, um noch mal genau die Situation beim Frühstück nachzustellen. Wir gehen davon aus, dass das der Zeitpunkt war, zu dem Frau Manthey vergiftet wurde, deswegen ist für uns jedes Detail dieser Mahlzeit wichtig. Wir werden die Gespräche einzeln führen, ich darf Sie bitten, meine Kollegen in die verschiedenen Büros zu begleiten.«

Für Michi und Matze ging der Wunsch in Erfüllung, Özlem befragen zu dürfen, Jacqueline kümmerte sich um Yvonne, Gerhard nahm Samira mit, Brigitte bat Johanna, sie zu begleiten. Zu Ursel sagte sie: »Sie können gern hier in diesem Raum bleiben, mein Kollege Rohde kommt gleich zu Ihnen. Der muss sich nur gerade noch kurz um seinen Sohn kümmern. Ist aber sofort da.«

Knapp zwei Minuten später betrat Daniel den Raum, auf seinem Arm saß Linus. Das Baby trug eine Latzhose, bedruckt mit kleinen Segelschiffen, ein Halstuch mit Küken und winzige Socken, die mit niedlichen Fröschen bestickt waren. Daniel küsste das Kind kurz auf den Kopf und setzte sich Ursel gegenüber. Er legte seinen Notizblock ab und rückte Linus auf seinem Schoß zurecht.

»Ja, Frau Bohl, es tut mir sehr leid, dass ich hier mit meinem Sohn aufkreuzen muss, aber es gibt heute ein riesiges Betreuungsproblem. Die Krabbelstube musste wegen eines Krankheitsfalles schließen, und meine Frau konnte leider auch nicht freimachen.« Er sah Linus an, strich ihm über die Wange und sagte in alberner Babysprache zu ihm: »Gell, die Mama muss arbeiten? Und da darf der kleine Mann seinen Papa mal zur Polizei begleiten.« Sein Tonfall wurde wieder normal, als er sich zurück an Ursel wandte, die bisher alles schweigend mit angesehen hatte. »Nun gut, ich hoffe, der kleine Scheißer stört uns nicht, wir wollen ja auch nur noch mal die genaue Situation beim Frühstück rekonstruieren. Haben Sie eigentlich Kinder?«

»Nein«, antwortete Ursel einsilbig.

»Kann ja noch kommen.« Daniel lächelte unschuldig und küsste Linus abermals auf sein Köpfchen. »Gut, dann beschreiben Sie doch mal, wie sich das Frühstück vorgestern aus Ihrer Sicht abgespielt hat. Machen Sie es so detailliert wie möglich, jede Einzelheit kann von Bedeutung sein.«

Ursel beschrieb, wer was gegessen hatte, rekonstruierte die Sitzanordnung und versuchte, sich zu erinnern, wer wann ans Büfett gegangen war. Allerdings schränkte sie ein, dass sie vieles auch nicht mehr so genau wisse, schließlich sei sie am Morgen vor dem großen Festumzug auch reichlich nervös gewesen. Benita und Glenn habe sie an dem Morgen eigentlich gar nicht wahrgenommen, die beiden seien wohl in einer Nische gesessen, die von Ursels Platz aus aber nicht einsehbar gewesen sei.

Daniel machte sich während der Schilderung der Sauerkrautkönigin fleißig Notizen und hielt Linus mit dem anderen Arm auf seinem Schoß fest. Der Kleine war ganz friedlich und döste langsam weg, was Daniel allerdings gar nicht gefiel. Damit sein Plan aufging, musste das fremde Kleinkind auf seinem linken Bein schon ein bisschen mehr Präsenz zeigen. Deswegen kniff er Linus heimlich in den Oberschenkel. Sofort fing das Baby an zu schreien.

Daniel schob mit gespielter Entrüstung seinen Notizblock beiseite und hielt Linus mit beiden Armen fest. »Auch das noch. Tut mir wahnsinnig leid, Frau Bohl, das muss Ihnen alles sehr unprofessionell vorkommen. Aber das hat er manchmal. Von einem Moment auf den anderen. Das sind wahrscheinlich die Schmerzen, ich glaube, er zahnt gerade.«

Ursel sah den Kommissar und das weinende Kind versteinert an. Dann schlug sie die Augen nieder und entfernte einen Fussel von ihrer Hose.

Daniel verfiel wieder in Kindersprache: »Gell, da kommt ein

kleines Mausezähnchen beim kleinen Linus. Was machen wir denn da jetzt? Vielleicht kann dich die Tante Ursel kurz halten, dann holt der Papa die Spieluhr.«

Linus schrie weiter, Daniel stand auf und drückte ihn Ursel ungefragt in die Hand. »Wenn Sie ihn mal für einen Augenblick nehmen würden, ich bin ganz kurz draußen und hole die Spieluhr. Die beruhigt ihn immer am besten.« Und schon war Daniel aus dem Zimmer.

Er kam mit einem blauen Stern aus Stoff wieder, dessen aufgedruckte Augen aussahen, als würde er selig schlummern. Daniel zog an einem kleinen Faden, aus dem Inneren ertönte die Melodie von »Der Mond ist aufgegangen«. Er nahm Ursel das Kind wieder ab, sie zitterte leicht und musste unentwegt blinzeln.

Während die Spieluhr friedlich vor sich hin klimperte, zündete Daniel die ultimative Provokationsstufe. Er strich Linus, dessen Schreien langsam leiser wurde, über das Köpfchen. »Ja, es ist nicht immer einfach mit einem Kind, ganz besonders, wenn beide Eltern arbeiten. Aber gerade in diesen Momenten muss man sich immer wieder vergegenwärtigen, dass so ein Kind einfach das größte Geschenk ist, das einem die Natur machen kann.« Er zog die Spieluhr wieder auf und strahlte das Baby an. »Gell, Linus?«

Ursel hatte jetzt glasige Augen.

Daniel schnupperte an einem der Händchen. »Allein der Geruch eines kleinen Kindes versöhnt für vieles. Diese unschuldige Mischung aus Babypuder und Bäuerchen, hach.« Er spielte den Verzückten und schaute Ursel gar nicht an. Er spürte, dass er auf dem richtigen Weg war, und sprach mit dem Blick auf das Baby weiter: »Ja, wir hatten es nicht leicht, der Linus war eine Problemgeburt. Er kam viel zu früh und musste in den Inkubator. Wochenlang. Meine Frau hat viel Blut verloren, schrecklich war das alles. Und es ist bis heute auch gar nicht klar, ob sie überhaupt noch mal Kinder bekommen kann. Deswegen hängen wir an ihm umso —«

In diesem Moment sprang Ursel auf, sie fing mit tränenerfüllten Augen an zu schreien. »Hören Sie auf, hören Sie endlich auf mit Ihren Scheiß-Kindergeschichten.«

Mit einer schnellen Handbewegung fegte sie die Spieluhr vom Tisch, der kleine Stern flog gegen eine Wand und verstummte. Daniel legte schützend die Arme um Linus.

Ursel ließ sich wieder auf ihren Stuhl zurückfallen und vergrub das Gesicht in ihren Händen. Sie schluchzte jämmerlich und schien alles um sie herum plötzlich nicht mehr wahrzunehmen.

Daniel brachte Linus schnell nach draußen zu einer Sekretärin und setzte sich beim Zurückkommen sachte neben die wimmernde Sauerkrautkönigin. Er legte ihr die Hand auf die Schulter. »Erzählen Sie mir, was passiert ist.«

Ursel schniefte, zog die Nase hoch und zögerte. Sie schaute den Kommissar verheult an und schüttelte den Kopf, während ihre Mundwinkel unkontrolliert zuckten. Dann blickte sie wieder weg.

Daniel wusste, dass ein entscheidender Moment gekommen war. Die Frau neben ihm war so kurz vor dem Geständnis, aber jedes falsche Wort konnte die Situation zerstören. Er schwieg und verstärkte für einen kurzen Moment den Druck seiner Hand auf Ursels Schulter. Sie hörte auf, den Kopf zu schütteln, immerhin. Aber sie sprach nicht.

Daniel gab Ursel etwas Zeit und suchte dann wieder ihren Blick. Ganz ruhig sagte er zu ihr: »Reden Sie mit mir, Ursel, Sie können Ihre Wut und Ihre Trauer nicht ein Leben lang in sich hineinfressen. Es ist schwer. Aber es wird Ihnen guttun.«

Ganz vorsichtig nickte Ursel. Sie wandte den Blick von Daniel ab, schaute aus dem Fenster und begann zu erzählen.

»Es war im vergangenen Jahr, Ende Oktober. Kurz davor war Erntedank. Meine Bank hatte mich zu einem Seminar nach Kelkheim im Taunus geschickt, die haben da so eine große Akademie mit Gästezimmern zum Übernachten, drei Tage sollte das gehen. Ich war vorher extra noch bei meiner Frauenärztin, aber die sagte, so eine Reise sei ja im sechsten Schwangerschaftsmonat gar kein Problem.« Sie machte eine kleine Pause. »Haben Sie vielleicht etwas zu trinken für mich?«

Daniel holte ein Glas und eine Flasche Wasser, Ursel schaute entrückt und nahm dann doch nichts davon.

»Wir waren gerade in Einzelworkshops, da kamen diese Schmerzen. Das waren Schmerzen, die Sie sich nicht vorstellen können. Und dann eine warme Flüssigkeit zwischen den Beinen, ich dachte, Fruchtwasser vielleicht, aber es war Blut. Das lief nur so an mir herunter, direkt auf den Teppich, ich habe nur noch geschrien. Irgendwann kam der Krankenwagen und hat mich nach Bad Soden gebracht. Es hat immer weitergeblutet, ich dachte, ich sterbe denen direkt im Auto noch weg. Sie haben mir Schmerzmittel gegeben und eine Transfusion. Viel mehr habe ich gar nicht mehr mitbekommen. Irgendwann war ich dann in diesem Krankenhaus, Schockraum, der letzte Satz, an den ich mich vor der Narkose erinnern kann: ›Der Chef wird sich persönlich um Sie kümmern.‹«

Ursel putzte sich die Nase. Sie atmete tief durch und setzte ihre Erzählung fort. »Als ich aufwachte, lag ich auf der Intensivstation. So langsam kam die Erinnerung wieder, und ich wollte natürlich wissen, was genau passiert war. Ich drückte auf diesen Notknopf, aber es dauerte eine Ewigkeit, bis jemand kam. Wahrscheinlich hatten die alle Schiss, mir die Wahrheit zu sagen. Irgendwann kam ein Assistenzarzt, der Chef hat sich nicht ein einziges Mal blicken lassen. Der wird schon wissen, warum. Na ja. Jedenfalls … der junge Arzt musste mir dann die Wahrheit mitteilen.« Ursel fuhr sich mit beiden Händen übers Gesicht. »Ich habe mein Kind verloren und meine Gebärmutter gleich noch dazu. Ich werde also nie wieder Kinder kriegen können.« Sie fing wieder an zu weinen.

»Das tut mir alles wahnsinnig leid für Sie«, sagte Daniel sanft.

Plötzlich wurde Ursel lauter. »Ja, aber das hätte alles gar nicht sein müssen. Das war Pfusch, nichts als Ärztepfusch! Dieser Chefarzt hat es verbockt. Ich habe die gesamten Behandlungsunterlagen angefordert und meiner Frauenärztin vorgelegt. Sie sagt, das Kind war zwar nicht zu retten, aber den Uterus hätten sie erhalten können. Erhalten müssen! Ich habe diesem Mann dann einen Brief geschrieben, aber wissen Sie, was da zurückkam? Ein Formschreiben, in dem in juristischer Sprache alle Fehler der Klinik zurückgewiesen wurden. Kein Wort des Bedauerns, keine Entschuldigung. Geht man so mit Menschen um? Das ist dann alles an einen Anwalt und einen Gutachter gegangen, der Prozess läuft jetzt. Aber das bringt mir mein Kind ja nicht zurück.«

Daniel reichte der tränenüberströmten Sauerkrautkönigin ein Taschentuch. Sie schnäuzte sich, danach verengten sich ihre Augen zu boshaften Schlitzen. »Und dann treffe ich hier auf Benita Manthey. Es war nicht besonders schwer, herauszufinden, dass dieses Dreckstück die Tochter des feinen Professor Dr. Manthey war, Leitender Oberarzt der Main-Taunus-Kliniken Bad Soden. Der Mann, der daran schuld ist, dass ich nie wieder Mutter werden kann. Und wissen Sie, was das Erste war, das diese Schlampe zu mir sagt? Dass sich am besten mal ihr Coach um mich kümmern sollte, weil ich ja keine Attitude hätte, so auf Englisch, ›Ättitjud‹.« Ursel rotzte das Wort verächtlich vor sich hin. »Am liebsten hätte ich gesagt, ich habe nicht nur keine Attitude, sondern dank deines Vaters auch kein Kind und keine Gebärmutter mehr, du blöde Fotze. Entschuldigung. Und dann habe ich beschlossen, mich an diesem Lumpenpack zu rächen. Der Vater nimmt mir mein Kind, ich ihm seines. Ich habe noch am Wochenende meinen Mann angerufen …«

Ursel machte eine kleine Pause und biss sich auf die Unterlippe. »Ach, was soll's, Sie wären eh irgendwie drauf gekommen. Tobias arbeitet als Chemielehrer an der Ursulinenschule in Fritzlar. Es war kein Problem für ihn, an die Materialien für das Gift heranzukommen. Er geistert ja auch nur noch so durch die Gegend, seit ich das Kind verloren habe. Wir waren uns einig, dass es für uns ein Schlussstrich und ein neuer Anfang sein könnte, wenn wir uns an diesem Stümper rächen. Also stellte Tobi das Bleiacetat her, erklärte mir, wie es verabreicht werden muss, und gab es mir am Montag mit, als ich noch mal kurz zu Hause war.«

Plötzlich schien Ursel ein anderer Gedanke durch den Kopf zu schießen. »Meinen Sie, dass sich dieses Geständnis mildernd auf mein Urteil auswirken wird? Aber ich werde vor Gericht nicht sagen, dass es mir leidtut. Denn es tut mir nicht leid. Zugeben ja, aber nicht bereuen. Benita war einfach nur widerlich, großkotzig und von Ehrgeiz zerfressen. Niemand brauchte sie, niemand.«

Daniel wollte sich da nicht festlegen. »Ein Geständnis wird von der Justiz oft honoriert, aber ein bisschen Reue macht sich da meistens auch nicht schlecht. Das können Sie ja vielleicht noch mit Ihrem Anwalt besprechen, Sie sollten sich auf jeden Fall juristischen Beistand holen.« Natürlich tat Ursel ihm auch irgendwie leid. Aber Mord war Mord, da gab es kein Solidarisieren mit dem Täter.

Ursel zuckte mit den Schultern. »Na, egal. Sehen wir dann. Ich hatte das Gift seitdem jedenfalls immer dabei. Der Zeitpunkt war mir eigentlich egal. Es ergab sich allerdings nie die Gelegenheit. Ich dachte schon, das wird nichts mehr. Aber dann sah ich beim letzten Frühstück, wie Benita und Glenn gleichzeitig zur Saftpresse gingen, die hatten die an diesem Tag erst später dazugestellt. Das war meine Chance. Ich stand auf, alle dachten, ich gehe ans Büfett, mache ich ja auch, aber meine erste Station ist Benitas Kaffeetasse auf dem Tisch in der uneinsehbaren Nische. Ideal. Da wäre nie einer drauf gekommen. Wenn Sie mich mit Ihrem Kind nicht so provoziert hätten. Und, na ja«, jetzt fing Ursel bösartig an zu lächeln, »da habe ich wohl ganz unwillkürlich einen guten Zeitpunkt gewählt. Dass die blöde Schlange beim Umzug genau dem Ministerpräsidenten vor die Füße fällt, war ja keine ganz schlechte Dramaturgie. Im Nachhinein tut es mir nur für Özlem leid. Die hätte bestimmt gewonnen und wäre eine wunderbare Hessenkönigin geworden. Aber das werden wir wohl nie erfahren.«

Ursel war fertig, und es schien ihr tatsächlich deutlich besser zu gehen, nachdem sie sich alles von der Seele geredet hatte. Natürlich würde nun eine langjährige Gefängnisstrafe auf sie warten – und auch ihr Mann dürfte als Lieferant der toxischen Verbindung nicht ungeschoren davonkommen. Aber vielleicht gab es für beide irgendwann tatsächlich noch mal die Chance auf einen Neuanfang. Wahrscheinlich allerdings erst in einem Alter, in dem Kinderkriegen ohnehin keine Rolle mehr spielte.

»Frau Bohl, ich danke Ihnen für Ihre Offenheit und muss Sie nun festnehmen unter dem dringenden Tatverdacht, Benita Manthey umgebracht zu haben. Würden Sie mir noch eine Frage beantworten?«

Ursel nickte matt. Auch wenn sie aufgeräumter wirkte, hatte die letzte Viertelstunde sie entkräftet. Sie schaute Daniel mit müden Augen an.

»Haben Sie irgendwas mit der Bombendrohung gegen die Stadthalle zu tun? Oder wissen Sie, ob es eine der anderen Frauen gewesen ist?«

»Nein, da kann ich Ihnen leider nicht weiterhelfen, Herr Kommissar. Ich hatte meine Mission erfüllt, als Benita vom Wagen fiel. Und ob es irgendeine meiner Kolleginnen war? Keine Ahnung.«

Daniel öffnete die Tür und ließ einen Beamten eintreten, der Ursel Handschellen anlegte. Der Kommissar signalisierte seinem Kollegen per Blick, dass beim Abführen keine Gefahr von Ursel ausgehen werde und dass er höflich zu ihr sein möge.

Als die beiden schon fast aus der Tür waren, drehte sich die junge Frau noch einmal um. »Ach, Herr Rohde, eins noch. Ihr Linus ist wirklich ein goldiges Kind. Ich glaube, Sie sind ein guter Vater.«

✽✽✽

Als sich der Ermittlungserfolg in der Polizeidirektion herumgesprochen hatte, trommelte Burns seine Kommissare im Besprechungsraum zusammen. Er hatte eine Magnumflasche Champagner dabei, die er als dritter Sieger bei irgendeinem Schickimicki-Turnier auf seinem Stammgolfplatz Gut Praforst bei Hünfeld gewonnen hatte. Er stiftete den edlen Tropfen wohl auch aus Erleichterung darüber, dass die von ihm voreilig als ungefährlich abgetanen Erpresserschreiben tatsächlich nichts mit dem Mord zu tun gehabt hatten.

Nachdem die Gläser geklirrt hatten, hob Burns zu einer kleinen Rede an. »Ja, liebe Kollegen und vor allem lieber Herr Rohde. Ich habe gehört, dass Sie mal wieder mit einem unkonventionellen Verhör zum Ziel gekommen sind. Mein Dank dafür gilt auch Frau Gölz, die ihren kleinen Linus, na, ich sage mal, zur Verfügung gestellt hat.«

Die stolze Mutter trug ihren Jungen auf dem Arm, Burns zauberte einen kleinen Stoffbären mit Polizeimütze aus der Tasche seines Jacketts. Sofort bekam das Baby große Augen und fuhr sein patschiges Händchen nach dem kleinen Geschenk aus.

»Jetzt müssen Sie uns nur noch erzählen, Herr Rohde, wie Sie überhaupt auf die Idee mit dem Baby gekommen sind.«

»Ja, dafür müssten wir die Runde eigentlich noch um Wolli Angerstein von der ›OLZ‹ erweitern. Denn der hat das einzige Bild von Ursel Bohl entdeckt, auf dem sie eindeutig schwanger war. Ich habe gestern das ganze Netz abgesucht, da habe ich nichts weiter gefunden, aber Wolli hat so einen Zugang zum zeitungsinternen Fotoarchiv, und da war er darauf gestoßen. Die Aufnahme war wohl bei der Einweihung einer neuen Verpackungsmaschine in der Sauerkrautfabrik entstanden. Allerdings ist der dazugehörige Artikel nie erschienen, weder online noch in der Zeitung. Deswegen gab es das Foto nur in diesem Archiv, nirgends sonst, wie Wolli dann noch herausgefunden hat. Von der Aufnahme hatte er mir gestern noch beiläufig erzählt, aber ich hatte diese Information schon fast verdrängt. Gestern Abend fiel es mir dann plötzlich wieder ein.«

Brigitte grätschte dazwischen, sie hatte schon ein paar Schlucke von der Prickelbrause getrunken, die ihr offenbar direkt zu Kopf gestiegen waren. »… Und ich frage mich noch, was sucht der denn da die ganze Zeit in dem Laptop auf meinem Sofa. Wollte mich gar nicht reingucken lassen …«

Daniel schickte ihr einen strengen Blick. Dass er gestern Abend auf Brigittes Sofa saß, ging hier niemanden was an.

Sie verstand sofort. »… Na ja, also, ich hatte Daniel zum Essen eingeladen, so ganz spontan, weil so ein Junggeselle ja nie was zu Hause hat. Aber eigentlich hat er dann eh den ganzen

Abend telefoniert und auf den Bildschirm gestarrt. Und dann ist er ja auch nach Hause gefahren.«

»Nach Hause, genau. Noch mal einen Schritt zurück: Der Kollege aus Königstein hatte ja noch gesagt, dass Benitas Vater Gynäkologe sei. Dann habe ich Wolli angerufen und ihn gebeten, mir das Foto zu schicken. Da war Ursel wirklich eindeutig schwanger. Daraufhin habe ich mir noch mal die Steckbriefe vorgenommen, mit denen sich die Kandidatinnen im Netz präsentiert haben. Und da gab die Sauerkrautkönigin an: verheiratet, aber keine Kinder. Das war der Moment, in dem sich mein Verdacht erhärtet hatte, und deshalb bat ich dann Jacqueline, ihren kleinen Wonneproppen heute mal mit auf die Arbeit zu bringen. Um ganz sicherzugehen, habe ich dann vor dem Verhör noch eine Kollegin von Frau Bohl auf der Bank in Fritzlar angerufen. Und die hat mir bestätigt, dass die arme Ursel wohl während eines Seminars in Südhessen tatsächlich ihr Kind verloren hat. Das ist natürlich eine schreckliche Geschichte, ich denke, dass meine kleine Provokation nur funktioniert hat, weil der Schock immer noch so tief sitzt. Ich glaube, das Geständnis hat Frau Bohls Gewissen auch sehr erleichtert. Aber die ganze Nummer hätte auch genauso gut schiefgehen können, gebe ich zu.«

»Dat Glück is mit die Doofen«, sagte Jacqueline auf Plattdeutsch.

Alle lachten, und Michi meinte: »Na, dann hätte das Verhör aber Matze führen müssen.«

Der baute sich vor seinem Kumpel auf. »Nä, wer issn hier der Blödere von uns beiden? Wer ist denn letztes Wochenende auf die A 4 Richtung Osten gefahren, als er zu diesem Tuning-Spezialisten nach Frankfurt wollte?«

»Sei ruhig, sei ruhig!«

»Ja, da ist dem Michi nämlich erst hinter Eisenach aufgefallen, dass er Frankfurt/Oder in sein Navi eingegeben hat. Und dann alles schön wieder zurück, ne, Michi, ne?«

Burns hob die Hände. »Überlegen Sie sich gut, was für Schoten Sie hier erzählen, während der Vorgesetzte zuhört«, sagte er lachend und wollte eigentlich gerade den Raum verlassen, als seine Sekretärin hereinkam. Frau Matthäus schien ein bisschen beleidigt zu sein, dass sie zu dem fröhlichen Umtrunk nicht eingeladen worden war, nutzte aber die seltene Gelegenheit, alle Ermittler gleichzeitig anzutreffen.

»Entschuldigen Sie, wenn ich die gute Stimmung stören muss«, sagte sie etwas schnepfig, »aber ich hatte gerade einen Anruf von den Sprachanalysten vom Polizeipräsidium. Die haben wohl so eine Art Schnelltest der Stimmproben durchgeführt und sind sich einig, dass die Bombendrohung von keiner der Kandidatinnen kam.« Sie schaute kurz auf einen Zettel. »Stattdessen gehen die Experten davon aus, dass die Anruferin wohl im Marburger Hinterland groß geworden sein muss und die Gegend anscheinend bis heute nicht verlassen hat, weil keinerlei Beeinflussung der Sprache durch einen anderen Akzent oder Dialekt vorliegt. Mehr dazu kommt morgen schriftlich, das nur für den Moment.« Und bevor Burns Frau Matthäus noch zu einem Schluck einladen konnte, hatte sie die Tür von außen schon wieder zugezogen.

»Ach je, Marburg!«, rief Burns in die Runde. »Wahrscheinlich irgendwelche Feministinnen. Ach, da sollen sich die Kollegen aus Fulda drum kümmern, wenn die Sprachaufnahme jetzt eh schon bei denen liegt. Also, Kollegen …«, er klopfte auf den Besprechungstisch, »dann feiert mal schön und macht die Flasche leer. Habt ihr euch verdient!«

Alle standen noch ein wenig im Raum herum und schwatzten durcheinander, Brigitte gesellte sich zu Jacqueline, weil sie den kleinen Linus noch ein bisschen knuddeln wollte. Sie zog ihm spielerisch an seinen winzigen Füßchen, der Kleine krähte vergnügt.

Weil die beiden Frauen etwas abseitsstanden und das Babygeschrei ohnehin alles andere übertönte, flüsterte die junge Mutter ihrer Kollegin zu: »Ich finde das übrigens sehr niedlich von Daniel und dir, wie ihr eure Beziehung verheimlicht. Eben hättest du dich ja fast verquatscht. Keine Sorge, von den Männern hat das eh noch keiner gerafft, aber mir kannst du da nichts vormachen. Dieser Anstandsabstand von fünf Minuten, mit dem ihr nach Feierabend in deine Wohnung fahrt, sehr süß. Aber ich halte da still, solange ihr das wollt.«

Brigitte ließ Linus' Füße los, um Jacqueline zu umarmen. Solidarität unter Frauen war definitiv mehr wert als jeder Königinnentitel. Und manchmal vielleicht sogar wichtiger als die Beziehung zu einem liebenswerten Stiesel, der einen romantischen Abend lieber einem Ermittlungserfolg opferte.

Danksagung

Mein großer Dank gilt Sebastian für die kreative Weiterentwicklung der Geschichte und Jules für die hervorragend gezeichneten Porträts auf www.hessenkoenigin.de.

Tim Frühling
DER KOMMISSAR IN BADESHORTS
Broschur, 176 Seiten
ISBN 978-3-95451-503-5

»Klingt klamaukig, ist aber höchst unterhaltsam. Tim Frühling ist ein scharfer Beobachter mit Sinn für Situationskomik und schräge Wortschöpfungen.« WDR 2 Krimitipp

www.emons-verlag.de

Tim Frühling
FESTSPIELFIEBER
Broschur, 192 Seiten
ISBN 978-3-95451-809-8

»Frühling punktet mit Humor und Sprachwitz: Schnodderschnauze auf gepflegtem sprachlichen Niveau – das zu lesen, macht Spaß.«
Hessischer Rundfunk

www.emons-verlag.de

Tim Frühling
DER KOMMISSAR MIT SONNENBRAND
Broschur, 192 Seiten
ISBN 978-3-7408-0177-9

»Tim Frühlings typisch humorvoller Stil und die feine Beobachtungs-
gabe des Autors sorgen für beste Unterhaltung.« Reise Magazin

Tim Frühling
**111 ORTE IN OSTHESSEN UND
IN DER RHÖN, DIE MAN
GESEHEN HABEN MUSS**
Broschur, 240 Seiten
ISBN 978-3-7408-0127-4

*»Es macht Freude, seinen Tipps zu folgen, neue Orte kennenzulernen
und unbekannte Geschichten zu erfahren.«*   Ostheimer Zeitung

*»Tim Frühling gelingt es, die Sinne der Osthessen für die Besonder-
heiten ihrer Heimat zu schärfen. Gefunden hat er dabei jede Menge
Skurrilitäten, die er in knappen Kapiteln mit dem gebotenen Unernst
aufspießt.«*   Fuldaer Zeitung

Tim Frühling
**111 ORTE IN MITTELHESSEN,
DIE MAN GESEHEN HABEN MUSS**
Broschur, 240 Seiten
ISBN 978-3-7408-0883-9

*»Sie werden Geschichten, Kuriositäten und Anekdoten kennenler-
nen, die selbst für Mittelhessen-Kenner neu sind.«*   hr

www.emons-verlag.de